Michael Ondaatje

KRIEGSLICHT

Roman

Aus dem Englischen
von Anna Leube

Carl Hanser Verlag

Die amerikanische Originalausgabe erschien 2018
unter dem Titel *Warlight* bei Penguin Random House
in New York.

1. Auflage 2018

ISBN 978-3-446-25999-7
© 2018 by Michael Ondaatje
Alle Rechte der deutschen Ausgabe
© 2018 Carl Hanser Verlag GmbH & Co. KG, München
Umschlag: Peter-Andreas Hassiepen, München,
nach einem Entwurf von © VINTAGE Penguin Random House UK,
adapted from an original front cover by CS Richardson
Motiv: © Benjamin Harte/Arcangels Images, © Adam Hester/
Getty Images, © RobinOlimb/Getty Images
Satz: Satz für Satz, Wangen im Allgäu
Druck und Bindung: CPI books GmbH, Leck
Printed in Germany

MIX
Papier aus verantwortungs-
vollen Quellen
FSC® C083411

Für Ellen Seligman, Sonny Mehta
und Liz Calder, über die Jahre hinweg

»Die meisten großen Schlachten werden
in den Falten von Landkarten ausgetragen.«

TEIL EINS

Ein Tisch
mit lauter Fremden

Im Jahr 1945 gingen unsere Eltern fort und ließen uns in der Obhut zweier Männer zurück, die möglicherweise Kriminelle waren. Wir wohnten in London, in einer Straße namens Ruvigny Gardens, und eines Morgens meinte unsere Mutter, oder vielleicht war es auch der Vater, wir sollten uns nach dem Frühstück unterhalten, und sie teilten uns mit, sie würden uns verlassen und für ein Jahr nach Singapur gehen. Also nicht für allzu lange Zeit, sagten sie, aber doch für eine ganze Weile. Natürlich werde man in ihrer Abwesenheit gut für uns sorgen. Ich weiß noch, dass mein Vater auf einem der unbequemen eisernen Gartenstühle saß, als er uns die Mitteilung machte, während meine Mutter, die in einem Sommerkleid hinter seiner Schulter stand, beobachtete, wie wir darauf reagierten. Nach einer Weile nahm sie die Hand meiner Schwester Rachel und hielt sie sich an die Taille, als ob sie sie wärmen könnte.

Weder Rachel noch ich sagten ein Wort. Wir starrten unseren Vater an, der sich über die Details ihres Flugs auf dem neuen Avro Tudor I ausließ, einem Nachfolger des Lancaster-Bombers, der eine Geschwindigkeit von mehr als 300 Meilen pro Stunde erreichte. Sie würden mindestens zweimal zwischenlanden müssen. Er erklärte, er werde die Zentrale von Unilever in Asien übernehmen, ein Karriereschritt. Es werde gut für uns alle sein. Er sprach eindringlich, und irgendwann wandte sich meine Mutter ab und blickte auf ihren August-Garten. Als sie merkte, dass ich verstört war, kam sie zu mir herüber, nachdem mein Vater zu Ende geredet hatte, und fuhr mir mit den Fingern wie mit einem Kamm durchs Haar.

Ich war vierzehn damals, Rachel beinahe sechzehn, und sie versicherten, ein Betreuer, wie meine Mutter ihn nannte, werde sich in den Ferien um uns kümmern. Meine Eltern bezeichneten ihn als Kollegen. Wir kannten ihn bereits – wir nannten ihn »den Falter«, den Namen hatten wir erfunden. In unserer Familie gebrauchte man gern Spitznamen, was bedeutete, dass man sich in unserer Familie auch gern verkleidete. Rachel hatte mir schon gesagt, dass sie ihn im Verdacht hatte, ein Krimineller zu sein.

Das Arrangement wirkte merkwürdig, doch hatte das ganze Leben in der Zeit nach dem Krieg noch immer etwas Zufälliges und Verwirrendes, also kam uns der Vorschlag nicht falsch vor. Wir nahmen jedenfalls die Entscheidung hin, wie Kinder es eben tun, und der Falter, der vor kurzem als Mieter bei uns in den dritten Stock gezogen war, ein bescheidener Mann, groß, aber mit seinen scheuen Bewegungen einem Falter ähnlich, sollte die Lösung sein. Unsere Eltern hatten gewiss angenommen, auf ihn sei Verlass. Ob sie ahnten, dass der Falter ein Krimineller war, wussten wir nicht recht.

Früher hatte es vermutlich Versuche gegeben, uns als Familie zusammenzuschmieden. Hin und wieder nahm mich mein Vater an Wochenenden oder Feiertagen in die verwaisten Büros von Unilever mit, und während er beschäftigt war, wanderte ich durch die Räume im zwölften Stock des Gebäudes. Ich stellte fest, dass alle Schubladen abgeschlossen waren. Es gab nichts in den Papierkörben, keine Bilder, nur an einer Wand seines Büros hing eine große Reliefkarte, auf der die ausländischen Niederlassungen der Firma eingetragen waren: Mombasa, die Kokosinseln, Indonesien. Und, näher bei uns, Triest, Heliopolis, Bengasi, Alexandria, Orte, die das Mittelmeer begrenzten, Gebiete, die, wie ich glaubte, meinem Vater unterstanden. Von hier wurde Fracht auf Hunderten von Schiffen verschickt, die in den Fernen Osten und wieder zurück fuhren. Die Lämpchen auf der Karte, die diese Städte und Häfen markierten, waren am Wochenende nicht eingeschaltet, ebenso im Dunkeln wie jene fernen Außenposten.

Im letzten Augenblick wurde beschlossen, dass unsere Mutter die wenigen Wochen bis zum Ende des Sommers noch dableiben würde, um mit dem Mieter alles Notwendige zu besprechen und uns für den Schulbeginn in einem neuen Internat vorzubereiten. An dem Samstag, bevor mein Vater allein in jene ferne Welt flog, begleitete ich ihn noch einmal in das Büro in der Nähe der Curzon Street. Er hatte einen langen Spaziergang vorgeschlagen, weil er die nächsten Tage, sagte er, in ein Flugzeug gequetscht verbringen müsse. Also nahmen wir einen Bus bis zum Natural History Museum und gingen dann durch den Hyde Park nach Mayfair. Er war ungewöhnlich aufgeräumt und fröhlich und sang vor sich hin: *Homespun collars, homespun hearts, Wear to rags in foreign parts.* Er wiederholte die Verse beinahe übermütig, als bedeuteten sie eine wichtige Lebensregel. Was war damit gemeint, fragte ich mich. Ich weiß noch, dass wir mehrere Schlüssel benötigten, um in das Gebäude zu gelangen, wo sein Büro das ganze oberste Stockwerk einnahm. Ich stand vor der unbeleuchteten Karte und merkte mir die Städte, über die er in den nächsten Nächten fliegen würde. Schon damals liebte ich Landkarten. Er stellte sich hinter mich und knipste die Lämpchen an, sodass die Berge auf der Reliefkarte Schatten warfen, doch nun fielen mir nicht so sehr die Lämpchen auf, sondern vielmehr die blassblau aufleuchtenden Häfen und die riesigen Flächen unbeleuchteter Erde. Man sah nun nicht mehr das große Ganze, und ich vermute, dass Rachel und ich die Ehe unserer Eltern ganz ähnlich lückenhaft sahen. Sie hatten selten mit uns über ihr Leben gesprochen. Wir kannten nur Bruchstücke von Geschichten. Unser Vater hatte in den letzten Phasen des vorangegangenen Krieges eine Rolle gespielt, und ich glaube nicht, dass er das Gefühl hatte, er gehöre wirklich zu uns.

Was die Abreise anbetraf, so war klar, dass sie mit ihm gehen musste: Es war undenkbar, so fanden wir, dass sie von ihm getrennt leben konnte – sie war seine Frau. Es wäre ein geringeres Unglück, und die Familie würde nicht vollkommen zerbrechen, wenn wir allein zurückblieben, als wenn unsere Mutter sich die nächsten anderthalb Jahre in Ruvigny Gardens um uns kümmern würde. Und wir konnten ja auch nicht Hals über Kopf unsere Schulen verlassen, erklärten sie uns, in die wir nur unter Mühen aufgenommen worden waren. Vor der Abreise unseres Vaters umarmten wir ihn alle, dicht an ihn gedrängt; der Falter war diskreterweise über das Wochenende verreist.

So begannen wir ein neues Leben. Damals glaubte ich es nicht so recht. Und ich frage mich immer noch, ob die Zeit danach mein Leben beeinträchtigte oder mit Energie auflud. In jenen Jahren kamen mir die Gewohnheiten und Zwänge des familiären Lebens abhanden, und als Folge davon verhielt ich mich später unentschlossen, als hätte ich zu schnell meine Freiheiten verausgabt. Jedenfalls bin ich nun in einem Alter, in dem ich darüber reden kann, wie wir aufwuchsen, beschützt von fremden Menschen. Und es ist, als würde man eine Fabel erläutern, die von unseren Eltern handelt, von Rachel und mir und dem Falter und auch den anderen, die später dazukamen. Vermutlich gibt es in solchen Geschichten typische Merkmale und Muster. Jemand muss eine Prüfung bestehen. Niemand weiß, wer der Künder der Wahrheit ist. Menschen sind nicht die, für die wir sie halten, und sie sind auch nicht dort, wo wir sie vermuten. Und es gibt jemanden, der von einem unbekannten Ort aus zusieht. Ich erinnere mich, dass meine Mutter gern von jenen widersprüchlichen Bewährungsproben sprach, auf die in Artus-Legenden getreue Ritter gestellt wurden, und dass sie uns diese Geschichten neu erzählte und sie manchmal in einem kleinen Dorf auf dem Balkan oder in Italien ansiedelte, Orten, an denen sie angeblich gewesen war und die sie uns dann auf der Landkarte zeigte.

Nach der Abreise unseres Vaters kam unsere Mutter uns näher. In den Gesprächen zwischen unseren Eltern, die wir mitgehört hatten, ging es immer um die Angelegenheiten von Erwachsenen. Nun aber begann sie, uns Geschichten über sich selbst zu erzählen und wie sie auf dem Land in Suffolk aufgewachsen war. Besonders gefiel uns die Geschichte von der »Familie auf dem Dach«. Die Eltern meiner Mutter hatten in einer Gegend namens The Saints gelebt, und da gab es nicht viel, was sie störte, nur das Geräusch des Flusses und hin und wieder das Läuten einer Kirchenglocke aus einem nahen Dorf. Doch einmal lebte eine Familie einen Monat lang auf ihrem Dach; sie warfen Dinge durch die Gegend und riefen sich alles Mögliche zu, so laut, dass der Krach durch die Decke und in ihr eigenes Leben drang. Es handelte sich um einen bärtigen Mann mit seinen drei Söhnen. Der jüngste war der Stillste von ihnen, meist trug er Eimer mit Wasser die Leiter hinauf aufs Dach. Doch wann immer meine Mutter das Haus verließ, um im Hühnerstall Eier einzusammeln oder ins Auto zu steigen, sah sie, wie er zuschaute. Sie waren Dachdecker und den ganzen Tag beschäftigt. Um die Abendessenszeit stiegen sie geräuschvoll die Leiter hinunter und gingen nach Hause. Doch dann wurde eines Tages der jüngste Sohn von einer Bö erfasst, verlor das Gleichgewicht und fiel vom Dach; er stürzte durch die Lindenlaube und landete auf den Pflastersteinen vor der Küche. Seine Brüder trugen ihn ins Haus. Der Junge, er hieß Marsh, hatte sich die Hüfte gebrochen, und der Arzt, der ihm einen Gipsverband anlegte, sagte, er dürfe nicht weggebracht werden. Er würde auf einer Bettcouch hinten in der Küche bleiben müssen, bis die Arbeit auf dem Dach beendet war. Unsere Mutter, damals acht Jahre alt, musste ihm sein Essen bringen. Hin und wieder brachte sie ihm auch ein Buch, aber er bekam vor Schüchternheit kaum den Mund auf. Jene zwei Wochen mussten ihm wie eine Ewigkeit vorgekommen sein, erzählte sie uns. Als die Dachdeckerfamilie dann mit der Arbeit fertig war, holte sie den Jungen ab und verschwand.

Wann immer meine Schwester und ich uns diese Geschichte in Erinnerung riefen, kam sie uns vor wie ein Stück aus einem Märchen, das wir nicht ganz verstanden. Meine Mutter erzählte uns davon, ohne zu dramatisieren, der schreckliche Sturz des Jungen trat in den Hintergrund, wie es geschieht, wenn Dinge zweimal erzählt werden. Bestimmt wollten wir noch mehr über den Jungen hören, aber das war das einzige Erlebnis, von dem wir erfuhren – der sturmdurchbrauste Nachmittag, als sie hörte, wie er dumpf auf den Pflastersteinen aufschlug, nachdem er durch die Zweige und Blätter der Lindenlaube gestürzt war. Nur eine einzige Episode im undurchsichtigen Takelwerk des Lebens unserer Mutter.

Der Falter, unser Mieter aus dem dritten Stock, war meist nicht zu Hause, kam nur manchmal früh genug zum Abendessen. Wir forderten ihn dann immer zum Dableiben auf, doch erst nachdem er nicht sehr überzeugend mit den Armen wedelnd protestiert hatte, setzte er sich zu uns an den Tisch. Meist aber begab er sich in die Bigg's Row und besorgte sich dort etwas zu essen. Ein Großteil der Gegend war während des Blitz zerbombt worden, und ein paar Imbissstände hatten sich dort zeitweilig installiert. Es war uns immer bewusst, dass seine Anwesenheit, die Art, wie er sich mal hier, mal dort niederließ, etwas Provisorisches hatte. Nie waren wir uns sicher, ob das ein Zeichen von Schüchternheit oder von Rastlosigkeit war. Dieses Verhalten sollte sich natürlich im Lauf der Zeit ändern. Manchmal sah ich von meinem Zimmer aus, wie er sich im dunklen Garten leise mit meiner Mutter unterhielt, oder ich traf ihn an, wenn er mit ihr Tee trank. Es dauerte eine ganze Weile, bis sie ihn überredet hatte, mir Nachhilfe in Mathematik zu geben, ein Fach, in dem ich miserabel war und es auch weiterhin blieb, noch lange nachdem mir der Falter keinen Unterricht mehr gab. Die einzige Besonderheit an unserem Betreuer, die ich in dieser ersten Zeit wahrnahm, waren für mich seine nahezu dreidimensionalen Zeichnungen, mit denen er mir half, ein Geometrie-Theorem besser zu verstehen.

Ging es um den Krieg, versuchten meine Schwester und ich, ihm Geschichten darüber zu entlocken, was er wo getan hatte. Es war eine Zeit der wahren und falschen Erinnerungen, und Rachel und ich waren neugierig. Der Falter und meine Mutter sprachen von Leuten, mit denen sie beide seit jenen Tagen bekannt waren. Es war klar, dass sie ihn schon gekannt hatte, bevor er bei uns einzog, aber es erstaunte uns, dass er etwas mit dem Krieg zu tun gehabt hatte, denn er hatte so gar nichts Kriegerisches an sich. Wenn er im Haus war, merkte man es meist an der leisen Klaviermusik aus seinem Radio, und sein derzeitiger Beruf schien mit einer Organisation zu tun zu haben, die sich mit Buchhaltung und Gehältern beschäftigte. Immerhin hatten wir erfahren, nachdem wir ein paarmal nachgehakt hatten, dass beide als »Feuerwache« an einem Ort namens Bird's Nest beschäftigt gewesen waren, der sich auf dem Dach des Grosvenor House Hotel befand. Wir saßen da in unseren Pyjamas und tranken Malzmilch, während sie in Erinnerungen schwelgten. Eine Anekdote tauchte auf und verschwand dann wieder. Einmal, kurz bevor wir zur neuen Schule mussten, bügelte meine Mutter die Hemden unserer Uniform in einer Ecke des Wohnzimmers, während der Falter zögernd am Fuß der Treppe stand, im Begriff wegzugehen, so als gehöre er nicht so recht zu uns. Aber dann blieb er doch da und sprach davon, wie tapfer meine Mutter gewesen war, als sie während der Ausgangssperre nachts Männer zur Küste an eine Stelle namens »Berkshire Unit« gefahren hatte und bloß »ein paar Schokoladeriegel und die kalte Luft vom offenen Fenster her« sie am Einschlafen gehindert hatten. Während er ausholte, hörte meine Mutter seiner Beschreibung aufmerksam zu und hielt das Bügeleisen mit der rechten Hand in die Luft, um nicht den Hemdkragen zu verbrennen, ganz auf seine schattenhafte Geschichte konzentriert.

Schon damals hätte ich es wissen müssen.

Bei ihren Unterhaltungen verwischten sie absichtlich die Zeiten. Einmal erfuhren wir, dass unsere Mutter deutsche Botschaften empfangen und Daten von einem Ort namens Chicksand's Priory in Bedfordshire über den Ärmelkanal geschickt hatte, die Ohren an die Kopfhörer eines Radios mit hochkomplexen Frequenzen gepresst, oder auch vom Bird's Nest, und wir ahnten mit der Zeit, dass das wenig mit ihrem Job als »Feuerwache« zu tun hatte. Es wurde uns klar, dass meine Mutter über ungeahnte Talente verfügte. Hatte sie mit ihren schönen weißen Armen, ihren zarten Fingern in voller Absicht einen Mann erschossen? Ich entdeckte einen athletischen Zug an ihr, wenn sie anmutig die Treppe hochrannte. Das war uns vorher nicht aufgefallen. In dem Monat zwischen der Abreise unseres Vaters und ihrem Verschwinden zu Beginn unserer Schulzeit Mitte September entdeckten wir eine erstaunlichere und dann auch intimere Seite an ihr. Und der kurze Moment, als sie mit dem heißen Bügeleisen in der Hand dem Falter zuhörte, wie er ihr die gemeinsamen früheren Tage in Erinnerung rief, hinterließ einen unauslöschlichen Eindruck.

Da unser Vater nicht mehr da war, kam uns das Haus freier, geräumiger vor. Wir hörten im Radio spannenden Geschichten zu und ließen das Licht an, weil wir das Gesicht des anderen sehen wollten. Vermutlich langweilten sie diese Geschichten, aber wir wollten sie dabeihaben, wenn wir Nebelhörner hörten und Winde, die wie Wolfsgeheul über die Moore bliesen, und langsame verdächtige Schritte oder das Splittern eines Fensters, und während sich diese Dramen zutrugen, behielt ich die nur zur Hälfte erzählte Geschichte im Kopf, wie sie damals ohne Scheinwerferlicht zur Küste gefahren war. Mehr als diese Radiosendungen liebte sie es freilich, samstagnachmittags auf dem Sofa liegend der *Stunde des Naturkundlers* in der BBC zuzuhören, wobei sie das Buch in ihrer Hand vergaß. Das Programm erinnerte sie an Suffolk, sagte sie. Und wir hörten mit halbem Ohr zu, wenn der Mann im Radio sich endlos über Flussinsekten ausließ und über Kalkströme, in denen er gefischt hatte; es klang nach einer mikroskopisch kleinen und fernen Welt, während Rachel und ich auf dem Teppich kauerten, mit einem Puzzle beschäftigt, und Teile eines blauen Himmels zusammensetzten.

Einmal fuhren wir drei mit dem Zug vom Bahnhof Liverpool Street zu ihrem Elternhaus in Suffolk. Im selben Jahr waren unsere Großeltern bei einem Autounfall ums Leben gekommen, und nun sahen wir unserer Mutter zu, wie sie stumm im Haus umherging. Ich weiß noch, dass wir an den Rändern der Diele im Erdgeschoss vorsichtig auftreten mussten, damit die hundertjährigen Bohlen nicht glucksten und zwitscherten. »Das ist ein Nachtigallenboden«, erklärte unsere Großmutter. »So sind wir nachts vor Einbrechern gewarnt.« Bei jeder Gelegenheit hüpften Rachel und ich darauf herum.

Aber am glücklichsten waren wir, wenn wir mit unserer Mutter allein in London waren. Wir sehnten uns nach ihrer zerstreuten, schläfrigen Zuneigung, hatten mehr von ihr, als wir je zuvor bekommen hatten. Es war, als wäre sie wieder eine frühere Version ihrer selbst geworden. Bis zur Abreise meines Vaters war sie eine flinke, tüchtige Mutter gewesen, die zur Arbeit ging, wenn wir in die Schule mussten, und die meist rechtzeitig zum gemeinsamen Abendessen nach Hause kam. War der Grund für diese neue Seite, dass sie von ihrem Ehemann befreit war? Oder bereitete sie sich darauf vor, dass sie sich von uns zurückziehen würde, gab sie uns Hinweise darauf, wie sie erinnert werden wollte? Sie half mir mit meinem Französisch und mit Cäsars *Gallischem Krieg* – sie war phantastisch in

Latein und Französisch – als Vorbereitung auf das Internat. Am überraschendsten war, dass sie uns ermutigte, wir sollten allein in der Einsamkeit unseres Hauses hin und wieder eigene Theatervorstellungen geben; dabei verkleideten wir uns als Priester oder gingen wie Matrosen und Schurken auf den Fußballen.

Taten das andere Mütter auch? Sanken sie aufstöhnend auf das Sofa nieder mit einem Messer im Rücken? Nichts dergleichen fand statt, wenn der Falter in der Nähe war. Aber warum tat sie es überhaupt? Langweilte es sie, sich tagtäglich mit uns beschäftigen zu müssen? Wenn sie sich hübsch machte oder sich hässlich kostümierte, wurde sie dann eine andere, nicht bloß unsere Mutter? Am schönsten war es, wenn wir, sobald das erste Tageslicht in unser Zimmer fiel, zu ihr ins Schlafzimmer tappten wie neugierige Hunde und ihr noch ungeschminktes Gesicht betrachteten, die geschlossenen Augen und die weißen Schultern und Arme, die sich gleich nach uns ausstreckten. Denn ob es früh oder spät war, sie war immer wach und auf uns vorbereitet. Wir überraschten sie nie. »Komm her, Stitch, komm her, Wren«, murmelte sie dann. Stich und Zaunkönig, so nannte sie uns. Vermutlich hatten Rachel und ich nur damals das Gefühl, wir hätten eine richtige Mutter.

Anfang September wurde der Überseekoffer aus dem Keller geholt, und wir sahen zu, wie sie ihn mit Kleidern, Schuhen, Halsketten, englischen Romanen, Landkarten sowie Dingen und Utensilien füllte, die man, wie sie sagte, in Fernost wohl nicht bekommen könne; sie packte sogar überflüssig scheinende Wollsachen ein, denn in Singapur, erklärte sie, sei es abends oft »frisch«. Rachel musste ihr aus einem Baedeker Informationen über die Gegend und den Busverkehr vorlesen und auch, wie man dort für »Genug«, »Mehr« oder »Wie weit ist es?« sagte. Wir zitierten die Ausdrücke laut, mit einem Akzent, den wir für den typischen Akzent des Ostens hielten.

Vielleicht dachte sie, die speziellen Umstände und die Ruhe, mit der sie den großen Koffer packte, würden uns überzeugen, wie vernünftig diese Reise war, doch stattdessen fühlten wir uns nur noch mehr verwaist. Es war fast so, als erwarteten wir, dass sie in diesen schwarzen Holzkoffer klettern würde, der mit seinen Ecken aus Messing so sehr nach einem Sarg aussah, und dann weggebracht würde. Es dauerte mehrere Tage, diese Packerei, ein langsamer und schicksalhafter Vorgang, wie eine nicht endende Gespenstergeschichte. Unsere Mutter war im Begriff, sich zu verändern. Sie würde zu etwas werden, das wir nicht sehen konnten. Vielleicht war es für Rachel anders. Möglicherweise wirkte es auf sie theatralisch. Sie war über ein Jahr älter. Für mich jedoch legte dieses dauernde Überlegen und Umpacken es nahe, dass unsere Mutter für immer verschwand. Bevor sie fortging, war das Haus unsere Höhle gewesen. Nur ein paarmal spazierten wir drei am Flussufer entlang. Sie sagte, in den folgenden Wochen werde sie viel zu viel unterwegs sein.

Dann musste sie plötzlich fort, aus irgendeinem Grund früher als vorgesehen. Meine Schwester ging ins Badezimmer und bemalte sich das Gesicht ganz weiß; sie kniete sich dann mit diesem ausdruckslosen Gesicht an der Treppe oben hin, streckte die Arme durch das Geländer und wollte nicht loslassen. An der Haustür versuchte ich mit meiner Mutter zusammen Rachel zu überreden, herunterzukommen. Es war, als hätte meine Mutter alles so arrangiert, dass es zu keinem tränenreichen Abschied kam.

Ich besitze eine Fotografie meiner Mutter, auf der man ihre Gesichtszüge kaum erkennen kann. Ich erkenne sie einfach an ihrer Haltung, irgendeiner Geste, obwohl das Bild vor meiner Geburt entstanden ist. Sie ist siebzehn oder achtzehn, und das Foto wurde von ihren Eltern am Ufer ihres Flusses in Suffolk aufgenommen. Sie ist gerade schwimmen gewesen, hat sich das Kleid wieder übergestreift und steht nun auf einem Bein da, das andere seitlich abgewinkelt, um sich einen Schuh anzuziehen, den Kopf geneigt, sodass das blonde Haar ihr Gesicht bedeckt. Ich fand das Bild später im Gästezimmer unter den wenigen Erinnerungsstücken, die sie nicht hatte wegwerfen wollen. Ich besitze es immer noch. Diese fast anonyme Person in einem prekären Gleichgewicht, um einen festen Stand bemüht. Schon damals inkognito.

*

Mitte September kamen wir in unsere jeweiligen Schulen. Da wir Tagesschüler gewesen waren, war uns das Leben im Internat fremd, wogegen alle anderen bereits wussten, dass man sie eigentlich im Stich gelassen hatte. Wir fanden es dort furchtbar, und nach einem Tag schrieben wir unseren Eltern an eine Postfachadresse in Singapur und baten darum, befreit zu werden. Ich rechnete mir aus, dass unser Brief in einem Postwagen zu den Docks von Southampton befördert würde und dann per Schiff in weit entfernten Häfen landen und sie wieder verlassen würde, ohne dass irgendjemand es damit eilig hätte. Ich wusste, dass angesichts dieser Entfernung und nach sechs Wochen unsere Liste von Beschwerden bedeutungslos erscheinen würde. Zum Beispiel, dass ich drei Treppen im Dunkeln nach unten gehen musste, um nachts ein Badezimmer zu finden. Die meisten der normalen Insassen pinkelten gewöhnlich in ein bestimmtes Waschbecken auf unserem Stock, neben dem Becken, wo man sich die Zähne putzte. Das war seit Generationen so üblich gewesen, und im Lauf von Jahrzehnten hatte der Urin in diesem bestimmten Emailbecken eine deutliche Spur hinterlassen. Eines Nachts jedoch, als ich schläfrig in das Waschbecken pinkelte, spazierte der Housemaster vorbei und wurde Zeuge meiner Tat. Bei der Versammlung am nächsten Tag hielt er eine empörte Ansprache über den schändlichen Akt, den er zufällig mit angesehen hatte, und erklärte, nicht einmal in den vier Jahren, die er im Krieg gekämpft habe, habe er so etwas Unanständiges erlebt. Das schockierte Schweigen unter den Jungen am Gymnasium bedeutete in Wirklichkeit, dass der Housemaster eine Tradition beleidigte, die schon in Zeiten bestanden hatte, als Shackleton und P. G. Wodehouse noch keine berühmten Männer gewesen waren (allerdings wurde der eine von der Anstalt verwiesen, der andere später erst nach langem Hin und Her zum Ritter geschlagen). Ich hoffte, ebenfalls von der Schule verwiesen zu werden, doch vergebens, weil der Präfekt nicht aufhören konnte zu lachen. Auf jeden Fall erwartete ich keine vernünftige Antwort von meinen Eltern, auch dann nicht, als ich in einem gesudelten zweiten Brief mein Verbrechen in Form eines Postskriptums gestand. Ich klammerte mich an die Hoffnung, dass es eher unser Vater gewesen war, der die Idee mit dem Internat aufgebracht hatte, als unsere Mutter, sie also vielleicht die einzige Chance war, dass wir freikommen könnten.

Unsere Schulen waren eine halbe Meile voneinander entfernt, und Rachel und ich verständigten uns miteinander, indem wir uns ein Fahrrad liehen und uns auf dem Common trafen. Wir beschlossen, was immer wir taten, gemeinsam zu tun.

Also schlichen wir uns mit den Tagesschülern in der Mitte der zweiten Woche, bevor noch unsere Bittbriefe auch nur bis auf den Kontinent gelangt waren, nach der letzten Unterrichtsstunde fort und trieben uns in der Nähe der Victoria Station bis zum Abend herum, als wir uns sicher sein konnten, dass der Falter daheim war und uns ins Haus lassen würde. Wir kehrten also in die Ruvigny Gardens zurück. Beide wussten wir, dass der Falter der einzige Erwachsene war, auf den unsere Mutter anscheinend hörte.

»Soso, ihr habt also nicht bis zum Wochenende warten können?«, sagte er nur. Ein dünner Mann saß in dem Sessel, in dem sonst mein Vater gesessen hatte.

»Das ist Mr Norman Marshall. Er war mal der beste Weltergewichtler nördlich vom Fluss, bekannt als der Boxer von Pimlico. Ihr habt vielleicht schon mal von ihm gehört?«

Wir schüttelten den Kopf. Wir waren einigermaßen konsterniert, dass der Falter jemanden in unser Elternhaus eingeladen hatte, den wir nicht kannten. Auf so eine Idee wären wir nie gekommen. Außerdem waren wir aufgeregt, weil wir aus der Schule geflohen waren und nicht wussten, wie unser noch unerprobter Betreuer reagieren würde. Doch aus irgendeinem Grund interessierte sich der Falter nicht für unsere Flucht mitten in der Woche.

»Ihr habt bestimmt Hunger. Ich mach euch eine Dose Baked Beans warm. Wie seid ihr hergekommen?«

»Mit dem Zug. Dann dem Bus.«

»Gut.« Und damit ging er in die Küche und ließ uns mit dem Boxer von Pimlico allein.

»Sind Sie sein Freund?«, fragte Rachel.

»Keineswegs.«

27

»Warum sind Sie dann hier?«

»Das ist der Sessel von meinem Vater«, sagte ich.

Er nahm keine Notiz von mir und wandte sich an Rachel. »Er wollte, dass ich herkomme, Schätzchen. Überlegt sich, ob er an diesem Wochenende in Whitechapel auf einen bestimmen Hund wetten soll. Bist du schon mal dort gewesen?«

Rachel schwieg, als sei sie gar nicht angesprochen worden. Er war noch nicht einmal ein Freund unseres Untermieters.

»Hat es dir die Sprache verschlagen?«, erkundigte er sich und wandte dann seine blassblauen Augen mir zu. »Bist du schon mal bei einem Hunderennen gewesen?« Ich schüttelte den Kopf, und dann kam der Falter zurück.

»Da wären eure Bohnen.«

»Sie sind noch nie bei einem Hunderennen gewesen, Walter.«

Walter?

»Ich könnte sie diesen Samstag mitnehmen. Wann ist dein Rennen?«

»Der O'Meara Cup ist immer um drei Uhr nachmittags.«

»Die Kinder dürfen manchmal an den Wochenenden raus, wenn ich eine Benachrichtigung schreibe.«

»Aber … «, sagte Rachel. Der Falter wandte sich ihr zu und wartete, dass sie weitersprach.

»Wir wollen nicht zurück.«

»Walter, ich muss los. Sieht aus, als gäbe es da ein Problem.«

»O nein, kein Problem«, sagte der Falter nonchalant. »Das klären wir noch. Vergiss nicht das Signal. Ich will meine Moneten nicht auf einen unbrauchbaren Hund setzen.«

»Natürlich nicht … « Der Boxer stand auf, legte meiner

Schwester merkwürdigerweise eine Hand sanft auf die Schulter und ließ uns drei allein.

Wir aßen die Bohnen, während unser Betreuer uns völlig unvoreingenommen beobachtete.

»Ich rufe in der Schule an und sag ihnen, sie sollen sich keine Sorgen machen. Die machen sich bestimmt gerade in die Hose vor Angst.«

»Ich hätte morgen als Erstes eine Matheprüfung«, bekannte ich.

»Man hätte ihn beinahe rausgeworfen, weil er in ein Waschbecken gepinkelt hat!«, sagte Rachel.

Rasch und diplomatisch setzte der Falter seine ganze Autorität ein; er begleitete mich früh am nächsten Morgen in die Schule und sprach eine halbe Stunde lang mit dem Master, einem gedrungenen, furchteinflößenden Mann, der immer auf Kreppsohlen geräuschlos die Gänge entlangschlich. Dass der Mann, der gewöhnlich sein Essen an Ständen in der Bigg's Row einnahm, eine so große Autorität besaß, erstaunte mich außerordentlich. Wie auch immer, an diesem Morgen kehrte ich jedenfalls als Tagesschüler in meine Klasse zurück, und der Falter ging mit Rachel weiter zu ihrer Schule, um dort die andere Hälfte des Problems zu lösen. Damit waren wir in unserer zweiten Woche wieder Tagesschüler geworden. Wir verschwendeten keinen Gedanken an die Frage, was unsere Eltern zu dieser radikalen Neuordnung unseres Lebens wohl sagen würden.

Unter der Obhut des Falters fingen auch wir an, uns unser Essen meistens an den Straßenständen zu besorgen. Nach der Bombardierung vier Jahre zuvor gab es keinen Verkehr mehr auf der Bigg's Row. Einige Jahre vorher, bald nachdem Rachel und ich evakuiert worden waren und bei unseren Großeltern in

Suffolk lebten, schlug eine Bombe, vermutlich für die Putney Bridge gedacht, auf der High Street ein, ein paar hundert Meter von Ruvigny Gardens entfernt. Die Black-&-White-Milchbar und der Tanzclub Cinderella wurden zerstört, fast hundert Menschen kamen ums Leben. In dieser Nacht schien »ein Fliegerbombenmond«, wie meine Großmutter das nannte – Großstädte, Kleinstädte und Dörfer waren verdunkelt, doch das Land war klar und deutlich im Mondlicht zu sehen. Auch als wir am Ende des Krieges in die Ruvigny Gardens zurück-kehrten, lagen noch viele Straßen in unserer Gegend teilweise in Schutt und Asche, und drei, vier Karren an der Bigg's Row verkauften Essen, das in den Hotels im West End übrig geblie-ben war. Es hieß, der Falter lenke einen Teil dieser Restbe-stände in Gebiete südlich der Themse.

Rachel und ich hatten uns noch nie zuvor Essen von einem Karren gekauft, doch wir gewöhnten uns bald daran. Unser Betreuer war nicht am Kochen interessiert und nicht einmal daran, dass man für ihn kochte. Er zog, sagte er, »ein rastloses Leben« vor. Also standen wir fast jeden Abend mit ihm neben Schneidern und Polsterern aus der Gegend, deren Werkzeuge noch vom Gürtel baumelten, und einer Opernsängerin, wäh-rend sie über die Neuigkeiten vom Tage diskutierten und strit-ten. Der Falter wirkte lebhafter als sonst, und die Augen hinter der Brille registrierten alles. Bigg's Row schien seine eigent-liche Heimat, seine Bühne, auf der er sich am wohlsten fühlte, während meine Schwester und ich uns wie Eindringlinge vor-kamen.

Trotz seines leutseligen Verhaltens während dieser Abend-essen außer Haus blieb der Falter für sich. Nur selten offen-barte er uns seine Gefühle. Hin und wieder stellte er zwar merkwürdige Fragen – so erkundigte er sich bei mir angelegentlich nach der Kunstgalerie, die zu meiner Schule gehörte, und wollte wissen, ob ich ihm ihren Grundriss aufzeichnen könnte –, doch es war klar, dass er das, was ihn beschäftigte, für sich behielt, ebenso wie seine Kriegserlebnisse. Er war befangen gegenüber jungen Leuten. »Hört mal her ...« Er blickte einen Moment lang von der Zeitung hoch, die auf dem Esstisch ausgebreitet lag. »Mr Rattigan soll gesagt haben, *le vice anglais* sei nicht die Päderastie oder die Flagellation, sondern die Unfähigkeit der Engländer, Gefühle zu äußern.« Und dann hielt er inne und wartete auf eine Reaktion von uns.

Als voreingenommene, überhebliche Teenager mutmaßten wir, dass Frauen den Falter eher unattraktiv fanden. Meine Schwester machte eine Liste seiner Merkmale. Dichte, horizontal verlaufende schwarze Augenbrauen. Ein dicker, wenn auch sympathischer Bauch. Sein großer Zinken. Für einen reservierten Mann, der klassische Musik liebte und meist stumm durchs Haus spazierte, nieste er unglaublich laut. Wallungen von Luft wurden nicht einfach von seiner Nase ausgestoßen, sondern schienen aus den Tiefen dieses dicken und sympathischen Bauchs zu kommen. Sofort danach folgten unter lautem Getöse noch drei oder vier Nieser. Spätnachts konnte man ganz deutlich hören, wie sie von seiner Dachwohnung nach unten drangen, als wäre er ein Schauspieler mit klassischer Ausbildung, dessen Flüstern bis in die hintersten Reihen reichte.

Meist saß er abends nur da, blätterte *Country Life* durch und studierte teure herrschaftliche Anwesen, wobei er aus einem fingerhutgroßen blauen Glas etwas trank, was wie Milch aussah. Für jemanden, der so missbilligend vom Fortschreiten des Kapitalismus sprach, legte der Falter eine heftige Neugier in

Bezug auf die Aristokratie an den Tag. Das Gebäude, das ihn am meisten faszinierte, waren die berühmten Wohnungen im Albany, in die man durch einen separaten Innenhof in Piccadilly gelangte, und einmal hörten wir ihn murmeln: »Da würde ich gern einmal herumspazieren.« Es war fast das einzige Mal, dass er sich zu illegalen Gelüsten bekannte.

Meist verließ er uns bei Sonnenaufgang und blieb weg bis zur Abenddämmerung. In den Weihnachtsferien nahm er mich einmal mit zum Piccadilly Circus, weil er wusste, dass ich nichts zu tun hatte. Um sieben Uhr früh betrat ich zusammen mit ihm die mit einem dicken Teppich ausgelegte Lobby der Criterion's Banquet Hall, wo er die Arbeit des Personals, zum größten Teil Einwanderer, beaufsichtigte. Jetzt, da der Krieg vorbei war, schienen die Menschen ständig in Feierlaune zu sein. Binnen einer halben Stunde hatte er seinen Leuten die verschiedenen Aufgaben zugewiesen – Korridore staubsaugen, Läufer auf den Treppen einseifen und trocknen, Geländer polieren, hundert schmutzige Tischtücher in die Wäscherei im Keller bringen. Und je nachdem, wie viele Personen an dem jeweiligen abendlichen Bankett teilnehmen würden – eine Feier zu Ehren eines neuen Mitglieds im House of Lords, eine Bar-Mizwa, ein Debütantinnenball oder das letzte Geburtstagsfest einer reichen alten Witwe vor ihrem Tod –, dirigierte er das Personal wie ein Choreograf, sodass die riesigen leeren Bankettsäle wie im Zeitraffer verwandelt wurden, bis sie am Ende bis zu hundert Tischen und sechshundert Stühlen für das abendliche Ereignis Platz boten.

Manchmal musste unser Betreuer bei diesen Veranstaltungen dabei sein, wie ein Falter im Schatten der nur halb beleuchteten Peripherie des vergoldeten Saals. Aber ihm waren eindeutig die frühen Morgenstunden lieber, wenn das Personal, das die abendlichen Gäste nie zu sehen bekamen, wie auf einem Wandfresko in dem dreißig Meter langen Großen Saal arbeitete, wo riesige Staubsauger heulten, Männer mit langen Staubwedeln auf Leitern standen, um Spinnweben von Kronleuchtern zu pflücken, und andere das Holz polierten, um die Gerüche der vergangenen Nacht zu vertreiben. Es war genau das Gegenteil vom verlassenen Büro meines Vaters und erinnerte mehr an einen Bahnhof, auf dem jeder Passagier ein bestimmtes Ziel hatte. Ich kletterte eine schmale metallene Treppe zu den Bogenlampen hinauf, die darauf warteten, angezündet zu werden, wenn getanzt wurde, und sah auf alle hinunter. Inmitten dieses großen Menschenmeers saß der Falter, eine große, einsame Gestalt, ganz allein an einem der hundert runden Esstische, zufrieden mit dem Chaos um sich herum, während er Formulare ausfüllte; er hatte offenbar genau im Kopf, wo sich jeder in dem fünfstöckigen Gebäude befand oder befinden sollte. Den ganzen Vormittag über organisierte er die Silberpolierer und die Konditoren, die Leute, die die Räder von Servierwagen und die Türen von Aufzügen ölten, jene, die Fusseln und Erbrochenes beseitigten, die, die auf jedes Waschbecken ein neues Stück Seife legten, andere, die in den Urinalen die Chlormedaillons anbrachten, die Männer, die vor dem Eingang das Pflaster mit dem Schlauch abspritzten, die Einwanderer, die Geburtstagstorten mit englischen Namen verzierten, die sie nie zuvor geschrieben hatten, Zwiebeln schnitten, mit schrecklichen Messern Schweine aufschlitzten oder vorbereiteten, was immer zwölf Stunden später im Ivor Novello Room oder im Miguel Invernio Room bestellt wurde.

Pünktlich um drei Uhr nachmittags verließen wir an jenem Tag das Gebäude, und der Falter verschwand, während ich allein nach Hause ging. Wenn es einen Notfall gab, kehrte er abends ins Criterion zurück, aber was immer mein Betreuer von nachmittags um drei Uhr bis zur Heimkehr in die Ruvigny Gardens trieb, durfte man nicht erfahren. Er war ein Mann vieler Türen. Gab es andere Tätigkeiten, mit denen er sich vielleicht auch nur ein, zwei Stunden beschäftigte? War es eine ehrenamtliche Aufgabe im Bereich der Caritas, oder ging es um einen Umsturz? Wir lernten jemanden kennen, der andeutete, dass er an zwei Nachmittagen in der Woche für die radikale semitische Internationale Gewerkschaft der Schneider, Maschinisten und Reinigungsbetriebe arbeitete. Aber das war vielleicht ein bloßes Gerücht, ähnlich wie die Behauptung, er sei im Krieg als Feuerwache bei der Home Guard tätig gewesen. Das Dach des Grosvenor House Hotel war einfach, wie ich später entdeckte, der Ort gewesen, von wo aus man am besten Radiosendungen an die alliierten Truppen hinter den feindlichen Linien auf dem Kontinent senden konnte. Dort hatte der Falter zuerst mit unserer Mutter gearbeitet. Früher hatten wir uns an diese Schnipsel von Geschichten über die beiden im Krieg gehalten, doch nachdem sie fort war, zog sich der Falter zurück und erwähnte kaum mehr solche Anekdoten.

Höllenfeuer

Am Ende dieses ersten Winters, den wir mit dem Falter verbrachten, nahm mich Rachel mit in den Keller, und da stand,
unter einer Plane und neben mehreren Schachteln, die sie weg-
gezogen hatte, der Überseekoffer unserer Mutter. Keineswegs
in Singapur, sondern hier. Es kam mir vor wie ein magischer
Akt, als wäre der Koffer nach seiner Reise ins Haus zurückgekommen. Ich sagte nichts. Ich stieg die Treppe aus dem Keller
hoch. Ich hatte, glaube ich, Angst, wir würden dort ihre Leiche
finden, an all die Kleider gepresst, die so sorgfältig zusammen-
gefaltet und verpackt worden waren. Die Tür fiel ins Schloss,
als Rachel das Haus verließ.

Ich war in meinem Zimmer, als spätabends der Falter heim-
kam. Sonst ließ er uns in Ruhe, wenn wir in unseren Zimmern
waren. Diesmal klopfte es an der Tür, und er trat ein. Er sagte,
im Criterion habe es am Abend eine Krise gegeben.

»Du hast nichts gegessen.«

»Doch«, sagte ich.

»Nein, hast du nicht. Das hätte ich sonst bemerkt. Ich koch
dir was.«

»Nein danke.«

»Lass mich … «

»Nein danke.«

Ich wollte ihn nicht ansehen. Er blieb, wo er war, und sagte
nichts. Schließlich sagte er leise »Nathaniel«. Das war alles.
Und dann: »Wo ist Rachel?«

»Ich weiß nicht. Wir haben ihren Koffer gefunden.«

»Ja«, sagte er leise. »Er ist hier, nicht wahr, Nathaniel.« Ich erinnere mich genau an seine Worte, daran, wie er behutsam meinen Namen wiederholte. Erneutes Schweigen, aber vielleicht waren meine Ohren auch taub für jedes Geräusch, selbst wenn es eins gab. Ich blieb vornübergekauert sitzen. Ich weiß nicht mehr, wie lange es dauerte, bis er mich nach unten in den Keller führte, wo er anfing, den Koffer auszupacken.

Darin lagen, ordentlich gebügelt wie für die Ewigkeit, sämtliche Kleider und Gegenstände, die sie in unserem Beisein so theatralisch gepackt und wobei sie begründet hatte, warum sie gerade dieses wadenlange Kleid oder jenen Schal brauchen würde. Den Schal musste sie mitnehmen, hatte sie erklärt, weil wir ihn ihr zum Geburtstag geschenkt hatten. Und diese Blechbüchse würde sie dort brauchen. Auch diese praktischen Schuhe. Alles hatte seinen Zweck, seinen Nutzen. Und alles war zurückgelassen worden.

»Wenn sie nicht dort ist, ist er dann auch nicht dort?«

»Er ist dort.«

»Warum ist er dort, wenn sie nicht dort ist?«

Schweigen.

»Wo ist sie?«

»Ich weiß es nicht.«

»Sie müssen es aber wissen. Sie haben das mit der Schule geregelt.«

»Das habe ich auf eigene Faust getan.«

»Sie haben Kontakt zu ihr. Haben Sie gesagt.«

»Ja, das habe ich gesagt. Aber wo sie jetzt ist, weiß ich nicht.«

Er hielt meine Hand in dem kalten Keller fest, bis ich sie ihm entzog und nach oben ging, um mich im unbeleuchteten Wohnzimmer neben den Gasofen zu setzen. Ich hörte, wie er heraufkam, aber nicht in das Zimmer ging, wo ich war, sondern hinauf in sein Zimmer unter dem Dach. Wenn man mich fragen würde, was mir aus meiner Jugend als Erstes einfiele, ohne dass ich lange überlegen müsste, dann wäre es dieses dunkle Haus während der nächtlichen Stunden, nachdem Rachel verschwunden war. Und wann immer mir der merkwürdige Ausdruck »Höllenfeuer« einfällt, ist es, als hätte ich ein Kennwort für jenen Augenblick gefunden, als ich mit dem Falter allein im Haus war und mich kaum vom Gasofen wegbewegte.

Er wollte mich überreden, mit ihm essen zu gehen. Als ich mich weigerte, öffnete er zwei Sardinendosen und servierte sie. Zwei Teller – einen für sich, einen für mich. Wir saßen neben meinem Ofen. Er rückte im Dunkeln zu mir, erhellt von dem schwachen bläulichen Gaslicht. Ich erinnere mich nicht mehr recht, worüber wir sprachen, weiß nicht mehr die Reihenfolge. Es war, als versuchte er, etwas zu erklären oder aufzubrechen, von dem ich noch nichts wusste.

»Wo ist mein Vater?«

»Ich habe keinen Kontakt zu ihm.«

»Aber meine Mutter wollte zu ihm.«

»Nein.« Er hielt einen Moment inne und überlegte. »Glaub mir, sie ist nicht bei ihm.«

»Aber sie ist doch seine Frau.«

»Das ist mir klar, Nathaniel.«

»Ist sie tot?«

»Nein.«

»Ist sie in Gefahr? Wo ist Rachel hin?«

»Ich werde sie finden. Lass sie eine Weile in Ruhe.«

»Ich fühle mich nicht sicher.«

»Ich bleibe hier bei dir.«

»Bis unsere Mutter zurückkommt?«

»Ja.«

Schweigen. Ich wollte aufstehen und weggehen.

»Erinnerst du dich an die Katze?«

»Nein.«

»Du hattest mal eine Katze.«

»Nein, hatte ich nicht.«

»Doch.«

Aus Höflichkeit sagte ich nichts. Der Falter war schließlich erst seit ein paar Monaten im Haus. Ich hatte nie eine Katze. Ich mag keine Katzen.

»Ich gehe ihnen aus dem Weg«, sagte ich.

»Ich weiß«, sagte der Falter. »Und warum wohl? Warum gehst du ihnen aus dem Weg?«

Der Gasofen fing an zu flackern, und der Falter kniete sich davor hin und steckte eine Münze in den Schlitz, sodass er weiterbrannte. Die Flammen beleuchteten sein Gesicht von der Seite. Er verharrte in seiner Stellung, als wüsste er, dass er wieder im Dunkeln wäre, wenn er sich zurücklehnte; als wollte er, dass ich ihn sähe, dass es zwischen uns vertraulich bliebe.

»Du hast eine Katze gehabt«, sagte er noch einmal. »Du hast sie geliebt. Sie war das einzige Haustier, das du als Kind gehabt hast. Es war eine kleine Katze. Sie hat immer darauf gewartet, dass du nach Hause kamst. Man erinnert sich nicht an alles. Erinnerst du dich noch an deine erste Schule? Bevor ihr in die Ruvigny Gardens gezogen seid?« Ich schüttelte den Kopf und sah ihn an. »Du hast die Katze geliebt. Abends, nachdem du eingeschlafen warst, klang es, als würde sie sich etwas vorsingen. Aber es war eher ein Gejaule, kein schönes Geräusch, aber die Katze jaulte eben gern. Das irritierte deinen

Vater. Er hatte einen leichten Schlaf. Diese Angst vor plötzlichen Geräuschen hatte er noch aus dem letzten Krieg. Das Gejaule deiner Katze machte ihn rasend. Damals habt ihr alle noch am Stadtrand von London gelebt. In Tulse Hill, glaube ich. Oder nicht weit davon.«

»Woher wissen Sie das?«

Er schien mich nicht zu hören.

»Ja, in Tulse Hill. Was soll das bedeuten, *Tulse*? Dein Vater hat dich gewarnt. Weißt du noch? Er kam abends immer in dein Zimmer, es lag neben dem Schlafzimmer deiner Eltern, nahm die Katze und setzte sie für den Rest der Nacht ins Freie. Aber das machte es nur noch schlimmer. Die Katze sang nur noch lauter. Natürlich war das für deinen Vater kein Gesang. Nur für dich. Das hast du ihm gesagt. Das Komische war, dass die Katze mit ihrem Gejaule erst anfing, wenn du eingeschlafen warst, als ob sie dich nicht beim Einschlafen stören wollte. Also hat dein Vater sie eines Abends umgebracht.«

Ich wandte meine Augen nicht vom Feuer ab. Der Falter beugte sich noch weiter nach vorn ins Licht, sodass ich sein Gesicht sehen musste, erkennen musste, dass es ein menschliches Gesicht war, auch wenn es schien, als brenne es.

»Als du am nächsten Morgen deine Katze nicht finden konntest, hat er es dir gesagt. Es tue ihm leid, aber er habe den Krach nicht ertragen können.«

»Was habe ich dann getan?«

»Du bist von zu Hause fortgerannt.«

»Wohin? Wohin bin ich gegangen?«

»Zu einem Freund deiner Eltern. Du hast dem Freund erzählt, dass du jetzt bei ihm leben wolltest.«

Schweigen.

»Er war ein brillanter Mann, dein Vater, aber er war nicht ganz stabil. Der Krieg hat ihn sehr mitgenommen, verstehst du. Da war nicht nur seine Angst vor plötzlichen Geräuschen. Es gab irgendetwas Heimliches um ihn, und er musste allein sein. Deine Mutter wusste das. Vielleicht hätte sie es dir sagen sollen. Kriege haben nichts Glorreiches.«

»Woher wissen Sie das alles? Woher?«

»Man hat es mir erzählt«, sagte er.

»Wer hat es Ihnen erzählt? Wer …«, und dann stockte ich.

»Zu mir bist du dann gekommen. Du hast es mir erzählt.«

Dann schwiegen wir beide. Der Falter stand auf, entfernte sich vom Feuer, bis ich sein Gesicht kaum mehr im Dunkeln sehen konnte. So konnte man leichter reden.

»Wie lange bin ich bei Ihnen geblieben?«

»Nicht sehr lang. Irgendwann musste ich dich nach Hause zurückbringen. Erinnerst du dich noch?«

»Ich weiß nicht.«

»Eine Zeitlang hast du nicht mehr gesprochen. So hast du dich sicherer gefühlt.«

An jenem Abend kam meine Schwester erst spät zurück, lange nach Mitternacht. Sie wirkte unbeteiligt, sprach kaum ein Wort mit uns. Der Falter machte ihr keine Vorhaltungen wegen ihrer Abwesenheit, fragte nur, ob sie getrunken habe. Sie zuckte die Schultern. Sie wirkte erschöpft, Arme und Beine waren schmutzig. Nach dieser Nacht wurde ihre Beziehung zu unserem Betreuer enger. Aber mir erschien es, als habe sie einen Fluss überquert und sei weiter weg von mir, anderswo. Schließlich war sie diejenige, die den Koffer entdeckt hatte, den unsere Mutter einfach »vergessen« hatte, als sie zu dem zweieinhalbtägigen Flug nach Singapur aufgebrochen war. Kein Schal, keine Büchse, kein wadenlanges Kleid, in dem sie während eines nachmittäglichen Tanztees in irgendeinem Ballsaal hätte herumwirbeln können, mit meinem Vater oder mit wem auch immer sie zusammen war, wo immer sie war. Doch Rachel wollte darüber nicht sprechen.

Gustav Mahler schrieb das Wort »schwer« an manchen Stellen in seine Partituren. Das erzählte uns irgendwann der Falter, als sei es eine Warnung. Er sagte, wir müssten uns auf solche Momente vorbereiten, sodass wir richtig damit umgehen könnten, falls wir einmal von unserem Verstand Gebrauch machen müssten. Solche Situationen erleben wir alle, erklärte er immer wieder. So wie keine Partitur sich auf nur eine einzige Tonhöhe oder das Können der Orchestermusiker verlässt. Manchmal verlässt sie sich auf die Stille. Es war eine seltsame Warnung, seltsam, sich damit abzufinden, dass gar nichts mehr sicher war. »Schwer«, sagte er immer und imitierte Anführungszeichen mit den Fingern, und wir formulierten das Wort und dann die Übersetzung, oder wir akzeptierten es mit einem müden Nicken. Meine Schwester und ich gewöhnten uns an, das Wort im Wechsel aufzusagen – »schwer«.

*

Während ich all dies Jahre später aufschreibe, fühle ich mich manchmal, als schriebe ich bei Kerzenlicht. Als könnte ich nicht sehen, was im Dunkel jenseits der Bewegung dieses Stifts geschieht. Als wären es Momente ohne Zusammenhang. Picasso habe in seiner Jugend, erzählt man, nur bei Kerzenlicht gemalt, um die Bewegung der Schatten einzufangen. Ich saß als

Kind an meinem Schreibtisch und zeichnete Stadtpläne, die den Rest der Welt miteinbezogen. Das machen alle Kinder. Doch ich zeichnete so genau wie möglich: unsere U-förmige Straße, die Geschäfte an der Lower Richmond Road, die Fußpfade neben der Themse, die genaue Länge der Putney Bridge (700 Fuß), die Höhe der Backsteinmauern um den Friedhof von Brompton (20 Fuß) und schließlich das Kino Gaumont an einer Ecke der Fulham Road. Das tat ich jede Woche und achtete darauf, jede Veränderung zu registrieren, als wäre alles in Gefahr, was nicht vermerkt wurde. Ich brauchte eine geschützte Zone. Ich wusste, wenn ich zwei dieser selbstgemachten Karten nebeneinanderlegen würde, so würden sie aussehen wie diese Vexierbilder, bei denen man zehn Unterschiede finden muss zwischen zwei scheinbar identischen Abbildungen – die Zeiger auf einer Uhr, ein einmal zu-, dann aufgeknöpftes Jackett, einmal eine Katze, dann wieder keine.

An manchen Abenden bemerke ich im Dunkel meines ummauerten Gartens während eines Oktobersturms, wie die Mauern erbeben, wenn sie den Wind von der Ostküste hinauf in die Luft über mir lenken, und ich habe das Gefühl, nichts könnte in die Einsamkeit, die ich in diesem wärmeren Dunkel gefunden habe, einbrechen oder sie zunichtemachen. Als wäre ich vor der Vergangenheit geschützt, denn noch immer fürchte ich mich davor, mich an das vom Gaslicht erhellte Gesicht des Falters zu erinnern, während ich eine Frage nach der anderen stellte und versuchte, eine Tür ins Unbekannte aufzustoßen. Oder ich stöbere eine Jugendliebe auf. Auch wenn ich selten an diese Zeit denke.

Es gab eine Epoche, in der Architekten nicht nur für Bauten, sondern auch für Flussläufe zuständig waren. Christopher

Wren baute die Kathedrale von St. Paul's, veränderte aber auch den unteren Bereich des Fleet, indem er die Ufer verbreiterte, damit man auf dem Fluss Kohle transportieren konnte. Und doch wurde er mit der Zeit zum Abwasserkanal. Und als diese unterirdische Kloake austrocknete, wurden die im grandiosen Stil von Wren gebauten Gewölbe und geheimen Arkaden illegale Treffpunkte unter der Stadt, wo sich Menschen nachts auf dem Flussbett versammelten, das nun nicht mehr modrig und feucht war. Nichts ist von Dauer. Nicht einmal künstlerischer Ruhm schützt die weltlichen Dinge um uns herum. Der Teich, den Constable malte, trocknete aus und wurde unter Hampstead Heath begraben. Von einem kleinen Nebenfluss des Effra bei Herne Hill, den Ruskin als einen »von Kaulquappen wimmelnden Kolk« bezeichnet und von dem er schöne Skizzen gemacht hat, gibt es vermutlich nur noch eine einzige Zeichnung in einem Archiv. Der alte Fluss Tyburn verschwand, auch Geografen und Historiker verloren seine Spur. So ähnlich glaubte auch ich, meine sorgfältig verzeichneten Gebäude an der Lower Richmond Road seien gefährlich provisorisch, so wie große Gebäude im Krieg verlorengegangen waren, so wie wir Mütter und Väter verlieren.

Warum schien uns die Abwesenheit unserer Eltern kaum etwas auszumachen? Meinen Vater, den wir zuletzt gesehen hatten, als er die Avro Tudor nach Singapur bestieg, kannte ich kaum. Doch wo war meine Mutter? Oft saß ich im Obergeschoss eines langsamen Busses und sah auf die leeren Straßen hinunter. In manchen Stadtteilen sah man höchstens ein paar Kinder, die einsam und rastlos dahingingen, wie kleine Gespenster. Es war eine Zeit der Kriegsgespenster, von grauen

Gebäuden, unbeleuchtet bei Nacht, ihre zerbrochenen Fenster waren auch jetzt noch mit einem schwarzen Stoff bedeckt, wo Fensterscheiben gewesen waren. Immer noch wirkte die Stadt wie verwundet, sich ihrer selbst nicht sicher. Man konnte daher auf Regeln pfeifen. Alles war bereits passiert. Oder etwa nicht?

Ich gebe zu, dass ich den Falter zuweilen für gefährlich hielt. Es gab etwas Unausgeglichenes an ihm. Nicht, dass er uns gegenüber unfreundlich gewesen wäre, aber als alleinstehender Mann wusste er nicht, wie man Kindern die Wahrheit sagt. So kam es uns jedenfalls vor. Er zerstörte eine Ordnung, die es bei uns zu Hause eigentlich hätte geben müssen. Man erlebt so etwas, wenn ein Kind einen Witz hört, den man nur einem Erwachsenen erzählen sollte. Der Mann, den wir für still und schüchtern gehalten hatten, erschien uns nun geheimnisvoll und gefährlich. Auch wenn ich nicht glauben wollte, was er an jenem Abend am Gasofen erzählt hatte, merkte ich mir diese Information.

In den ersten Wochen, die wir allein mit dem Falter verbrachten, erschienen nur zwei Besucher, der Boxer von Pimlico und die Opernsängerin aus der Bigg's Row. Wenn ich von der Schule nach Hause kam, saß sie manchmal mit dem Falter am Esstisch, blätterte Partituren durch und verfolgte das Leitmotiv mit einem Bleistift. Aber das war, bevor das Haus sich bevölkerte. In den Weihnachtsfeiertagen kamen viele Bekannte des Falters und blieben meist bis spät am Abend, und ihre Gespräche drangen bis in unsere Zimmer, während wir schliefen. Um Mitternacht waren Treppenhaus und Wohnzimmer hell erleuchtet. Auch um diese Stunde waren die Gespräche nie belanglos, die Atmosphäre war immer gespannt, und es drehte sich immer um dringend benötigte Ratschläge. »*Was für ein Dopingmittel kann man einem Rennhund geben, das nicht nachzuweisen ist?*«, hörte ich einmal jemanden fragen. Aus unerfindlichen Gründen fanden wir solche Unterhaltungen nicht ungewöhnlich. So ähnlich hatten auch der Falter und unsere Mutter früher über das gesprochen, was sie im Krieg gemacht hatten.

Aber wer waren alle diese Leute? Hatten sie während des Krieges mit dem Falter zusammengearbeitet? Der gesprächige Imker, Mr Florence, der offenbar wegen eines Fehlverhaltens in der Vergangenheit, über das nicht gesprochen wurde, suspekt war, erklärte zum Beispiel, wie er seine fragwürdigen Kenntnisse der Anästhesie während des italienischen Feldzugs erworben hatte. Der Boxer behauptete, es gebe inzwischen so viele illegale Sonaraktivitäten auf der Themse, dass der Stadtrat von Greenwich vermute, ein Wal sei in die Mündung hereingeschwommen. Es war klar, dass die Freunde des Falters etwas links von der neuen Labour-Partei standen – ungefähr drei Meilen davon entfernt. Und in unserem Haus, das so ordentlich und spartanisch eingerichtet gewesen war, als meine Eltern noch dort wohnten, ging es nun zu wie in einem Bienenstock mit all diesen geschäftigen Hitzköpfen, die, nachdem sie im Krieg Grenzen legal überschritten hatten, nun plötzlich zu hören bekamen, sie dürften dies in Friedenszeiten nicht mehr tun.

Zum Beispiel gab es einen »Couturier«, dessen Name nie erwähnt wurde, nur sein Spitzname »Citronella«; er hatte seine erfolgreiche Laufbahn als Kurzwarenhändler während des Kriegs zugunsten einer Tätigkeit als Spion im Dienst der Regierung aufgegeben und war nun wieder in seine Rolle als

Schneider von weniger wichtigen Mitgliedern der königlichen Familie geschlüpft. Wir hatten keine Ahnung, was so jemand bei dem Falter zu suchen hatte, wenn wir nach der Schule unsere Hefeküchlein auf dem Gasofen toasteten. Das Haus schien mit der Außenwelt zusammengestoßen zu sein.

Die Abende endeten damit, dass sich plötzlich alle zugleich verabschiedeten, und dann herrschte Stille. Wir wussten inzwischen, was der Falter dann tun würde. Ein paarmal hatten wir zugesehen, wie er eine Schallplatte vorsichtig in den Fingern hielt, den Staub wegblies und sie behutsam am Ärmel abwischte. Ein Crescendo begann die unteren Räume zu erfüllen. Es war nicht mehr die friedliche Musik, die wir aus dem Zimmer des Falters gehört hatten, als unsere Mutter noch da war. Diese Musik hörte sich gewalttätig und chaotisch an, kannte keinen Anstand. Was der Falter abends auf dem Plattenspieler unserer Eltern spielte, hörte sich mehr nach einem Sturm an, nach etwas, das aus großer Höhe herunterkrachte. Erst wenn diese bedrohliche Musik vorbei war, legte der Falter eine andere Platte auf – eine ruhige Stimme sang allein –, und nach kurzer Zeit klang es fast, als hätte eine Frau mit eingestimmt, die ich mir als meine Mutter vorstellte. Darauf wartete ich, und irgendwann schlief ich dann ein.

Vor dem Ende des Trimesters erklärte der Falter, er könne mir in den kommenden Ferien wahrscheinlich einen Job verschaffen, wenn ich mir ein bisschen Geld verdienen wollte. Ich nickte vorsichtig.

»Das unheimliche Wohlwollen des Liftboys«

Neun riesige Waschmaschinen rotierten unaufhörlich im Keller des Criterion. Es war eine graue Welt, von keinem Tageslicht je beleuchtet. Ich schleppte zusammen mit Tim Cornford und einem Mann namens Tolroy Tischtücher in den Raum, und wenn die Maschinen zum Stillstand gekommen waren, zerrten wir die Wäsche durch den Raum zu Heißmangeln, die sie mit Dampf glattbügelten. Alles, was wir anhatten, war schwer vor Feuchtigkeit, und bevor wir die gemangelte Tischwäsche auf Wagen luden und durch die Halle schoben, zogen wir uns aus und steckten unsere Kleider in den Trockner.

Am ersten Tag wollte ich Rachel beim Nachhausekommen genau erzählen, wie es gewesen war. Doch am Ende behielt ich alles für mich – wie unangenehm der Schmerz in Schultern und Beinen war, oder wie ich genüsslich ein Stück Trifle gegessen hatte, das ich vom Dessertwagen stibitzt hatte. Wenn ich nach Hause kam, kroch ich nur noch ins Bett und hängte meine immer noch feuchten Kleider zum Trocknen über das Geländer. Ich befand mich auf einmal in einer aufreibenden Tretmühle und sah nur noch selten meinen Betreuer, der im Zentrum unzähliger rotierender Rädchen voll beschäftigt war. Zu Hause weigerte er sich, sich auch nur die Andeutung einer Beschwerde von meiner Seite anzuhören. Wie ich mich bei der Arbeit anstellte oder dort behandelt wurde, interessierte ihn nicht.

Man bot mir an, für anderthalbmal mehr Lohn in der Nachtschicht zu arbeiten, und ich sagte sofort zu. Ich wurde ein Liftboy und langweilte mich, unsichtbar in meiner mit Samt ausgeschlagenen Kabine. An einem anderen Abend war ich in einem weißen Jackett in den Toiletten beschäftigt und verhielt mich, als sei ich wichtig für Gäste, die mich gar nicht brauchten. Trinkgeld war stets willkommen, aber an solchen Abenden gab es keins. Ich kam vor Mitternacht nicht nach Hause und musste um sechs wieder raus. Nein, mir war die Wäscherei lieber. Einmal sagte man mir nach Mitternacht, nach dem Ende einer Party, ich solle beim Transport von Kunstwerken aus dem Keller helfen. Anscheinend waren bedeutende Skulpturen und Gemälde während des Krieges aus London geschafft und in walisischen Schieferminen versteckt worden. Weniger wichtige Werke hatte man in den Kellern großer Hotels untergebracht und zwischendurch vergessen, doch nun hob man sie nach und nach wieder ans Tageslicht.

Keiner von uns wusste, wie weit sich eigentlich die Tunnel unter dem Criterion erstreckten, vielleicht unterquerten sie sogar den Piccadilly Circus. Dort unten war es unerträglich heiß, und die Leute von der Nachtschicht arbeiteten fast nackt, während sie diese ebenfalls fast nackten Statuen aus dem Dunkeln hievten. Meine Aufgabe war es, den handbetriebenen Aufzug zu betätigen, um diese Männer und Frauen, denen manchmal Arme oder Beine fehlten oder die mit Hunden zu ihren Füßen aufgebahrt waren oder mit einem Hirsch kämpften, aus unserem Tunnellabyrinth hinauf ins Foyer zu befördern, und vorübergehend sah dann die große Empfangshalle wie tagsüber während des Hauptbetriebs aus, wenn staubbedeckte Heilige, manche mit von Pfeilen durchbohrten Achselhöhlen, höflich aufgereiht dastanden, als wollten sie sich beim Empfang anmelden. Ich streifte die Taille einer Göttin, als ich an ihr vorbeilangte, um die Messingkurbel zu betätigen, damit wir hochfahren konnten, denn ich konnte mich in dem beengten Raum des Lastenaufzugs kaum bewegen. Dann öffnete ich das Gitter, und sie alle glitten auf Rollen in die große Halle. So viele Heilige und Helden, von denen ich keine Ahnung hatte. Im Morgengrauen waren sie dann unterwegs in verschiedene Museen und Privatsammlungen der Stadt.

Am Ende jener kurzen Ferien musterte ich aufmerksam mein Bild im Spiegel der Schultoilette, um festzustellen, ob ich mich verändert oder etwas gelernt hatte, und kehrte dann zur Mathematik und zur Geografie Brasiliens zurück.

Rachel und ich wetteiferten oft darum, wer von uns den Boxer am besten imitieren konnte. Zum Beispiel hatte er einen merkwürdig schleichenden Gang, so als sparte er Energie für später auf. (Vielleicht wartete er auf das Schwere, sagte meine Schwester.) Wenn Rachel, schon immer die bessere Schauspielerin, ihn nachmachte, sah es aus, als huschte sie vor einem Scheinwerferstrahl davon. Im Unterschied zu dem Falter kam es dem Boxer auf Schnelligkeit an. Er schien sich innerhalb eines begrenzten Raums am wohlsten zu fühlen. Schließlich war er schon früh als »Boxer von Pimlico« erfolgreich gewesen und hatte im engen Rechteck eines Boxrings gehockt, und wir vermuteten unfairerweise, dass er irgendwann ein paar Monate in seinem Leben in der ähnlich beschränkten Enge einer neun auf sechs Fuß großen Gefängniszelle verbracht hatte.

Wir interessierten uns für Gefängnisse. Ein, zwei Wochen vor der Abreise unserer Mutter waren Rachel und ich, auf den Spuren der Pfadfinder im *Letzten der Mohikaner*, ihr quer durch London gefolgt. Zweimal stiegen wir in einen anderen Bus um und sahen fassungslos, wie unsere Mutter sich mit einem sehr großen Mann unterhielt, der sie am Ellbogen fasste und ins Gefängnis von Wormwood Scrubs geleitete. Wir zogen uns nach Hause zurück und rechneten nicht damit, sie jemals wiederzusehen, saßen im leeren Wohnzimmer und wussten nicht, was tun, waren dann nur noch mehr verwirrt, als sie rechtzeitig nach Hause kam, um das Abendessen zu kochen. Später, nach der Entdeckung des großen Koffers, war ich halb und halb davon überzeugt, dass meine Mutter gar nicht in den Fernen Osten gegangen war, sondern pflichtbewusst wieder hinter den Gefängnismauern verschwunden war, um die aufgeschobene Strafe für irgendeine kriminelle Handlung abzusitzen. Wie auch immer, wenn unsere Mutter ins Gefängnis gesperrt werden konnte, dann musste der Boxer, der so viel unberechenbarer war, gewiss irgendwann an einem solchen Ort gelandet sein. Für uns war er ein Mann, dem es nicht das Geringste ausmachen würde, durch einen beängstigend engen Tunnel zu entfliehen.

Ein paar Monate später gab man mir im Criterion einen anderen Job, und ich wurde Geschirrspüler. Dabei hatte ich jede Menge Gesellschaft, und vor allem konnte ich mir zahllose wahre oder auch erfundene Geschichten anhören. Wie ein Mann im Frachtraum eines polnischen Schiffs, versteckt unter Hühnern, ins Land geschmuggelt worden war und dann über und über mit Federn bedeckt in Southampton ins Meer sprang; ein anderer war der uneheliche Sohn eines englischen Cricketspielers, der hinter einer Grenze in Antigua oder Port of Spain mit seiner Mutter geschlafen hatte – solche Enthüllungen wurden in dramatischem Ton lauthals verkündet, während rundherum Teller und Besteck klapperten und das Wasser aus den

Hähnen schoss, als wäre es die Zeit selbst. Ich war fünfzehn Jahre alt und fand es wunderbar.

Während der stillen, nach Arbeitsschichten eingeteilten Essenspausen ging es anders zu. In der halbstündigen Mittagspause saßen ein oder zwei von uns auf einem harten Stuhl, die Übrigen auf dem Fußboden. Dann wurden die Anekdoten über Sex erzählt – Wörter wie »Möse« kamen vor, und es ging um Schwestern, Brüder oder die Mütter bester Freunde, die junge Männer und Mädchen mit einer Großzügigkeit und einem Mangel an Besitzdenken, wie es die meisten in Wirklichkeit nie erleben sollten, verführten und aufklärten. Die ausführlichen, detaillierten Lektionen zum Thema Geschlechtsverkehr in allen Varianten, wie sie Mr Nkoma erteilte, ein ungewöhnlicher Mann mit einer Narbe auf der Wange, dauerten immer die ganze Pause über, und wenn ich dann den Rest des Nachmittags Geschirr und Töpfe wusch, hatte ich mich noch immer nicht ganz von dem Gehörten erholt. Und wenn ich Glück hatte und Mr Nkoma ein, zwei Tage später am Spülbecken Nummer eins neben mir arbeitete, ging die Handlung wie eine lange, komplizierte Fortsetzungsgeschichte aus der Jugend meines neuen Freundes mit einem weiteren Sexabenteuer weiter. Er malte ein Universum voller Reize aus, in dem man alle Zeit der Welt hatte und sowohl Ehemänner als auch Kinder anscheinend immer abwesend waren. Der junge Mr Nkoma hatte bei einer Mrs Rafferty Klavier spielen gelernt, und wie zur Krönung seiner ganzen scheinbar erfundenen Geschichten rollte Mr Nkoma an einem späten Nachmittag, während etwa ein Dutzend von uns in einem der Bankettsäle die Bühne für ein abendliches Fest dekorierten, einen Hocker hinüber zum Klavier, setzte sich hin und spielte, während wir arbeiteten, eine sinnliche Melodie. Es dauerte zehn Minuten, und alle waren still. Er sang nicht, es glitten nur seine erfahrenen Finger geschickt und lässig über die Tasten, und wir konnten nicht anders als darüber staunen, dass sich als wahr erwies, was wir zuvor für Erfindung gehalten hatten. Und als er geendet hatte, blieb er noch eine Weile sitzen und machte dann ganz leise den Klavierdeckel zu, als wäre das jetzt auch das Ende der Geschichte, die Wahrheit dessen oder der Beweis für das, was ihn Mrs Rafferty in der Stadt Ti Rocher, mehr als dreitausend Meilen von Piccadilly Circus entfernt, einst gelehrt hatte.

Was löste dieser flüchtige Eindruck vom Geschichtenerzählen bei dem Jungen aus, der ich war? Denke ich an diese Episoden zurück, sehe ich nicht den sechsundvierzigjährigen Mr Nkoma mit seiner Narbe vor mir, sondern Harry Nkoma, einen Jungen, so alt wie ich damals, dem Mrs Rafferty ein großes Glas Soursopsaft hinstellte, den sie sich hinsetzen hieß und in Ruhe danach fragte, was er mit seinem Leben anfangen wollte. Denn wenn irgendetwas erfunden war, glaube ich, waren es bloß die drastischen Sexszenen, die er seinem kleinen Publikum in der Mittagspause so ungeniert beschrieb, wobei vermutlich die späteren Erfahrungen des älteren Mannes eine unschuldigere Jugend überlagerten. Nicht erfunden war hingegen die Geschichte von dem Jungen, der mit oder damals noch ohne Narbe mit zwei anderen Lieferanten zu Mrs Rafferty gekommen war, die bei dieser ersten Begegnung zu ihm gesagt hatte: »Du gehst doch in dieselbe Schule wie mein Sohn, nicht wahr?« Und Harry Nkoma hatte gesagt: »Ja, Ma'am.«

»Und was möchtest du mit deinem Leben einmal anfangen?« Er sah aus dem Fenster und achtete gar nicht richtig auf sie. »Ich möchte gern in einer Band spielen. Schlagzeug spielen.«

»Ach«, sagte sie, »Schlagzeug spielen kann jeder. Nein, du solltest Klavier spielen lernen.«

Ich erinnere mich noch, wie Harry Nkoma sagte: »Sie war so schön«, und er beschrieb sie uns, als erzählte er einen Roman – ihr buntes Kleid, ihre dünnen nackten Füße, die schmalen dunklen Zehen und der blasse Lack auf den Nägeln. All die Jahre später erinnerte er sich immer noch an einen Muskel, der sich an ihrem Arm abzeichnete. Und so verliebte ich mich rückhaltlos, so wie es Harry Nkoma passiert war, in diese Frau, die einfach wusste, wie man mit einem jungen Menschen sprach, die sich Zeit ließ zum Zuhören und Nachdenken über das, was sie gesagt hatten oder was sie antworten würde, die eine Weile schwieg, etwas aus dem Kühlschrank holte, was dann alles, wie der erwachsene Harry erzählte, zu einem Vorspiel dieser sexuellen Geschichten führte, die sich keiner von uns hätte vorstellen können und auf die keiner gefasst war, als wir neben den Spülbecken im Criterion auf dem Fußboden saßen, während Mr Nkoma auf einem der beiden verfügbaren Stühle über uns thronte.

Er sagte, ihre Hände hätten sich auf ihm wie Blätter angefühlt. Nachdem er in ihr gekommen war – dieser merkwürdige, überraschende magische Akt –, hatte sie ihm mit den Handflächen das Haar aus dem Gesicht gestrichen, bis sein Herz zu hämmern aufhörte. Es fühlte sich an, als sei jeder Nerv endlich zur Ruhe gekommen. Er merkte, dass sie noch fast vollständig bekleidet war. Am Schluss war alles sehr schnell gegangen, es hatte keine Unsicherheit, keine Qual gegeben. Dann zog sie sich langsam aus und beugte sich zur Seite, sodass sie den letzten Tropfen von ihm auflecken konnte. Sie wuschen sich an einem Wasserhahn im Freien. Sie goss ihm drei, vier Eimer Wasser über den Kopf, Wasser floss hinab, und sein Körper hatte auf einmal keine Bestimmung mehr. Dann hob sie den Eimer hoch, und das Wasser strömte ihren Körper hinab, während sie mit der Hand daran entlangfuhr, um sich zu waschen. »Du kannst in Konzerten in anderen Teilen der Welt spielen«, sagte sie später, an einem anderen Nachmittag. »Würde dir das gefallen?«

»Ja.«

»Dann werde ich es dir beibringen.«

Stumm saß ich auf einer der Rutschen und hörte zu. Schon damals war mir klar, dass nirgends auf der Welt so gerecht geteilt wurde, außer im Traum.

In der Halle, wo die Teewagen abgestellt waren, zwischen der Küche und den Dienstaufzügen, die zum Bankettsaal führten, wurde »Scratch Ball« gespielt. Ob die Anekdote zu Ende war oder nicht, das Personal müde war oder nicht, in den letzten zehn Minuten unserer Pause spielten zwei Teams von jeweils fünf Mann in dem schmalen, sechs Fuß breiten betonierten Rechteck gegeneinander. Beim Scratch Ball ging es weniger darum, den Ball weiterzugeben oder zu rennen, sondern um Balance und rohe Kraft, wenn man mit dem eigenen Team im Pulk nach vorn preschte und die ganze Rage noch rasender wirkte, weil man dabei keinen Laut von sich geben durfte. Keine Flüche, kein Grunzen, kein Schmerzensgeheul durfte das anarchische Geschehen in der Halle verraten, es war wie bei Stummfilmaufnahmen von einem Aufstand. Schuhe quietschten, Körper stürzten, das war alles, was das verbotene Treiben verriet. Danach blieben wir schwer atmend liegen, standen auf und gingen wieder an die Arbeit. Mr Nkoma und ich kehrten zu den großen Spülbecken zurück, warfen zerbrechliche Gläser in die rotierenden Bürsten und ließen sie eine halbe Sekunde später in kochendes Wasser fallen, wo die zuständige Person sie, sobald sie wieder an der Oberfläche auftauchten, zum Trocknen herausholte und stapelte. Wir schafften über hundert Gläser in einer Viertelstunde. Teller und Besteck dauerten länger, aber darum kümmerte sich jemand anders, es waren nur Harry Nkoma und ich da, und nach unserem Pausengespräch versanken wir in einem nur allzu natürlichen Zustand der Erschöpfung. In unseren Ohren klang dann nur das laute Geräusch in der Küche, das Wasser, das aus den Hähnen strömte, das Gebrumm der riesigen nassen Bürsten.

Warum erinnere ich mich noch an jene Tage und Nächte im Criterion, an dieses Fragment eines Sommers aus der Jugend eines Knaben, eine scheinbar unwichtige Zeit? Die Männer und Frauen, die ich in Ruvigny Gardens kennenlernen sollte, waren faszinierender, gewannen im Lauf meines Lebens an Bedeutung. Vielleicht, weil es die einzige Zeit war, in der dieser Junge allein war, ein Fremder unter Fremden, als er sich seine Verbündeten und seine Gegner selbst auswählen konnte unter den Menschen, die neben ihm an der Spüle standen oder zu den Scratch-Ball-Teams gehörten. Als ich aus Versehen Tim Cornford die Nase brach, musste er das verheimlichen, um den Rest des Nachmittags weiterarbeiten zu können und seinen Lohn nicht zu verlieren. Er saß erst wie betäubt da, stand dann auf, schrubbte unter einem Hahn das Blut von seinem Hemd und strich wieder weiter eine abgenutzte Bretterbohle an, damit die Farbe trocken war, bis die Gäste kamen. Um sechs Uhr abends hatte nämlich ein Großteil des Personals aus dem

Erdgeschoss das Gebäude verlassen, so wie die Heinzelmännchen verschwinden mussten, bevor die Hausbewohner aufwachten.

Inzwischen war es mir ganz recht, dass der Falter sich herzlich wenig dafür interessierte, wie ich den Job durchstand oder welchen Ärger ich mir einhandelte. Ich verheimlichte nicht nur ihm, sondern auch meiner Schwester, vor der ich früher keine Geheimnisse gehabt hatte, was ich dabei lernte. Die sexuellen Fabeln von Harry Nkoma fanden keine Fortsetzung, doch die Nachmittage mit Mrs Rafferty blieben im Gedächtnis haften, und es gab noch einen kurzen, flüchtigen Kontakt mit Harry. Ich erinnere mich, wie wir uns bei ein paar Fußballspielen heiser schrien oder am Ende eines anstrengenden Tages unsere aufgeweichten Hände und die Schwielen an jedem Finger verglichen – auch an den geschickten Fingern, die so erstaunlich gut Klavier gespielt und einen Raum mit lauter Arbeitern zum Verstummen gebracht hatten. Wie weit brachte er es am Ende mit dieser Fertigkeit? Er war schon damals nicht mehr ganz jung. Höchstwahrscheinlich würde Harry auch weiterhin andere Leute mit seinen Geschichten behelligen. Doch wo war die Zukunft, die Mrs Rafferty ihm versprochen hatte? Das würde ich nie erfahren. Ich verlor ihn aus den Augen. Wir gingen meist gemeinsam zur Bushaltestelle, wenn wir um dieselbe Zeit aufhörten. Ich brauchte keine halbe Stunde bis nach Hause. Er brauchte zwei Busse und eineinhalb Stunden. Keinem von uns beiden wäre es je eingefallen, den anderen zu Hause zu besuchen.

*

Hin und wieder bezeichnete jemand den Falter als »Walter«, doch wir fanden, der von uns gewählte, uneindeutige Spitzname passe besser zu ihm. Wir hatten noch kein klares Bild von ihm. Beschützte er uns tatsächlich? Ich muss mich nach etwas Wahrheit und Sicherheit gesehnt haben, ganz ähnlich wie einst der sechsjährige Junge, der vor einem gefährlichen Vater zu ihm geflohen war.

Nach welchen Gesichtspunkten wählte er zum Beispiel diese ganz speziellen Individuen aus, die in unserem Haus ein und aus gingen? Rachel und ich waren entzückt von ihrer Gegenwart, auch wenn wir das Gefühl hatten, dass sie nicht ganz geheuer waren. Hätte unsere Mutter uns je von wo auch immer angerufen, hätten wir bestimmt vorsichtig gelogen, alles sei in Ordnung, und nichts von den Fremden gesagt, die zufällig gerade in diesem Moment ins Haus stürmten. Sie glichen in nichts einer normalen Familie, nicht einmal einer gestrandeten Schweizer Familie Robinson. Das Haus wirkte eher wie ein nächtlicher Zoo, mit Maulwürfen und Dohlen und allen möglichen herumtapsenden Tieren, die zufällig Schachspieler waren, einer war Gärtner, ein anderer stahl vielleicht Windhunde, eine Frau war eine Opernsängerin, die sich nur träge bewegte. Wenn ich heute versuche, mich an die Aktivitäten des einen oder anderen zu erinnern, tauchen surreale Momente ohne zeitliche Reihenfolge auf. Zum Beispiel wie Mr Florence mit seinem »Smoker«, mit dem er sonst seine Bienen ruhigzustellen und zu betäuben suchte, einem Wärter in der Dulwich Picture Gallery ins Gesicht blies, der so den Rauch von brennenden Sägespänen samt betäubender Kohle einatmete. Dem uniformierten Mann hatte man die Hände hinter dem Stuhl festgehalten, und es dauerte eine Weile, bevor sein Kopf nach vorn sank, ruhig wie eine schlafende Biene, sodass sie mit ein paar Aquarellen die Galerie verlassen konnten, während Mr Florence dem Betäubten ein letztes Mal Rauch ins Gesicht blies. »Gut so«, brummte er leise, so zufrieden, als hätte er eine tadellose gerade Linie gezeichnet, und reichte mir den heißen Smoker, damit ich ihn sicher verstaute. Es gibt viele solcher bruchstückhaft erinnerten, schuldbeladenen Augenblicke, die ich weggepackt habe, so bedeutungslos wie die unbenutzten Dinge im Koffer meiner Mutter. Und die Chronologie der Ereignisse ist zusammengebrochen, warum auch immer.

Jeden Tag fuhren Rachel und ich mit dem Bus und dann mit dem Zug von Victoria Station aus zu unserer jeweiligen Schule, und eine Viertelstunde bevor die Glocke läutete, tobte ich mit den anderen Jungen herum, die aufgeregt von Radiosendungen erzählten, die sie am Abend zuvor gehört hatten, zum Beispiel *Mystery Hour* oder eine der halbstündigen Komödien, bei denen der Humor fast ausschließlich auf der Wiederholung von Phrasen bestand. Mittlerweile hörte ich diese Programme aber nur noch selten, weil wir dauernd von Leuten gestört wurden, die den Falter besuchen kamen, oder weil ich mit ihm irgendwohin gehen musste und danach zu müde war, um noch eine weitere *Mystery Hour* anzuhören. Ich bin mir sicher, dass Rachel, genau wie ich, niemanden einweihte, was aus unserem Familienleben geworden war – wir erzählten nichts vom Boxer, vom Imker, der vergangener Missetaten wegen immer noch unter Verdacht stand, und schon gar nichts von der »Abreise« unserer Eltern. Vermutlich gab sie genau wie ich vor, sie habe alle diese Radiosendungen gehört, und nickte und lachte und behauptete, von einer spannenden Sendung, die keiner von uns gehört hatte, in Angst versetzt worden zu sein.

Der Falter blieb manchmal für zwei oder drei Tage weg, oft ohne Vorwarnung. Wir aßen ohne ihn zu Abend und trotteten am nächsten Morgen in die Schule. Später erwähnte er, der Boxer sei mit dem Wagen vorbeigefahren, um sicherzugehen, dass das Haus »nicht in Flammen stand«, also habe keinerlei Gefahr für uns bestanden, doch bei der Vorstellung, dass der Boxer in solchen Nächten ganz in der Nähe gewesen war, war uns mulmig zumute. An manchen Abenden hörten wir, wie er den Motor seines Morris hochjagte – wobei er gleichzeitig auf Bremse und Gaspedal trat –, wenn er unseren Betreuer um Mitternacht absetzte, hörten, wie beim Wegfahren sein betrunkenes Gelächter in unserer Straße ertönte.

Der musikliebende Falter schien blind gegenüber der offenkundigen Anarchie des Boxers. Alles, was der Mann unternahm, stand auf der Kippe, drohte zunichtezuwerden. Am schlimmsten waren die Fahrten im vollbesetzten Auto, wenn die beiden Männer vorn saßen und Rachel und ich und manchmal drei Windhunde auf dem Rücksitz auf dem Weg nach Whitechapel aneinandergerieten. Wir waren uns nicht einmal sicher, ob ihm die Hunde gehörten. Er kannte nur selten ihre Namen. Nervös saßen sie da, zitterten, und ihre knochigen Kniegelenke gruben sich in unseren Schoß. Es gab einen, der sich mir gern wie ein Schal um den Hals legte, seinen warmen Bauch an mich presste und einmal irgendwo in der Nähe von Clapham entweder aus Angst oder aus Not auf mein Hemd pinkelte. Nach den Hunderennen sollte ich einen Schulfreund besuchen, und als ich mich bei dem Boxer beschwerte, musste er so sehr lachen, dass er beinahe ein Blinklicht neben dem

Zebrastreifen umgefahren hätte. Nein, wir fühlten uns in seiner Nähe nicht sicher. Es war ihm anzumerken, dass er uns nur duldete und es lieber gehabt hätte, wir wären in »Walters Haus« geblieben, wie er unser Elternhaus bezeichnete. War das überhaupt sein Wagen? Das fragte ich mich, weil mir auffiel, dass die Nummernschilder an dem blauen Morris oft gewechselt wurden. Dem Falter freilich gefiel es, sich im Windschatten des Boxers zu bewegen. Scheue Menschen fühlen sich zu solchen Leuten hingezogen, weil sie sich dadurch tarnen können. Jedenfalls waren wir, wenn der Falter das Haus verließ, nicht wegen seiner Abwesenheit unruhig, sondern weil man dem Boxer gestattete, uns, wenngleich unwillig und desinteressiert, zu überwachen.

Eines Tages stritt ich mich mit Rachel wegen eines Buchs, das ich vermisst hatte. Sie hatte geleugnet, dass sie es an sich genommen hatte, und dann entdeckte ich es in ihrem Zimmer. Sie fuchtelte mit den Armen vor meinem Gesicht. Als ich sie am Hals packte, wurde sie stocksteif, entglitt meinem Griff und begann zu zittern, während Kopf und Fersen gegen die Dielen schlugen. Dann ein Miauen wie von einer Katze, die Pupillen verrutschten, sodass man nur noch das Weiß der Augen sah, und immer noch ruderte sie mit den Armen. Die Tür ging auf, man hörte das Stimmengewirr der Leute von unten, und herein kam der Boxer. Er musste an ihrem Zimmer vorbeigegangen sein. »*Geh weg!*«, schrie ich. Er schloss die Tür hinter sich, kniete sich hin, ergriff *Swallows and Amazons*, das Buch, das sie mir gestohlen hatte, und drückte es ihr genau in dem Augenblick in den Mund, als sie nach Luft rang. Er zog eine Bettdecke über sie, legte sich dann neben sie und nahm sie in die Arme. Man hörte nur das Geräusch ihres Atems.

»Sie hat mein Buch genommen«, flüsterte ich nervös.

»Hol kaltes Wasser. Verreib es auf ihrem Gesicht, damit sie sich abkühlt.« Das tat ich. Zwanzig Minuten später lagen wir immer noch zu dritt auf dem Fußboden. Wir hörten die Gespräche von unten.

»Ist das schon einmal passiert?«

»Nein.«

»Ich hatte mal einen Hund«, sagte er beiläufig, »der hatte epileptische Anfälle. Hin und wieder ging er hoch wie eine Rakete.« Er lehnte sich gegen das Bett, zwinkerte mir zu und zündete sich eine Zigarette an. Er wusste, dass Rachel es nicht ausstehen konnte, wenn er in ihrer Nähe rauchte. Nun beobachtete sie ihn stumm. »Das ist ein Scheißbuch«, verkündete er und fuhr mit dem Finger über Rachels Bissspuren auf dem Umschlag. »Du musst auf deine Schwester aufpassen, Nathaniel. Ich zeig dir, was du zu tun hast.«

Wie erstaunlich war doch der Boxer von Pimlico, wenn diese andere Seite von ihm zum Vorschein kam. Wie fürsorglich war er doch an jenem Abend, während unten die Party weiterging.

Damals hatte man mehr Angst vor den Auswirkungen der Epilepsie, nahm auch an, dass häufige Anfälle das Gedächtnis beeinträchtigten. Rachel sprach von diesen Einschränkungen, nachdem sie sich darüber in der Bibliothek kundig gemacht hatte. Vermutlich suchen wir uns das Leben aus, in dem wir uns am besten aufgehoben fühlen. Für mich ist es ein abgelegenes Dorf, ein ummauerter Garten. Aber Rachel wischte alle Bedenken beiseite. »Es ist bloß das Schwere«, sagte sie oft zu mir und betonte mit den Fingern die Anführungszeichen.

*

Eine Frau, die mit dem Boxer ausging, tauchte nach und nach häufiger im Haus meiner Eltern auf, in seiner Begleitung oder um ihn dort zu treffen. Bei ihrem ersten Besuch kam der Boxer zu spät, als dass er hätte erklären können, wer sie war, also mussten meine Schwester und ich, kaum aus der Schule zurück, uns ihr selbst in dem Vakuum vorstellen, das seine Abwesenheit erzeugte. Das bedeutete, dass wir sie uns genau anschauen konnten. Wir passten auf, dass wir nicht andere Frauen erwähnten, die der Boxer vor ihr ins Haus gebracht hatte, und antworteten daher auf ihre Fragen nach ihm ein bisschen begriffsstutzig, als könnten wir uns nicht recht an seinen Umgang erinnern, nicht einmal an das, was er trieb oder wo er sich aufhalten mochte. Wir wussten, er ließ sich nicht gern in die Karten schauen.

Allerdings war Olive Lawrence eine Überraschung. Überraschend war, dass jemand wie der Boxer, der eine so einseitige Meinung von der Rolle hatte, die Frauen in der Welt spielen sollten, einen nahezu selbstmörderischen Hang zu haben schien, sich mit auffallend unabhängigen Frauen zu liieren. Er stellte sie sofort auf die Probe, indem er sie zu überfüllten, lärmenden Sportereignissen in Whitechapel oder im Stadion von Wembley mitnahm, wo es unmöglich war, eine private Unterhaltung zu führen. Was die Dreierwetten bei den Pferderennen an Aufregung boten, musste ihnen genügen. Abgesehen davon gab es für den Boxer keine weiteren öffentlichen Orte, die einen Besuch lohnten. Er hatte nie im Leben einen Fuß in ein Theater gesetzt. Die Vorstellung, zuzusehen, wie jemand so tat, als sei er real, oder wie jemand auf der Bühne aus einem zuvor geschriebenen Dialog Zeilen aufsagte, kam ihm nicht glaubhaft vor, und für ihn als Mann am Rande des Gesetzes war wichtig, dass er sich auf das, was er zu hören bekam, verlassen konnte. Nur Filmtheater gefielen ihm, aus irgendeinem Grund glaubte er, dort habe man die Wahrheit eingefangen. Trotzdem schienen die Frauen, zu denen er sich hingezogen fühlte, in keiner Weise unterwürfige oder leichtgläubige Geschöpfe zu sein, die sich ihm zufrieden gefügt hätten. Eine malte Murales, eine andere, nachdem es Olive Lawrence nicht mehr gab, war eine streitlustige Russin.

Olive Lawrence, die an jenem ersten Nachmittag allein erschien, sodass wir drei uns selbst vorstellen mussten, war Geografin und Ethnografin. Sie war oft auf den Hebriden, erzählte sie uns, um Windströmungen aufzuzeichnen, oder war allein im Fernen Osten unterwegs. Irgendetwas hatten diese tatkräftigen Frauen, das vermuten ließ, dass es nicht der Boxer war, der sie sich aussuchte, sondern dass vielmehr die Frauen ihn wählten; als wäre Olive Lawrence, diese Expertin für ferne Zivilisationen, plötzlich auf einen Mann gestoßen, der sie an eine nahezu ausgestorbene Spezies aus dem Mittelalter erinnerte, an jemanden, der noch keine Ahnung von den in den letzten hundert Jahren eingeführten wichtigsten Regeln der Höflichkeit hatte. Da war jemand, der noch nie gehört hatte, dass es Leute gab, die nur Gemüse aßen oder die einer Frau die Tür aufhielten, damit sie vor ihnen ein Gebäude betrat. Wer sonst hätte eine Frau wie Olive Lawrence fasziniert, wenn nicht dieser Mann, der anscheinend eingefroren in der Zeit gewesen war oder aus einer unlängst entdeckten Sekte stammte, die nun wundersamerweise auch in ihrer Heimatstadt in Erscheinung trat? Und doch schien es, als hätten diese Frauen kaum eine Wahl im Umgang mit dem Boxer. Nur seine Maßstäbe galten, nur nach seinen Regeln wurde gespielt.

In der Stunde, die Olive Lawrence mit uns verbrachte, während sie auf ihren neuen Verehrer wartete, erzählte sie uns in einigermaßen verwundertem Ton von ihrem ersten gemeinsamen Abendessen. Er hatte sie zufällig unter den Freunden des Falters kennengelernt und dann in ein griechisches Restaurant ausgeführt, ein schmales rechteckiges Lokal mit fünf Tischen und submariner Beleuchtung. Dann schlug er vor, ihre neue Zweisamkeit (zweisam waren sie zwar noch nicht, doch dazu würde es binnen kurzem kommen) mit einem Ziegengericht und einer Flasche Rotwein zu besiegeln. Kam ihr da irgendein Verdacht, irgendeine Sturmwarnung oder dergleichen? Sie stimmte jedenfalls zu.

»Und bringen Sie uns den gesottenen Kopf«, verlangte er vom Kellner. Den ominösen, grausigen Satz äußerte er so beiläufig, als hätte er einen Fenchelstängel verlangt. Sie erbleichte bei der Erwähnung des Ziegenkopfs, und die Gäste in ihrer Nähe aßen langsamer, um den bevorstehenden Konflikt zu beobachten. Dem Boxer gefiel zwar das Theater nicht, aber was dann folgte, war eine ausgedehnte strindbergreife Darbietung von eineinhalb Stunden, von wenigen Paaren beobachtet. Wir kannten den Boxer als einen, der sein Essen schnell hinunterschlang, denn wann immer wir während der Hunderennsaison mit ihm unterwegs waren, zerbrach er ein paar rohe Eier, schlürfte sie und warf dann die Schalen auf den Rücksitz seines Morris. Doch im Stern von Argiroupolis ließ er sich Zeit. Olive Lawrence saß auf einem Küchenstuhl mit gerader Lehne uns gegenüber und spielte uns die Szene vor; dabei beschrieb sie jeden Moment, wenn er insistiert und sie sich geweigert hatte, wenn sie überzeugt oder überredet oder gezwungen, vielleicht auch bezirzt werden musste – sie war sich nicht sicher, was genau, wusste es nicht mehr, es war alles verwirrend wie in einem Albtraum –, das Gerippe einer Ziege zu benagen, die ganz bestimmt in irgendeinem Souterrain in der Nähe von Paddington geschlachtet worden war.

Dann der Kopf.

Offensichtlich hatte der Boxer gewonnen. Und zu der Zweisamkeit, mit der er gerechnet hatte, kam es ein paar Stunden später in seiner Wohnung. Die zwei Flaschen Wein hatten die Sache erleichtert, gestand sie uns, noch immer niedergeschlagen. Vielleicht hatte es auch daran gelegen, dass er so von sich überzeugt gewesen war, dass er überhaupt nicht mit sich hatte reden lassen wegen des Ziegenkopfs und des einen Auges, das hinunterzuschlucken er sie gezwungen hatte. Das Auge hatte die Konsistenz von Rotz. Genau dieses Wort benutzte sie. Und der Kopf hatte die Konsistenz von … von … sie wusste nicht, wovon. Sie aß ihn, weil sie merkte, dass er daran glaubte. Es war etwas, was sie nie vergessen würde.

Bis der Boxer dann kam, mit lauter nicht sehr überzeugenden Ausreden für seine Verspätung, hatten wir beschlossen, dass wir sie mochten.

Sie hatte uns von Asien und den Enden der Welt erzählt, als wären es entfernte, doch leicht erreichbare Stadtteile von London. Sie erzählte von diesen Orten in einem ganz anderen Ton als in dem angestrengten, in dem sie ihr griechisches Mahl beschrieben hatte. Als wir sie fragten, was ihr Beruf war, erzählte sie uns genau, was sie tat. »*Eth-no-gra-fie*«, sagte sie und sprach dabei das Wort so langsam aus, als müssten wir es Silbe für Silbe aufschreiben. Sie erzählte von ihren Freuden als Reisende, wie sie in den Flussdeltas von Südindien auf einem Boot mit einem kleinen Zweitaktmotor dahingetrieben war. Sie beschrieb, wie rasch man im Monsun tropfnass wurde und wie fünf Minuten später die Kleider in der Sonne getrocknet waren. Sie sprach von einem rosa beleuchteten Zelt, das die kleine Statue eines minderen Gottes beherbergte, der sich im Schatten wohlfühlte, während die Außenwelt von der Hitze heimgesucht wurde. Sie lieferte uns Beschreibungen, die unsere ferne Mutter uns in Briefen hätte schicken können. Sie war in Regionen um den Fluss Chiloango in Angola gewesen, wo man die Ahnen verehrte und Geister die Götter verdrängt hatten. Ihre Reden sprühten Funken.

Wie der Boxer war sie groß und schlank, und ihr ungekämmter Haarschopf nahm, dessen bin ich mir sicher, je nach Witterung eine andere Form an. Ein unabhängiges Geschöpf. Ich vermute, dass sie auch dann eine Ziege gegessen hätte, wenn sie sie selber auf irgendeiner türkischen Wiese hätte schlachten müssen. Die Londoner Welt, wo sich so viel innerhalb von vier Wänden abspielte, muss sie nervös gemacht haben. Im Rückblick gesehen war es wahrscheinlich der riesige Unterschied zwischen ihr und dem Boxer, der dafür sorgte, dass die Beziehung länger dauerte, als wir erwartet hatten. Doch was auch immer ihn an ihr faszinierte, sie wiederum schien es kaum erwarten zu können, wieder unterwegs zu sein. Vielleicht legte sie eine Pause ein und musste in London bleiben, um ihre Berichte niederzuschreiben, und danach würde sie erneut das Weite suchen. Der kleine Gott in seinem rosafarbenen Zelt musste wieder aufgesucht werden. Das hieß, dass jegliche Beziehung und jeder häusliche Gegenstand zurückgelassen werden musste.

Aber am merkwürdigsten fanden wir ihr Verhältnis zum Falter. Hin- und hergerissen zwischen den widerstreitenden

Meinungen des Paars über so gut wie alles und jedes, wann immer sie in unserem Wohnzimmer oder, schlimmer, im engen Echoraum des Morris aneinandergerieten, weigerte er sich, Partei zu ergreifen. Offenbar brauchte er den Boxer aus irgendwelchen beruflichen Gründen, und doch merkten wir, dass sie ihn faszinierte, auch wenn sie voraussichtlich nur vorübergehend bei uns sein würde. Wir waren gern dabei, wenn die drei miteinander stritten. Der Boxer kam uns vielschichtiger vor, nuancierter, seit wir diesen großherzigen Fehler bei ihm erkannt hatten: dass er eine Frau, die seinen Ansichten widersprach, bevorzugte. Nicht, dass er seine Ansichten geändert hätte. Und uns gefiel der Zwiespalt, in den der Falter geriet, seine Verlegenheit, wenn der Boxer und Olive Lawrence anfingen, Feuer zu spucken. Plötzlich kam er uns vor wie der Oberkellner, der nur noch das zersplitterte Glas zusammenfegen konnte.

Olive war von all den Leuten, die ins Haus kamen, die Einzige, die ein klares Urteil zu haben schien. Sie änderte ihre Ansichten über den Boxer nicht. Sie gab zu, dass er irritierend sein konnte, erkannte aber auch seinen eigentümlichen wendigen Charme, war entsetzt und auch wieder fasziniert von dem durch und durch maskulinen Geschmack, wie er in seiner schlampigen Wohnung an den Pelican Stairs zum Ausdruck kam. Und ich hatte auch gesehen, mit welchen Augen sie den Falter betrachtete, nie ganz sicher, ob er eine negative oder eine positive Kraft ausstrahlte. Worin bestand sein Einfluss auf den Boxer, ihren derzeitigen Liebhaber? Und war er dem praktisch verwaisten Geschwisterpaar, das sie kennengelernt hatte, ein freundlicher Beschützer? Sie konzentrierte ihr Augenmerk stets auf das mögliche Vorhandensein eines Charakters. Sie ermaß Eigenschaften noch in den kleinsten Zügen einer Person, sogar in deren unverbindlichem Schweigen.

»Das halbe Leben einer Stadt spielt sich in der Nacht ab«, warnte uns Olive Lawrence. »Dann ist die Moral zweifelhafter. Da gibt es die, die Fleisch fressen müssen – einen Vogel, einen kleinen Hund.« Wenn Olive Lawrence sprach, war es eher so, als ordne sie für sich ihre Gedanken, wie man Karten mischt, es war ein Selbstgespräch irgendwoher aus den Verstecken ihres Wissens, ein Gedanke, über den sie sich noch nicht im Klaren war. Eines Abends wollte sie unbedingt mit uns per Bus nach Streatham Common fahren und dann die kleine Anhöhe hinauf bis zum Rookery-Park gehen. Rachel war nicht geheuer in dieser ungeschützten dunklen Gegend, sie wollte nach Hause, sagte, ihr sei kalt. Doch wir gingen alle drei voran, bis wir schließlich unter lauter Bäumen waren und die Stadt hinter uns im Dunst verschwunden war.

Um uns herum hörte man undefinierbare Geräusche, ein paar Tritte, etwas flog hoch. Ich konnte Rachel atmen hören, doch von Olive Lawrence kam kein Laut. Dann begann sie im Dunkeln zu sprechen, um uns die undeutlichen Geräusche zu erklären. »Es ist ein warmer Abend … und das Zirpen der Grillen ist in D-Dur … Man hört diesen leisen feinen Pfeifton, aber der entsteht dadurch, dass sie die Flügel aneinanderreiben, nicht durch das Atmen, und dieses ganze Gezirpe bedeutet, dass es bald regnen wird. Deshalb ist es jetzt so dunkel, die Wolken sind zwischen uns und dem Mond. Hört.« Wir sahen, wie ihre blasse Hand nach links deutete. »Dieses scharrende Geräusch stammt von einem Dachs. Er gräbt nicht, bewegt bloß die Pfoten im Schlaf. Eigentlich rührend. Vielleicht ist es das Ende eines beängstigenden Traums, der Überrest eines harmlosen Albtraums. Wir alle haben Albträume. Für dich, liebe Rachel, könnte es bedeuten, dass du dir die Angst vor einem Anfall vorstellst. Aber man braucht sich in einem Traum nicht zu fürchten, so wie auch kein Regen droht, solange wir unter den Bäumen sind. In diesem Monat kommt es selten zu Blitzen, wir sind nicht in Gefahr. Gehen wir weiter. Die Grillen folgen uns vielleicht, in den Zweigen und im Unterholz wimmelt es anscheinend von ihnen, lauter hohe Töne in C- und D-Dur. Am Ende des Sommers, wenn sie ihre Eier ablegen, können sie es bis zu einem F bringen. Es klingt, als käme ihr Zirpen von hoch oben, nicht wahr? Man hat das Gefühl, das ist eine bedeutsame Nacht für sie. Vergesst das nicht. Eure eigene Geschichte ist bloß eine einzige und vielleicht noch nicht einmal die wichtigste. Das Selbst ist nicht die Hauptsache.«

Sie hatte die ruhigste Stimme, die ich als Junge kannte. Nie schwang etwas Reizbares mit. Sie hatte einfach diese taktile Neugier in Bezug auf alles, was sie interessierte, und dank ihrer Ruhe trat man selbst in ihren inneren Raum ein. Bei Tag sah sie einen immer an, wenn sie sprach oder zuhörte, sie war ganz bei einem. So wie sie bei uns war an jenem Septemberabend. Sie wollte, dass wir uns an diesen Abend erinnerten, und ich erinnere mich daran. Weder Rachel noch ich wären allein durch jenen dunklen Wald gegangen. Doch wir vertrauten darauf, dass Olive Lawrence eine ungefähre Vorstellung im Kopf hatte, weil ein schwaches Licht in der Ferne oder eine Änderung der Windrichtung ihr genau angab, wo sie sich befand und wohin sie ging.

Zu anderen Zeiten war sie auf andere Weise entspannt, wenn sie nämlich ungeniert im Ledersessel meines Vaters in Ruvigny Gardens einschlief, mit angezogenen Beinen, auch wenn der Raum voller Menschen war, mit immer noch konzentrierter Miene, als empfange sie auch noch im Schlaf neue Informationen. Sie war die erste Frau, vielmehr der erste Mensch, den ich kannte, der so lässig und arglos in der Gegenwart von anderen schlafen konnte. Eine halbe Stunde später wachte sie dann wieder erfrischt auf, wenn die anderen anfingen, müde zu werden, lehnte das halbherzige Angebot des Boxers, sie nach Hause zu fahren, ab und ging hinaus in die Nacht, als wünschte sie nun, allein mit einem neuen Gedanken durch die Stadt zu wandern. Ich ging dann nach oben und sah von meinem Fenster aus zu, wie sie in jede Pfütze Laternenlicht trat und wieder daraus verschwand. Ich konnte sie leise pfeifen hören, als fiele ihr eine Melodie ein, eine, die ich nicht kannte.

Ich wusste, trotz unserer nächtlichen Ausflüge, dass Olive meist bei Tageslicht arbeiten musste, wenn sie die natürlichen Einflüsse auf die Küstenlinie katalogisierte. Anscheinend hatte sie, mit gerade erst zwanzig, in der letzten Phase des Krieges für irgendein Büro der Admiralität Meeresströmungen und Gezeiten gemessen. (Das gab sie bescheiden zu, aber erst nachdem jemand aus der Gruppe um den Falter es mehr oder weniger enthüllt hatte.) Sie trug alle diese Landschaften in sich. Sie konnte das Geräusch von Wäldern lesen, sie hatte den Rhythmus der Gezeiten an der Battersea Bridge studiert. Ich habe mich immer gefragt, warum Rachel und ich uns nicht getraut haben, ein Leben wie das ihre zu führen, warum wir nicht ihrem lebenden Vorbild an Selbstgenügsamkeit und Interesse für alles in ihrer Umgebung gefolgt sind. Man muss allerdings bedenken, dass wir Olive Lawrence gar nicht sehr lange gekannt haben. Doch die nächtlichen Wanderungen, wenn wir sie in die zerbombten Docklands begleiteten oder in den Greenwich

Foot Tunnel, in dem das Echo von den Wänden hallte, wenn wir drei ein Lied sangen, das sie uns beigebracht hatte, »*unter Sternen, vom Winter vereist, unter einem augusthellen Mond*« – die werde ich nie vergessen.

Sie war nicht nur groß, sondern auch gelenkig. Sie muss gelenkig gewesen sein, vermute ich, in der kurzen Zeit dieser merkwürdigen Beziehung, als sie die Geliebte des Boxers gewesen war. Ich weiß nicht. Ich weiß nicht. Was weiß ein Junge schon? Ich habe sie mir in dieser Zeit immer als ganz unabhängig vorgestellt, zum Beispiel wenn sie in unserem ziemlich vollen Wohnzimmer schlief, abgesondert von all den anderen. Ist das die Zensur, das Taktgefühl der Jungen? Eher kann ich mir vorstellen, wie sie einen Hund in den Armen hält, sich neben ihn auf den Boden legt, das Gewicht seines Kopfs an ihrem Hals, sodass sie kaum atmen kann, es aber zufrieden ist, dass das Tier da liegt, einfach so neben ihr. Aber einen Mann, der sie beim Tanzen dicht an sich presst? Ich stelle mir immer vor, dass sie dann irgendwie klaustrophobisch reagiert. Offenes Gelände und Gewitternächte reizten sie, als könnte sie dort nie ganz enthalten, nie ganz sie selbst sein. Und doch war sie von all den Bekannten und Fremden, die in dem Haus in Ruvigny Gardens ein und aus gingen, diejenige, die am meisten aus dem Rahmen fiel. Sie war der Ausnahmefall, die Außenseiterin an unserem Tisch, die der Boxer im Haus meiner Eltern entdeckt und mit der er, was überraschender war, eine Affäre begonnen hatte, sodass man sie bald als »das Mädchen des Boxers« kannte.

»Ich schick euch beiden eine Postkarte«, versprach Olive Lawrence, als sie London schließlich verließ. Und war dann aus unserem Leben verschwunden.

Aber von irgendwo an der Küste des Schwarzen Meeres oder aus einem kleinen Dorfpostamt in der Nähe von Alexandria schickte sie uns dann tatsächlich ein kleines, platonisches *billet-doux* und erwähnte eine Wolkenformation in den Bergen, die an eine alternative Welt, an ihr anderes Leben denken ließ. Wir hüteten diese Postkarten wie einen Schatz, besonders weil wir wussten, dass es inzwischen keine Verbindung mehr zwischen ihr und dem Boxer gab. Sie war aus seinem Leben gewandert ohne einen Blick zurück. Dass eine Frau eine Postkarte aus der Ferne als Teil eines Versprechens gegenüber zwei Kindern geschickt hatte, zeugte von Großherzigkeit wie auch von Einsamkeit, einem geheimen Bedürfnis. Es sprach für zwei ganz verschiedene Gemütsverfassungen. Vielleicht aber auch nicht. Was wusste dieser Junge schon …

Wenn ich über Olive Lawrence nachdenke, glaube ich manchmal, dass ich eine mögliche Version meiner Mutter in der Zeit ihrer Abwesenheit verfasse, als sie Dinge tat, von denen ich nichts wusste. Beide Frauen befanden sich an einem unbekannten Ort, allerdings schickte uns natürlich nur Olive Lawrence höflich und nicht nur aus Pflichtgefühl Postkarten von wo auch immer sie sich befand.

Und ich muss nun auch die dritte Seite dieses Dreiecks bedenken, das diese Frauen bildeten. Es war Rachel, die in jener Zeit eine enge Beziehung zu einer Mutter brauchte, die sie beschützte, wie es eine Mutter tut. In jener Nacht war sie zwischen Olive und mir den leicht ansteigenden Hügel in die Wälder von Streatham hinaufgestiegen, und Olive hatte zu ihr gesagt, wenn sie zusammen mit uns im Dunkeln sei, gebe es keine Gefahr, auch in Träumen nicht oder während des unberechenbaren Aufruhrs bei ihren Anfällen. Es gab nur die zirpenden Grillen über uns, nur das scharrende Geräusch, wenn sich ein Dachs im Schlaf behaglich umdrehte, nur die Stille und dann das plötzliche Rieseln des Regens.

Was, hatte unsere Mutter geglaubt, würde uns in ihrer Abwesenheit zustoßen? Hatte sie gedacht, unser Leben würde so verlaufen wie in dem damals populären Stück *The Admirable Crichton*, für uns die erste Theateraufführung, zu der sie uns ins West End mitgenommen hatte? Es ging um einen Butler (vermutlich das Gegenstück zu unserem Falter), der bei einer adligen Familie in einer Art verkehrten Welt auf einer einsamen Insel für Zucht und Ordnung und damit für Sicherheit sorgt. Nahm sie wirklich an, dass die Hülle unserer Welt nicht zerbrechen würde?

Manchmal wurde der Falter, je nachdem, was er getrunken hatte, auf fröhliche Weise unverständlich, obwohl er sich dessen, was er zu sagen glaubte, ganz sicher schien – auch wenn manche Einschübe vom Pfad des vorhergehenden Satzes abwichen. Eines Abends, als Rachel nicht einschlafen konnte, zog er ein Buch mit dem Titel *The Golden Bowl* aus dem Regal meiner Mutter und begann uns daraus vorzulesen. Die einzelnen Abschnitte erinnerten uns, in der Weise, wie die Sätze sich mäandrierend zu verflüchtigen schienen, an den Falter, wenn er sich im Suff gebieterisch gab. Es war, als hätte sich die Sprache höflich von seinem Körper verabschiedet. Auch an anderen Abenden betrug er sich merkwürdig. Einmal berichtete das Radio von der verrückten Tat eines Mannes, der vor dem Savoy Fahrgäste aus einem Hillman Minx gezerrt und dann das Auto in Brand gesteckt hatte. Der Falter war erst eine Stunde zuvor nach Hause gekommen und stöhnte, während er gespannt der Nachricht zuhörte: »O Gott, hoffentlich war das nicht ich!« Er besah sich seine Hände, als könnte er darauf noch Spuren von Paraffin entdecken, und schloss dann, als er merkte, dass wir erschrocken waren, mit einem Augenzwinkern diese Möglichkeit aus. Es war klar, dass wir nicht einmal mehr seine Späße verstanden. Im Unterschied zu ihm hatte der Boxer, obwohl er mehr als der Falter zu Exzessen neigte, keinen Sinn für Humor, wie alle Menschen, die sich nicht ganz innerhalb des Gesetzes bewegen.

Doch der Falter besaß ein weitgehend zuverlässiges, behäbiges Temperament. Letztlich war er vielleicht doch unser Admiral Crichton, selbst dann, wenn er diese wolkige Flüssigkeit in sein kleines blaues Glasgefäß goss, das ursprünglich zu einer Flasche mit Augentropfen gehört hatte, und sie hinunterschüttete, als wäre es Sherry. Diese Angewohnheit störte uns nicht. Es waren die einzigen Male, dass er sich unseren Wünschen heiter geneigt zeigte, und in solchen Momenten konnten Rachel und ich ihn stets dazu überreden, uns an Orte in der Stadt mitzunehmen, die er gut zu kennen schien. Er interessierte sich für verlassene Gebäude, wie zum Beispiel ein Krankenhaus in Southwark aus dem 19. Jahrhundert, wo lange vor der Erfindung der Anästhesie operiert worden war. Irgendwie verschaffte er uns Zugang zu diesem Bau und zündete die Schwefellampen an, die flackernde Schatten an die Wände des dunklen Operationssaals warfen. Er kannte so viele ungenutzte Orte in der Stadt, die vom Licht des 19. Jahrhunderts beleuchtet wurden, schattenhaft und bedrohlich für uns. Ich frage mich, ob Rachels späteres Leben auf der Bühne von diesen Abenden bei schwachem Licht beeinflusst worden war. Sie muss erkannt haben, wie sich Unglück oder Gefahr im Leben verdunkeln und unsichtbar machen oder zumindest fern erscheinen lässt. Das mit der Zeit erworbene Gespür für Rampenlicht und Theaterdonner verhalf ihr dazu, für sich selbst zu klären, was richtig und was falsch war, was sicher war, was nicht.

Mittlerweile hatte der Boxer ein Verhältnis mit der Russin, deren Temperament so aufbrausend war, dass er aus dieser Beziehung ausstieg, bevor sie seine Adresse ausfindig machen konnte. Das bedeutete natürlich, dass auch sie auf der Suche nach ihm zu den ungewöhnlichsten Zeiten in Ruvigny Gardens auftauchte und herumschnüffelte. Er wurde vorsichtig und parkte seinen Wagen nicht mehr in unserer Straße.

Die Anwesenheit der diversen Partnerinnen des Boxers brachte es mit sich, dass ich Frauen auf einmal näher war als je zuvor, abgesehen von Mutter und Schwester. Ich ging in eine reine Jungenschule. In dieser Zeit hätte ich mich eigentlich mit Jungen beschäftigen, mich mit ihnen anfreunden müssen. Doch dank Olive Lawrence' lockerer, intimer Konversation, ihrer Art, direkt über ihre Wünsche, ja sogar ihre Sehnsüchte zu sprechen, fand ich mich in einem Universum, das völlig anders war als alles, was ich zuvor gekannt hatte. Mich interessierten Frauen, die außerhalb meines Bereichs waren, mit denen mich weder Verwandtschaft noch ein sexuelles Motiv verband. Ich konnte solche Freundschaften nicht kontrollieren, und sie waren oberflächlich und von kurzer Dauer. Sie ersetzten das Familienleben, und doch konnte ich auf Distanz bleiben – das ist mein Manko. Doch ich liebte die Wahrheit, die ich von Fremden erfuhr. Sogar in den dramatischen Wochen mit der verstoßenen russischen Freundin hielt ich mich mehr als nötig in Ruvigny Gardens auf und rannte von der Schule gleich nach Hause, bloß um zu beobachten, wie sie in unserem Wohnzimmer auf und ab wanderte mit diesem missmutigen Ausdruck im Gesicht. Oft streifte ich im Vorbeigehen ihren Arm, um dann diesen Augenblick festzuhalten. Einmal bot ich ihr an, sie zum Hunderennen nach Whitechapel zu begleiten, unter dem Vorwand, ihr zu helfen, den Boxer zu finden, doch sie lehnte das Angebot ungnädig ab, vermutlich weil sie erriet, dass ich einen anderen Grund hatte, sie vom Haus fortzulocken. In der Tat wusste sie nicht, wie nahe sie dem Boxer war, der sich in meinem Zimmer versteckt hatte und *The Beano* las. Auf jeden Fall verspürte ich von nun an das merkwürdige Vergnügen an weiblicher Gesellschaft.

Agnes Street

Im folgenden Sommer fand ich einen Job in einem flotten Restaurant in World's End. Ich war wieder Tellerwäscher und spielte den Kellner, wenn jemand ausfiel. Ich hatte gehofft, Mr Nkoma wiederzusehen, den Klavierspieler und Fabulierer, aber da war niemand, den ich kannte. Das Personal bestand hauptsächlich aus schlagfertigen Kellnerinnen – manche stammten aus Nord-London, andere kamen vom Land –, und ich konnte den Blick nicht von ihnen abwenden. Wegen der Art, wie sie den Chefs Widerworte gaben, wie sie lachten, wie sie versicherten, sich zu amüsieren, obwohl sie Schwerarbeit verrichteten. Sie rangierten in der Rangordnung höher als wir in der Küche, deshalb ließen sie sich kaum dazu herab, mit uns zu sprechen. Das machte nichts. Ich konnte ihnen schüchtern zuschauen und aus der Entfernung Dinge über sie in Erfahrung bringen. Ich arbeitete mitten in diesem betriebsamen Restaurant, wo dauernd etwas los war, und fand es unterhaltsam, wie schnell sie lachten und debattierten. Mit drei Tabletts auf der Hand gingen sie an einem vorbei, machten Annäherungsversuche und gingen weiter, während man noch eine Antwort stammelte. Sie rollten die Ärmel hoch, um einem ihre muskulösen Arme zu zeigen. Sie waren kess und dann auf einmal wieder distanziert. Ein Mädchen mit einem grünen Band im Haar kam auf mich zu, als ich während meiner Mittagspause in einer Ecke saß, und fragte, ob sie ein bisschen von dem Schinken in meinem Sandwich »leihen« könne. Ich wusste nicht, was sagen, und muss ihr den Schinken stumm gegeben haben. Ich

fragte sie nach ihrem Namen, und sie tat, als sei sie empört
über meine Dreistigkeit, rannte weg und holte eine Gruppe
von drei, vier Kellnerinnen, die mich einkreisten und mir etwas
von den Gefahren der Begierde vorsangen. Ich war dabei, jenes
Terrain zwischen Jugend und Erwachsensein zu betreten, das
keine Grenzen kennt.

Als ich mich ein paar Wochen später ohne meine Kleider in
Gesellschaft desselben Mädchens auf dem abgetretenen Teppich eines leeren Hauses wiederfand, war der Pfad, der zu ihr
führte, unsichtbar. Was ich über die Leidenschaft wusste, war
noch immer etwas Abstraktes, verstellt von Hürden und Regeln, die ich noch nicht kannte. Was war richtig, was nicht?
Sie lag neben mir und unterwarf sich mir nicht. War sie so aufgeregt wie ich? Das eigentlich Dramatische der Episode hatte
nichts mit uns zu tun, sondern mit der Situation: damit, dass
wir mit einem Schlüssel, den sie von ihrem Bruder geliehen
hatte, der für eine Immobilienfirma arbeitete, ein Haus in der
Agnes Street betreten hatten. Draußen stand ein Schild mit
der Aufschrift »Zu verkaufen«, drinnen gab es kein einziges
Möbelstück, nur Teppichboden. Es war Nacht geworden, und
ich konnte ihre Reaktionen nur im Schein einer Straßenlampe
oder von Streichhölzern deuten, die ich ein Stück über den
Teppich hielt, den wir später nach Blutflecken untersuchten,
als hätte es dort einen Mord gegeben. Es kam mir nicht wie
eine Romanze vor. Eine Romanze, das war die sprühende
Energie von Olive Lawrence, die glühende sexuelle Raserei der
verschmähten Russin, deren Schönheit durch ihren wachsen-
den Verdacht gegenüber ihrem Liebhaber noch erhöht wurde.

Ein anderer früher Abend mitten im Sommer. Wir nehmen ein kaltes Bad in dem Haus in der Agnes Street. Es gibt kein Handtuch, mit dem wir uns abtrocknen könnten, nicht einmal einen Vorhang, in den wir uns wickeln könnten. Sie streift das dunkelblonde Haar zurück und schüttelt dann den Kopf, sodass es ihn wie ein Heiligenschein umgibt.

»Alle anderen trinken jetzt wahrscheinlich Cocktails«, sagt sie.

Wir werden trocken, während wir durch die leeren Räume gehen. Noch nie waren wir so intim miteinander, seit wir gegen sechs das Haus betreten haben. Es geht nicht mehr um den Plot von Sex oder gezielter Lust, da sind nur wir beide, nackt und für den anderen im Dunkeln unsichtbar. Das Licht eines Autoscheinwerfers fällt einen Moment auf sie, sodass ich ein Lächeln erhasche, ein Zeichen, dass es auch ihr bewusst ist. Dass es uns beiden bewusst ist.

»Schau her«, sagt sie und macht einen Handstand im Dunkeln.

»Hab's nicht gesehen. Mach's noch mal.« Und dieses zuvor scheinbar unfreundliche Mädchen macht einen Purzelbaum in meine Richtung und sagt: »Halt diesmal meine Füße fest.« Und dann »danke«, als ich sie langsam auf den Boden sinken lasse.

Sie setzt sich auf. »Wenn wir nur ein Fenster aufmachen könnten. Auf der Straße herumrennen könnten.«

»Ich weiß nicht mal mehr, in welcher Straße wir sind.«

»In der Agnes Street. Der Garten! Komm … «

In der Halle im Erdgeschoss schubst sie mich, damit ich schneller gehe, und ich drehe mich um, ergreife ihre Hand. Wir ringen miteinander auf der Treppe, können einander nicht sehen. Sie beugt sich vor, beißt mich in den Hals und entzieht sich einer Umarmung. »Komm schon!«, sagt sie. »Hier!« Wir stoßen gegen eine Wand. Es ist, als dächten wir nur daran, wie wir dieser Nähe entkommen können, und nur die Nähe ist es, die uns helfen wird, zu entkommen. Wir liegen auf dem Boden, küssen, was immer wir erreichen können. Ihre Hände schlagen auf meine Schultern ein, als wir vögeln. Man kann es nicht Liebe machen nennen.

»Nein. Lass nicht los.«

»Nein!«

Als ich den Arm wegziehe, der mich umschlingt, stoße ich mit dem Kopf gegen etwas, eine Wand, ein Geländer, dann falle ich mit Wucht gegen ihre Brust und werde mir auf einmal bewusst, wie klein sie ist. Dabei nehmen wir den anderen gar nicht mehr wahr, entdecken einfach eine sportliche Lust. Manche Menschen finden sie nie oder finden sie nicht wieder. Dann schlafen wir im Dunkeln ein.

»Hallo. Wo sind wir?«, fragt sie.

Ich drehe mich mit ihr auf den Rücken, sodass sie auf mir zu liegen kommt. Sie öffnet mit ihren kleinen Händen meine Lippen.

»Og Hagness Steef«, sage ich.

»Wie heißt du noch mal?«, fragt sie lachend.

»Nathaniel.«

»Oh, schick! Ich lieb dich, Nathaniel.«

Wir schaffen es mit Mühe, uns anzuziehen. Wir halten uns an der Hand, als könnten wir einander verlieren, während wir langsam im Dunkeln zur Haustür gehen.

Der Falter war zwar häufig weg, doch spielte seine Abwesenheit genauso selten eine Rolle wie seine Anwesenheit. Rachel und ich versorgten uns inzwischen selbst und waren unabhängig. Abends verschwand sie. Sie sagte später nicht, wo sie gewesen war, so wie ich mich nicht über meine Erlebnisse in der Agnes Street äußerte. Die Schule kam uns bedeutungslos vor. Wenn ich mich mit anderen Jungen unterhielt, mit denen ich mich befreundet hatte, erzählte ich nie, was bei mir zu Hause los war. Das existierte in der einen Tasche, in der anderen befand sich mein Schuldasein. Wenn wir jung sind, ist uns nicht so sehr die Realität unserer Lage peinlich, sondern wir fürchten uns davor, dass andere sie erkennen und darüber urteilen könnten.

Eines Abends gingen Rachel und ich in die Vorführung eines Kriegsfilms und setzten uns im Gaumont in die erste Reihe. Irgendwann stürzte das Flugzeug des Helden der Erde entgegen, und weil ein Fuß in den Armaturen eingeklemmt war, kam er nicht frei. Spannungsmusik dröhnte durch das Kino, zugleich das Geheul der Flugzeugmotoren. Ich war so davon gefesselt, dass ich nicht merkte, was um mich herum passierte.

»Was ist los?«

Ich blickte nach rechts. Zwischen der Stimme, die »Was ist los?« gefragt hatte, und mir saß Rachel. Sie erschauerte und ließ ein Stöhnen hören, das lauter werden würde, so viel wusste ich. Sie warf sich zitternd von einer Seite zur anderen. Ich öffnete ihre Schultertasche und holte das hölzerne Lineal hervor, um es ihr zwischen die Zähne zu schieben, aber es war zu spät. Ich musste ihr mit den Fingern den Mund aufzwingen, und sie biss mit ihren spitzen kleinen Zähnen zu. Ich gab ihr eine Ohrfeige, und als sie den Mund zum Schreien öffnete, stieß ich ihr das Lineal zwischen die Zähne und zerrte sie auf den Boden. Über uns krachte das Flugzeug auf die Erde.

Rachels flackernder Blick heftete sich auf mich, suchte Halt, nach einem Ausweg. Auch der Mann beugte sich über sie.

»Wer ist sie?«

»Meine Schwester. Sie hat einen Anfall. Sie braucht etwas zu essen.«

Er hatte eine Eistüte in der Hand und reichte sie mir. Ich nahm sie und presste sie an Rachels Lippen. Sie warf den Kopf in den Nacken, doch als sie erkannte, was es war, aß sie gierig. Alle drei kauerten wir auf dem schmutzigen Teppichboden des Gaumont. Ich versuchte sie hochzuheben und aus dem Kino zu bringen, doch sie war zentnerschwer; also legte ich mich auf den Fußboden und hielt sie fest umschlungen, so wie es der Boxer gemacht hatte. In dem Licht, das von der Leinwand auf sie fiel, sah sie aus, als habe sie noch immer etwas Schreckliches vor Augen. Und so war es ja auch, denn jedes Mal nach einem solchen Anfall beschrieb sie mir in aller Ruhe, was sie gesehen hatte. Die Stimmen von der Leinwand drangen durch den Saal, führten die Handlung weiter, und wir blieben zehn Minuten lang auf dem Boden liegen. Ich hatte sie mit meinem Mantel zugedeckt, damit sie spürte, sie war außer Gefahr. Heute gibt es Medikamente, die den Körper vor einem solchen Anfall schützen, doch damals gab es keine. Zumindest kannten wir keine.

Wir schlüpften durch einen Seitenausgang und traten hinter dem dunklen Vorhang in die beleuchtete Welt. Ich führte Rachel in eine Teestube. Sie hatte nicht mehr viel Kraft. Ich brachte sie dazu, etwas zu sich zu nehmen. Sie trank Milch. Dann gingen wir nach Hause. Sie sprach nicht über den Vorfall, so als wäre es inzwischen unwichtig, eine Gefahr, der sie gerade mit knapper Not entkommen war. Sie hatte immer erst am nächsten Tag das Bedürfnis, darüber zu sprechen – nicht über ihre Bestürzung, ihr inneres Chaos, sondern sie wollte die Spannung beschreiben, die sich aufbaute, bevor alles auseinanderbrach. An mehr konnte sie sich nicht erinnern, das Gehirn war nun nicht mehr mit der Erinnerung beschäftigt. Aber ich wusste, dass sie im Gaumont einen Augenblick lang, als der Pilot sich zu retten versuchte, sich selbst, fast freudig erregt, an seiner Stelle gesehen hatte.

Wenn ich nun in dieser Geschichte nicht so viel von meiner Schwester rede, dann deshalb, weil wir verschiedene Erinnerungen haben. Jeder von uns bekam Dinge vom anderen mit, denen wir nicht nachgingen. Ihr heimlicher Lippenstift, einmal ein Junge auf einem Motorrad, oder wie sie, beschwipst vor lauter Lachen, nach Hause torkelte, oder dass sie sich auf einmal erstaunlich gern mit dem Falter unterhielt. Vermutlich hatte sie einen Beichtvater in ihm gefunden, ich aber behielt meine Geheimnisse für mich, wahrte Distanz. Daher würde Rachels Version von unserer Zeit in den Ruvigny Gardens zwar in mancher Hinsicht mit meiner übereinstimmen, doch würde in einem anderen Ton und mit der Betonung auf anderen Dingen darüber gesprochen. Es stellte sich heraus, dass wir einander nur in dieser frühen Zeit nahe waren, als wir ein Doppelleben teilten. Doch nun, all die Jahre später, sind wir einander fremd, und jeder schlägt sich allein durch.

Auf dem Teppich liegen Sachen zum Essen, eingewickelt in braunes Papier – Käse und Brot, Schinkenscheiben, eine Flasche Cidre, alles gestohlen aus dem Restaurant, in dem wir arbeiten. Wir sind in einem anderen Raum, einem anderen Haus ohne Mobiliar und mit kahlen Wänden. Donner erfüllt das unbewohnte Gebäude. Nach dem Zeitplan ihres Bruders wird es noch eine Weile dauern, bis es verkauft werden wird, und so haben wir uns daran gewöhnt, am Ende des Tages hier zu kampieren, wenn es unwahrscheinlich ist, dass seine Kunden auftauchen werden.

»Können wir ein Fenster aufmachen?«

»Nein, können wir nicht.«

Sie hält sich strikt an die Regeln ihres Bruders. Er musste mich sogar inspizieren, sah mich von oben bis unten an, sagte, ich sähe ein bisschen zu jung aus. Ein merkwürdiges Vorstellungsgespräch. Max war sein Name.

Wir vögeln in dem Raum, der das Esszimmer gewesen sein muss. Meine Finger berühren den Abdruck, den die Tischbeine hinterlassen haben. Wir hätten eigentlich unter dem Tisch gelegen, normalerweise wäre über uns gegessen worden. Das sage ich, während ich aufblicke und im Dunkeln nichts sehe.

»Du bist komisch, stimmt's? Nur dir würde das in diesem Moment einfallen.«

Der Sturm tobt über uns los, zerschmettert die Suppenschüsseln, wirft Löffel auf den Boden. Eine bei einem Bombenangriff beschädigte Rückwand ist noch nicht wiederaufgebaut worden, und der trockene Donner dringt ins Haus, sucht nach unseren nackten Leibern. Schutzlos liegen wir da, es gibt nicht einmal ein Alibi für das, was wir hier tun, alles, was wir haben, ist Einwickelpapier anstelle von Tellern und ein alter Hundenapf für das Wasser. »Ich habe geträumt, ich habe mit dir am Wochenende gevögelt«, sagt sie, »und da war jemand im Zimmer, direkt neben uns.« Ich bin es nicht gewohnt, über Sex

84

zu reden. Aber Agnes – inzwischen nennt sie sich so – tut es
auf reizvolle Art. Für sie ist es ganz natürlich. Wie man ihr am
besten einen Orgasmus verschafft, wo genau man sie berühren soll, wie sanft, wie fest. »Hier, ich zeig's dir. Gib mir deine
Hand ...« Sie macht sich ein bisschen lustig über meine
stumme Reaktion, belächelt meine Schüchternheit. »Junge,
Junge, du hast noch viele Jahre vor dir, um dich daran zu gewöhnen, um erwachsen zu werden. Da gibt's noch viel.« Eine
Pause, dann sagt sie: »Weißt du ... du könntest mir was über
dich beibringen.«

Inzwischen mögen wir uns genau so, wie wir einander begehren. Sie spricht über ihre sexuelle Vergangenheit. »Ich hatte
dieses Cocktailkleid, das ich für ein Rendezvous geliehen hatte.
Ich habe mich betrunken – es war das erste Mal. Ich wachte auf
in einem Zimmer, und niemand war da. Auch kein Kleid. Ich
ging zur U-Bahn und fuhr nach Hause, mit nichts als einem
Regenmantel bekleidet.« Eine Pause, während sie darauf wartet, dass ich etwas sage. »Ist dir so etwas Ähnliches auch schon
mal passiert? Du kannst es mir auf Französisch sagen, wenn du
willst. Wäre das leichter?«

»Ich bin in Französisch durchgefallen«, lüge ich.

»Erzähl das jemand anders.«

Ich liebte nicht nur ihre verrückten Geschichten, sondern auch
ihre Stimme, deren Timbre und deren Melodie, ein radikaler
Unterschied zu der Art, wie die Jungen in meiner Schule rede-
ten. Doch etwas anderes machte Agnes zu etwas Besonderem:
Die Agnes, die ich in jenem Sommer kannte, war nicht die, die
sie später sein würde. Das wusste ich schon damals. Hatte diese
zukünftige Frau, die ich mir vorstellte, etwas zu tun mit dem,

was sie für sich selbst wünschte? So wie sie vielleicht an etwas Künftiges in mir glaubte? Bei allen anderen, die ich in jener Zeit kannte, war es nicht so. Damals waren Halbwüchsige eingesperrt in das, was sie schon zu sein glaubten und daher immer sein würden. Es war eine englische Gewohnheit, die Krankheit der Zeit.

Als ich in der Nacht nach diesem ersten Sommergewitter, als wir einander verzweifelt umklammert gehalten hatten, nach Hause kam, fand ich in meiner Hosentasche ein Geschenk. Ich faltete das zerknitterte Packpapier auseinander, das unser Teller gewesen war, und entdeckte eine Kohlezeichnung von uns beiden – Hand in Hand auf dem Rücken liegend und über uns der große unsichtbare Sturm, schwarze Wolken, Blitze, ein bedrohlicher Himmel. Sie zeichnete leidenschaftlich gern. Irgendwo auf den Wegen meines Lebens verlor ich die Zeichnung; eigentlich hatte ich sie behalten wollen. Ich weiß noch immer, wie die Skizze aussah, und ab und zu hielt ich Ausschau nach einer erwachsenen Version in der Hoffnung, ein Echo dieser frühen Skizze in irgendeiner Galerie zu finden. Aber nie habe ich so etwas wiedergesehen. Lange Zeit wusste ich von ihr nicht mehr als »Agnes Street«, wo sich das erste Haus befunden hatte, das wir gemeinsam betreten hatten. In unseren heimlichen Tagen und Nächten in verschiedenen ruinösen Häusern bestand sie, defensiv und ironisch, auf diesem Namen als *nom de plume* für sich selbst. »Nom de plume«, sagte sie großspurig. »Du weißt doch, was das heißt?«

Wir schlichen uns aus dem Haus. Beide mussten wir früh am Morgen arbeiten. Da war ein Mann, der an der Bushaltestelle auf und ab ging und uns beobachtete, als wir auf ihn zugingen, sich dann zu dem Haus umdrehte, als sei er neugierig, warum wir von dort gekommen waren. Auch er bestieg den Bus und setzte sich hinter uns. War es bloßer Zufall? War er ein Gespenst aus der Kriegszeit, das zu dem Gebäude gehörte, in das wir eingedrungen waren? Wir empfanden Schuld, nicht Angst. Agnes machte sich Sorgen wegen des Jobs ihres Bruders. Als wir aufstanden, stand der Mann ebenfalls auf und folgte uns. Der Bus hielt. Wir blieben am Ausgang stehen. Als der Bus wieder anfuhr und schneller wurde, sprang Agnes ab, kam kurz ins Straucheln, winkte mir dann zu. Ich winkte zurück, ging an dem Mann vorbei und sprang danach, irgendwo im Zentrum von London, aus dem Bus, und er erwischte mich nicht.

Das Muschelboot

An unserem ersten Tag auf der Themse fuhren Rachel, ich und der Boxer so weit nach Westen, bis die Stadt praktisch hinter uns lag. Heute würde ich eine gute Karte des Flusses brauchen, um jemandem die Orte zu zeigen, an denen wir vorbeifuhren oder eine Pause machten, Orte, deren Namen wir in jenen Wochen zugleich mit den Gezeitenkalendern auswendig lernten, die komplizierten Deiche, alten Zollhäuser, Hellinge, in die wir hineinfuhren und die wir wieder verließen, Schleusen, die sich verschlossen und öffneten, Baustellen und Anlaufpunkte, die wir vom Boot aus zu erkennen lernten – Ship Lane, Bulls Alley, Mortlake, das Lagerhaus von Harrods, mehrere Kraftwerke und dann noch die ungefähr zwanzig benannten oder auch namenlosen Kanäle, die ein, zwei Jahrhunderte zuvor ausgeschachtet worden waren und wie Speichen nördlich der Themse verliefen. Oft wiederholte ich mir nachts im Bett alle Zuflüsse des Stroms, um sie mir einzuprägen. Ich weiß sie noch heute. Sie klangen wie die Namen englischer Könige, und ich fand sie mit der Zeit spannender als Fußballmannschaften oder das große Einmaleins. Manchmal fuhren wir ostwärts bis hinter Woolwich und Barking hinaus und erkannten selbst noch im Dunkeln, wo wir waren, nur am Klang des Flusses oder am Stand von Ebbe und Flut. Nach Barking kamen Caspian Wharf, Erith Reach, der Tilbury Cut, die Lower Hope Reach, Blyth Sands, die Isle of Grain, die Mündung, dann das Meer.

Es gab andere heimliche Orte an der Themse, wo wir an-

hielten und uns mit der Besatzung von Hochseeschiffen trafen, die ihre erstaunliche Fracht auslud, und führten dann die
Hunde aus, die zögernd von Bord gingen, alle an eine einzige
lange Leine gebunden. So konnten sie ihr Geschäft verrichten,
koteten und urinierten sie nach ihrer vier- bis fünfstündigen
Fahrt von Calais hierher, bevor wir sie mit sanftem Nachdruck
auf unser Muschelboot lotsten, wo sie die letzte kurze Fahrt an-
traten, um später von Leuten abgeholt zu werden, die wir nur
kurz sahen und deren Namen wir nie erfuhren.

Wir wurden in diese Aktivitäten am Fluss zum ersten Mal an
einem Nachmittag einbezogen, als der Boxer mit anhörte, wie
wir uns über unser nächstes Wochenende unterhielten. Ganz
beiläufig, als wären Rachel und ich gar nicht im Zimmer, fragte
er den Falter, ob wir zufällig Zeit hätten, um ihm bei irgendetwas zu helfen.

»Tags oder nachts?«

»Wahrscheinlich beides.«

»Und ist das sicher?«, fragte der Falter leise, als sollten wir
es nicht hören.

»Absolut sicher«, antwortete der Boxer laut; er sah dabei
mit einem scheinheiligen Lächeln zu uns her und deutete mit
einer lässigen Handbewegung an, dass es absolut sicher sei. Ob
die Sache legal war, kam nicht zur Sprache.

»Ihr könnt doch schwimmen?«, murmelte der Falter. Und
wir nickten. Der Boxer fügte noch hinzu: »Sie mögen doch
Hunde, oder?« Und diesmal nickte der Falter, der keine Ahnung hatte, ob das stimmte.

*

»Es ist phantastisch«, erklärte der Boxer, die eine Hand am Steuer, die andere in der Hosentasche, aus der er ein Sandwich zu fischen versuchte. Er schien nicht ganz auf das Steuern des Lastkahns konzentriert. Ein kalter Wind fächerte das Wasser, von allen Seiten zerrten eisige Böen an uns. Ich ging davon aus, dass uns keine Gefahr drohte, wenn wir mit ihm zusammen waren. Ich hatte von Booten keine Ahnung, aber von Anfang an liebte ich die Gerüche, die so ganz anders waren als an Land, das Öl auf dem Wasser, Salzwasser, Auspuffgase, die vom Heck her spuckten, und mit der Zeit liebte ich auch die tausendund-ein Geräusche des Flusses um uns her, die uns verstummen ließen, als befänden wir uns auf einmal in einem ruhigen Universum inmitten dieser rasch vorbeiziehenden Welt. Es war tatsächlich phantastisch. Wir streiften beinahe einen Brückenbogen – der Boxer lehnte sich im letzten Augenblick zur Seite, so als würde das Boot dann ebenfalls ausweichen. Dann kam es fast zu einem Zusammenstoß mit einem Vierer-Ruderboot, das danach in unserem Kielwasser hin und her geschleudert wurde. Wir hörten die Männer schreien und sahen, wie der Boxer ihnen lässig zuwinkte, als sei es das Schicksal und keines Menschen Schuld. An diesem Nachmittag holten wir zwanzig Windhunde von einem stummen Frachtkahn in der Nähe der Church Ferry Stairs ab und lieferten sie stumm an einer anderen Stelle flussabwärts ab. Wir hatten nicht gewusst, dass es eine solche bewegliche Fracht gab, hatten keine Ahnung von den strengen Gesetzen, die eine Einfuhr von Tieren nach England verboten. Der Boxer schien hingegen alles zu wissen.

Die Theorien, die wir uns über den schiefen Gang des Boxers ausgedacht hatten, wurden hinfällig an dem Tag, als er uns auf das Muschelboot mitnahm. Rachel und ich gingen vorsichtig die glitschige Laufplanke hinunter, während der Boxer sich kaum darum kümmerte, was er tat, und sich halb umwandte, um sich zu vergewissern, dass Rachel nicht ausrutschte, wobei er seine Zigarette in den schmalen Spalt zwischen der Uferböschung und dem kippligen Boot schnippte. Stufen, die uns riskant vorkamen, waren für ihn eine harmlose Tanzfläche, und er bewegte sich nicht vorsichtig gekrümmt wie sonst, sondern spazierte lässig auf den regennassen, schmierigen, kaum armbreiten Seitendecks entlang. Später behauptete er, er sei während eines vierundzwanzig Stunden lang dauernden Sturms auf dem Fluss gezeugt worden, und Generationen seiner Vorfahren seien Leichterschiffer gewesen. So war sein Körper dem Leben auf dem Fluss angepasst und hatte nur an Land einen Akzent. Er kannte sämtliche Priele zwischen Twickenham und Lower Hope Point und konnte Anlegestellen am Geruch oder am Geräusch der geladenen Fracht erkennen. Sein Vater war ein »Ehrenbürger des Flusses« gewesen; damit prahlte er, auch wenn er gleichzeitig von ihm als einem grausamen Menschen sprach, der ihn als ganz jungen Mann bereits in den Beruf des Boxers gezwungen hatte.

Auch kannte er jede Menge Pfiffe, denn jeder Frachtkahn hatte, so erklärte er uns, sein eigenes Signal. Das lernte man, wenn man neu anfing, auf einem Boot zu arbeiten. Nur diese Signale durfte man auf dem Wasser als Erkennungszeichen oder als Warnung benutzen; jeder Pfeifton imitierte einen Vogelruf. Er kannte Flussschiffer, sagte der Boxer, die in einem Wald, wo es weit und breit kein Wasser gab, auf einmal das Pfeifsignal ihres eigenen Kahns gehört hatten – es war, wie sich herausstellte, ein Wanderfalke, der sein Nest schützte, eine Vogelart, die vor hundert Jahren an einem Fluss gelebt haben musste und deren Pfeifton von Generationen von Schiffern übernommen und gelernt worden war.

Nach diesem Wochenende wollte ich dem Boxer beim Transport der Hunde helfen, aber Rachel verbrachte mehr Zeit mit dem Falter, vermutlich weil sie sich erwachsener fühlen wollte. Ich hingegen wartete schon in meinem wasserdichten Mantel, wenn der Boxer mich mit dem Auto abholen kam. Die ersten Male, wenn wir uns in den Ruvigny Gardens gesehen hatten, war ich nichts weiter als ein Junge in einem Haus gewesen, das er zufällig gerade besuchte, und er hatte sich kaum für mich interessiert. Dann aber stellte ich fest, dass man gut von ihm lernen konnte. Er kümmerte sich weniger um mich als der Falter, erklärte mir aber genau, was zu tun war und welche seiner Umtriebe geheim zu halten waren. »Lass dir nicht in die Karten schauen, Nathaniel«, sagte er oft, »lass dir bloß nie in die Karten schauen.« Er brauchte, wie sich herausstellte, jemanden wie mich, eine mehr oder weniger vertrauenswürdige Person, die ihm an zwei, drei Abenden in der Woche half, Windhunde von einem der stummen kontinentalen Schiffe abzuholen, und so überredete er mich, meinen Job im Restaurant aufzugeben und stattdessen ihm zu helfen, die Tiere in der Dunkelheit mit dem Muschelboot an diverse Stellen zu bringen, wo ein Lieferwagen seine lebende Fracht weiterbeförderte.

Bei jeder Fahrt hatten wir ungefähr zwanzig dieser scheuen Passagiere an Bord. Zitternd saßen sie an Deck während unserer Reisen, die manchmal bis Mitternacht dauerten, und erschraken bei einem lauten Geräusch oder wenn der Lichtkegel der Suchscheinwerfer einer plötzlich neben uns auftauchenden Barkasse sie blendete. Der Boxer fürchtete die Aufpasser, wie er sie nannte, und ich musste mich dann zu den Tieren vortasten, mich unter den nach Hund riechenden Decken an sie kuscheln und sie beruhigen, während das Polizeiboot vorbeiglitt. »Die halten Ausschau nach ernsthafteren Sachen«, begründete der Boxer sein niedriges Kriminalitätsniveau.

Was wir aus der Stadt hinausbeförderten, garantierte tatsächlich keinerlei finanziellen Gewinn, wie bald klar wurde. Niemand wusste, was die Tiere als Rennhunde taugten, wie schnell oder langsam sie waren. Wichtig war nur, dass sie die »unbekannte Größe« darstellten, und Neulinge konnten hemmungslos Wetten abschließen, bei denen man sich nur aufs Aussehen verließ statt auf gesicherte Stammbäume, die etwas über Erfolg oder Misserfolg aussagen konnten. Bei einer solchen Wette ging es um echtes Geld. Man setzte Pfundnoten auf einen Hund ohne Vergangenheit, weil das angeleinte Tier einen scheinbar wissend angeschaut hatte, weil einen seine Läufe überzeugt hatten oder man das Geflüster von Leuten mitbekommen hatte, von denen man hoffte, sie würden sich auskennen, was nicht der Fall war. Die Hunde, die wir hatten, waren Nieten, deren Vergangenheit nicht nachgewiesen war, entweder aus einem Schloss entführt oder einer Fleischfabrik entronnen, und die noch einmal eine Chance bekamen. Sie waren so anonym wie Kampfhähne.

In den mondlosen Nächten auf dem Fluss beruhigte ich sie, indem ich einfach energisch den Kopf hob, wenn sie anfangen wollten zu bellen. Ich hatte das Gefühl, ein Orchester zum Verstummen zu bringen, und empfand zum ersten Mal den Reiz der Macht und die Lust daran. Der Boxer stand am Ruderhaus, steuerte uns durch die Nacht und summte dabei »But Not for Me«. Es klang immer wie ein Seufzer, so wie er es sang, er war mit den Gedanken woanders und achtete kaum auf die Worte.

Doch ich wusste, dass die traurigen Verse nicht das Mindeste mit seinen komplizierten, vernestelten Beziehungen zu Frauen zu tun hatten. Ich wusste es, weil ich ihm Alibis liefern oder falsche Botschaften aus einer Telefonzelle übermitteln musste, die seine Abwesenheit an dem oder jenem Abend begründen sollten. Die Frauen waren nie genau darüber im Bilde, zu welchen Zeiten er arbeitete, ganz zu schweigen davon, worin seine Arbeit eigentlich bestand.

In diesen Tagen und Nächten, als ich mit dem dubiosen Stundenplan des Boxers allmählich vertraut wurde, befand ich mich in einer windigen Gesellschaft von Flussschmugglern, Tierärzten und Fälschern, die alle mit Hunderennen in den Home Counties zu tun hatten. Bestochene Veterinäre impften diese Fremdlinge gegen Staupe. Manchmal mussten wir die Tiere eine Zeitlang in einer Hundepension unterbringen. Fälscher besorgten Geburtsurkunden, die Besitzer in Gloucestershire und Dorset nachwiesen, woher die Hunde angeblich stammten – Köter, die zuvor noch nie ein englisches Wort gehört hatten.

In diesem ersten magischen Sommer meines Lebens schmuggelten wir auf dem Höhepunkt der Rennsaison mehr als fünfundvierzig Hunde pro Woche; wir nahmen die schreckhaften Tiere an einem Anlegeplatz in der Nähe von Limehouse auf, fuhren dann im Dunkeln den Fluss hinauf bis ins Herz von London und lieferten sie an der Lower Thames Street ab. Dann fuhren wir den gleichen Weg zurück, den wir gekommen waren, und nur in diesen Augenblicken auf der Rückfahrt spätnachts, wenn keine Hunde mehr an Bord waren, musste der Boxer nicht mehr seinen komplizierten Stundenplan befolgen, und es gab keinerlei Unterbrechungen. Mittlerweile war ich neugierig auf seine Welt. In diesen Nächten sprach er ganz offen über sich und die Finessen von Hunderennen und stellte mir hin und wieder Fragen. »Du hast Walter wohl kennengelernt, als du noch ganz jung warst, stimmt's?«, fragte er einmal. Und als ich ihn verwundert ansah, nahm er den Satz zurück, so als hätte er mir seine Hand zu forsch auf einen Schenkel gelegt. »Ach so, ich verstehe«, sagte er.

Als ich ihn fragte, wie er Olive Lawrence kennengelernt habe, schickte ich voraus, dass ich sie mochte. »Ja, das ist mir auch schon aufgefallen«, sagte er. Das überraschte mich, denn es hatte so ausgesehen, als bekomme er meine Reaktionen nicht mit oder als ignoriere er sie.

»Wie haben Sie sie denn kennengelernt?«

Er deutete zum wolkenlosen Himmel. »Ich habe einen Rat gebraucht, und sie ist Spezialistin … eine Geografin, eine *Eth-no-gra-fin*.« Er zog das Wort in die Länge, genau wie sie. »Wer hat denn schon gewusst, dass es solche Leute gibt? Die noch immer das Wetter vorhersagen können je nach den Mondphasen oder der Form einer Wolke? Jedenfalls hat sie mir in einer bestimmten Angelegenheit geholfen, und ich mag Frauen, die gescheiter sind als ich. Versteh mich recht, sie ist … also, sie kann einen überraschen. Diese Fesseln! Ich hätte nicht gedacht, dass sie mit mir ausgeht. Sie ist reines Mayfair, wenn du verstehst, was ich damit sagen will. Sie liebt Lippenstift, sie liebt Seide. Sie ist die Tochter eines Anwalts, aber ich glaube nicht, dass ihr Papa mir helfen würde, wenn ich in der Klemme säße. Jedenfalls hat sie mir von Lenticulariswolken und Ambosswolken erzählt und wie man einen blauen Himmel lesen kann. Aber es waren die Fesseln, die es mir angetan hatten. Sie hat irgendwas von einem Windhund, und das mag ich, aber man kann nicht gewinnen, nicht bei ihr. Man bekommt nur einen Zipfel von ihrem Leben zu fassen. Ich meine, wo ist sie jetzt? Kein einziges Wort von ihr. Trotzdem, der Abend mit der Ziege, weißt du, das hat ihr gefallen, glaube ich. Natürlich hätte sie es nie zugegeben, aber es war, als hätten wir beim Abendessen einen Friedensvertrag geschlossen. Sie war schon eine Lady … aber nichts für mich.« Es gefiel mir, wenn der Boxer so mit mir sprach, von Gleich zu Gleich, als könnte ich solche schillernden Nuancen bei Frauen verstehen. Eine neue Variante von der Geschichte mit der Ziege zu hören bedeutete außerdem eine weitere Schicht innerhalb der Welt, die zu betreten ich mich anschickte. Ich kam mir vor wie eine Raupe, die in heikler Balance die Farbe wechselt, während sie von einer Blattsorte zur nächsten kriecht.

Wir fuhren weiter durch das dunkle stille Wasser des Flusses mit dem Gefühl, er gehöre uns bis zur Mündung. Vorbei an Industriebauten mit abgedunkelter Beleuchtung, schwach schimmernd wie Sterne, als wären wir in einer Zeitkapsel in den Kriegsjahren, als Verdunklung und Ausgangssperre vorgeschrieben waren und es nur Kriegslicht gegeben hatte und ausschließlich verdunkelte Kähne diesen Flussabschnitt hatten befahren dürfen. Ich sah, wie der Weltergewichtler, der mir früher ruppig und feindselig vorgekommen war, sich zu mir umwandte, während er leise nach den genauen Worten suchte, um die Fesseln von Olive Lawrence und ihre Kenntnisse von Cyandiagrammen und Windsystemen zu beschreiben. Mir war klar, dass er sich diese Informationen vermutlich für irgendetwas angeeignet hatte, das mit seiner Arbeit zu tun hatte, auch wenn sie ihn gleichzeitig von der langsam pulsierenden blauen Ader an Olives Hals ablenkten.

Er packte meinen Arm und postierte ihn auf dem Steuer-
rad, ging dann an den Bootsrand und erleichterte sich in die
Themse. Er stieß einen Seufzer aus. Bei allem, was er tat, gab
es einen Soundtrack, vermutlich auch während der intimen
Momente, wenn die Ader am Hals von Olive Lawrence unter
einem dünnen Schweißfilm pochte. Ich erinnerte mich daran,
wie ich ihn das erste Mal beim Pinkeln sah, als er in der Dulwich Picture Gallery etwas auskundschaftete; pfeifend stand er
da, während die Finger der rechten Hand eine Zigarette und
gleichzeitig den auf den Rand des Urinals gerichteten Penis
hielten. »Percy pinkelt in die Porzellanschüssel«, nannte er
das. Nun konnte ich, während ich das Boot auf Kurs hielt, sein
übliches Selbstgespräch mit anhören: »*I've found more clouds of
grey ... than any Russian play ... could guarantee.*« Er murmelte
es vor sich hin, keine Frau war da zu dieser späten Stunde.

Der Kahn fuhr langsamer, und wir legten an einem Fender
der Landestelle an und stiegen aus. Es war ein Uhr früh. Wir
gingen zu seinem Morris und blieben einen Augenblick lang
sitzen, als würden wir nun in einem anderen Element anlegen.
Dann trat der Boxer auf die Kupplung, steckte den Zündschlüs-
sel ins Schloss, und das Geräusch des Motors durchbrach
die Stille. Er fuhr immer schnell, gefährlich schnell, durch die
Schraffur schmaler, unbeleuchteter Straßen. In diesen Teilen
der Stadt wohnten seit dem Krieg nicht viele Menschen. Wir
passierten ganze Straßen voller Schutt, hin und wieder ein
Feuer. Er zündete sich eine Zigarette an und ließ die Fenster
offen. Nie fuhr er auf dem direkten Weg nach Hause, bog
nach links, nach rechts ab, wusste, wann er das Tempo drosseln
musste, bog plötzlich in eine gerade noch unsichtbare schmale
Straße ein, als teste er eine Fluchtroute. Vielleicht brauchte er

aber auch den Kitzel der Gefahr, um zu dieser Stunde wach zu bleiben. *Ist es sicher?*, wiederholte ich lautlos die Frage des Falters, an die Luft vor meinem Fenster gerichtet. Ein-, zweimal, wenn er meinte, ich sei noch munter, täuschte er Müdigkeit vor, stieg aus und nahm meinen Platz auf dem Beifahrersitz ein, damit ich ihn ablöste. Er warf mir einen Blick von der Seite zu, als ich mit der Kupplung spielte und dann geräuschvoll über die Cobbins Brook Bridge bretterte. Dann fuhren wir in die Außenbezirke von London. Und da endeten dann unsere Gespräche.

An den Tagen, an denen ich meinen vielfältigen Aufgaben nachkommen musste, war ich oft erschöpft. Knochen- und Bluttests mussten erfunden werden. Stempel der Greater London Greyhound Association mussten gefälscht werden, damit unsere Immigranten bei allen hundertfünfzig Hunderennen im Lande mitmachen konnten, so als bereiteten sie sich mit falschen Identitäten für den Ball des Grafen von Monte Christo vor. Eine umfangreiche Vermischung von Rassehunden war im Gange, und das Geschäft mit Windhunden sollte sich nie mehr davon erholen. Als Olive Lawrence vor ihrer Abreise von dem Vorhaben des Boxers erfahren hatte, hatte sie mit den Augen gerollt und gefragt: »Und was kommt als Nächstes? Importierte Foxhounds? Ein Kind, das man in der Gegend von Bordeaux entführt und dann ins Land schafft?«

»Natürlich müsste es allermindestens Bordeaux sein«, konterte der Boxer.

Und doch liebte ich die Nächte auf dem Muschelboot. Das Boot, ursprünglich ein Segelboot, war mit einem modernen Dieselmotor ausgerüstet worden. Der Boxer lieh es sich von einem »seriösen Geschäftsmann aus der Hafengegend«, der es nur dreimal in der Woche brauchte; außer, wie er uns warnte, eine königliche Hochzeit würde plötzlich angekündigt, und das hieße dann, billiges Porzellan mit einem königlichen Konterfei würde auf die Schnelle hergestellt und von irgendeiner diabolischen Fabrik in Le Havre aus eilig nach England exportiert. In diesem Fall müsste dann der Transport von Hunden verschoben werden. Das lange graue Boot war in Holland gebaut, sagte er, und in den Muschelfarmen eingesetzt worden. Es unterschied sich von anderen Booten und war ein seltener Anblick auf der Themse. Der Ballasttank im Frachtraum konnte geöffnet und mit Salzwasser befüllt werden, damit die geernteten Muscheln sich frisch hielten, bis man im Hafen einlief. Aber für uns war der größte Vorzug des Boots, dass es so geringen Tiefgang hatte. Das bedeutete, dass wir die ganze Themse befahren konnten, von der Mündung weit nach Westen bis Richmond, ja sogar bis Teddington, wo der Wasserstand für die meisten Schleppkähne und Fischerboote zu niedrig war. Der Boxer konnte es auch für andere Unternehmungen benutzen, wenn er die Kanäle befuhr, die im Norden von der Themse aus in Richtung Newton's Pool und Waltham Abbey führten.

Ich weiß noch immer die Namen – Erith Reach, Caspian Wharf – wie auch die der Straßen, auf denen ich mit dem Boxer lange nach Mitternacht zurück in die Stadt fuhr. Wenn wir wieder einmal eine unserer turbulenten Fahrten mit dem Boot hinter uns hatten, versuchte der Boxer, mich wach zu halten, indem er mir die Handlung mancher seiner Lieblingsfilme nacherzählte. Seine Stimme nahm dann einen aristokratischen Ton an, wenn er zum Beispiel Dialogzeilen aus *Trouble in Paradise* zitierte: »Erinnern Sie sich an den Mann, der in die Bank von

Konstantinopel ging und mit der Bank von Konstantinopel herauskam? Dieser Mann bin ich!« Während der Wagen über die unbeleuchteten Landstraßen raste, wandte er sich mir zu und unterhielt mich mit der Beschreibung, wie Olive Lawrence sich bei einem Streit aufführte, oder er ratterte die Namen der wichtigsten Straßen herunter, durch die wir fuhren: Sewardstone Street, Crooked Mile, oder wies mich auf einen Friedhof neben einer Straße hin und sagte: »Lern die auswendig, Nathaniel, falls ich dich eines Nachts allein losschicken muss.« Wir fuhren so schnell, dass wir oft in weniger als einer halben Stunde in der Stadt waren. Hin und wieder stimmte der Boxer ein Lied an über »*the bride – with the guy on the side*« oder »*the dame – who was known as the flame*«. Er sang ganz ausgelassen, wedelte plötzlich mit dem Arm, als müsse er sich bremsen, wenn ihm ein weiterer Fall von trügerischer Leidenschaft eingefallen war.

Wetten auf Windhunde war schon damals eine sensationell erfolgreiche illegale Profession. Millionen Pfund wechselten den Besitzer. Menschenmassen kamen ins White City Stadium oder zur Fulham Bridge oder zu den Rennbahnen, die im ganzen Land wie die Pilze aus dem Boden geschossen waren. Der Boxer war nicht sofort in das Geschäft eingestiegen. Zunächst hatte er das Terrain sondiert. Dem Sport haftete etwas Pariahaftes an, und er wusste, dass sich früher oder später die Regierung damit beschäftigen würde. Schroffe Leitartikel warnten im *Daily Herald* das Publikum, das Wetten auf Windhunde stelle »einen moralischen Niedergang dar, der passivem Müßiggang« entstamme. Der Boxer war allerdings nicht der Ansicht, der Müßiggang des Publikums sei passiv. Er war in Harringay dabei gewesen, als die Menge, nachdem man einen Favoriten, dem drei zu eins gegeben wurde, disqualifizierte, die Boxen abgefackelt hatte; er war einer von den vielen, die von einem Wasserwerfer der Polizei zu Boden geworfen worden waren. Ihm schwante, dass es bald Lizenzen für die Hunde geben würde, Verzeichnisse von Stammbäumen, Stoppuhren, ja sogar Vorschriften für die offizielle Geschwindigkeit des künstlichen Hasen. Die Zufallschancen würden kleiner, es würde nach Kalkül gewettet werden. Er musste ein Schlupfloch entdecken oder sich ausdenken, wie er in das Geschäft einsteigen konnte, etwas, was den Augen der Öffentlichkeit bislang verborgen geblieben war, und in den schmalen Spielraum eindringen zwischen dem, was bereits bedacht worden war, und dem, was man noch übersehen hatte. Und was er bei den Hunderennen sah, war nicht kalkulierbares Talent bei ununterscheidbaren Geschöpfen.

Als wir ihn in den Ruvigny Gardens kennenlernten, importierte er eine zweifelhafte Population nichtregistrierter ausländischer Hunde. Er hatte sich bereits ein paar Jahre lang mit diversen Gaunereien über Wasser gehalten. Er hatte die Kunst des Dopings verfeinert, wobei es ihm nicht darum ging, den Hunden zu mehr Kraft und Ausdauer zu verhelfen, sondern eine Art hypnotischer Langsamkeit zu verursachen, indem er ihnen Luminal gab, ein Beruhigungsmittel bei epileptischen Anfällen. Dabei war sogfältiges Timing wichtig. Verabreichte man den Tieren zu kurz vor dem Rennen eine Dosis, schliefen sie in ihren Boxen ein und mussten von einem der Stewards mit den Zylinderhüten weggetragen werden. Lagen aber zwei Stunden zwischen der Einnahme der Droge und dem Start, legten sie zunächst schneidig los, wurden dann aber ganz benommen, wenn es in die Kurven ging. Mit Luminal versetzte Leber wurde bestimmten Hunden verabreicht – zum Beispiel gefleckten Hunden oder Rüden –, sodass man wusste, dass man auf sie nicht setzen durfte.

Man versuchte es mit anderen Mixturen aus privaten kleinen Chemieküchen. Gab man Hunden Flüssigkeiten, die von menschlichen Genitalien stammten, infiziert mit einer venerischen Krankheit, so wurden sie abgelenkt, weil sie sich kratzen mussten, oder sie bekamen eine starke unerwünschte Erektion und wurden auf den letzten hundert Metern langsamer. Dann versuchte es der Boxer mit Chloretonkapseln, die er en gros bei einem Zahnarzt kaufte und in heißem Wasser auflöste. Auch das führte zu einer hypnoseartigen Trance. In amerikanischen Naturparks hatte man das Mittel benutzt, um Forellen zu betäuben, bevor man sie markierte.

Wo und wann in seinem früheren Leben hatte der Boxer von derlei chemischen und medizinischen Mitteln erfahren? Ich wusste, er war ein neugieriger Mann und konnte jedem x-Beliebigen irgendwelche Informationen entlocken, auch einem arglosen Chemiker, der neben ihm im Bus saß. Auf ähnliche Weise hatte er Einzelheiten über Wettersysteme von Olive Lawrence erfahren. Doch von sich selbst gab er nicht leicht etwas preis, eine Gewohnheit, die vielleicht aus seiner Zeit als Boxer von Pimlico stammte, als er leicht auf den Füßen, aber wortkarg war, nach außen ungesellig, doch interessiert an der Körpersprache eines anderen. Ein Konterboxer, ein scharfer Beobachter, der dann auf den Kampfstil eines anderen reagierte. Erst viel später stellte ich die Verbindung her zwischen seiner Vertrautheit mit solchen Drogen und der Erkenntnis, dass meine Schwester Epileptikerin war.

Als ich anfing mit ihm zu arbeiten, war die goldene Zeit des Dopings schon fast vorbei. Vierunddreißig Millionen Menschen besuchten jährlich Windhunderennen. Doch mittlerweile verlangten die Windhundvereine Speichel- und Urintests, und der Boxer musste eine andere Lösung finden, bei der Hundewetten, so wie früher, nicht ausschließlich von Kalkül und Talent abhingen. Also setzte er seine falschen Wettbewerbsteilnehmer ein, damit auf der Rennbahn wieder Verwirrung und der reine Zufall mit ins Spiel kamen, und ich war in seine Pläne völlig involviert, begleitete ihn so oft wie möglich auf seinem Boot, wenn Ebbe und Flut uns auf nächtlichen Fahrten, an die ich noch heute manchmal sehnsüchtig zurückdenke, nach London hineintrugen und wieder herausführten.

Es war ein drückend heißer Sommer. Wir waren nicht immer nur mit dem Muschelboot unterwegs. Hin und wieder holten wir vier, fünf Hunde in einem gut versteckten Anderson-Luftschutzunterstand in Ealing Park Gardens ab und fuhren aus London hinaus, während sie auf dem Rücksitz saßen und ausdruckslos wie königliche Hoheiten aus dem Morris hinausschauten. In der Sporthalle einer Kleinstadt ließen wir sie gegen die einheimischen Hunde antreten, schauten zu, wie sie wie Kohlweißlinge über das markierte Terrain flitzten, und kehrten nach London zurück, der Boxer mit mehr im Beutel, während die Hunde sich erschöpft auf dem Rücksitz fläzten. Sie waren immer scharf darauf, zu rennen, oft war es egal, in welche Richtung.

Wir wussten nie im Voraus, ob unsere importierten Hunde geborene Läufer sein oder erschöpft kollabieren würden. Aber das wusste auch sonst keiner, und darin bestand ja der finanzielle Reiz. Von den drei, vier Hunden, die auf dem Rücksitz lungerten, während wir nach Somerset oder Cheshire fuhren, wussten wir nur, dass sie gerade von Bord eines Boots gegangen waren. Der Boxer wettete nie auf diese Tiere. Sie wurden nur benutzt wie Luschen in einem Kartenspiel, die einen Favoriten tarnen sollen. Neue Amateur-Rennbahnen tauchten allerorts auf, und wir folgten jedem Gerücht, das von einer solchen Rennbahn sprach. Ich kämpfte mit einer großen faltbaren Landkarte auf der Suche nach einem Dorf oder einem Flüchtlingslager mit einer drittklassigen, inoffiziellen Rennbahn. Auf manchen hetzten Hunde auf freiem Feld einem Bündel Taubenfedern hinterher, an einem Zweig befestigt, den ein Auto hinter sich herschleifte. Anderswo benutzte man eine künstliche Ratte.

Ich weiß noch, wie sich der Boxer auf diesen Fahrten, wann immer er an einer Ampel hielt, nach hinten lehnte und die verschreckten Tiere sanft streichelte. Nicht weil er Hunde liebte, glaube ich, doch er wusste, dass die Tiere erst ein, zwei Tage zuvor auf englischem Boden gelandet waren. Vielleicht dachte er, es würde sie beruhigen, ihnen das Gefühl geben, sie seien ihm etwas schuldig, wenn sie wenige Stunden später irgendwo außerhalb von London Rennen für ihn liefen. Sie blieben nur kurze Zeit bei ihm, und am Ende des Tages kehrten nicht alle von ihnen in die Stadt zurück. Manche hörten einfach nicht auf zu rennen und verschwanden auf Nimmerwiedersehen in den Wäldern. Ein paar verkaufte er einem Pfarrer in Yeovil oder jemandem in dem polnischen Flüchtlingslager in Doddington Park. Der Boxer kannte keine Sentimentalität, wenn es um Erbgut oder Besitztum ging. Er hielt nichts von Stammbäumen, bei Hunden so wenig wie bei Menschen. »Die Familie ist nie das Problem«, verkündete er, als zitiere er einen überraschenderweise übersehenen Satz aus dem Buch Hiob. »Es sind deine verdammten Verwandten! Ignoriere sie! Finde heraus, wer als Vater für dich von Wert sein könnte. Es ist wichtig, seltene Stammbäume mit Wechselbälgern zu kreuzen.« Der Boxer hatte keinen Kontakt zu seiner eigenen Familie. Schließlich hatte sie ihn ja praktisch mit sechzehn an die Boxringe von Pimlico verkauft.

Eines Abends kam er in den Ruvigny Gardens mit einem schweren Buch an, das er auf einem Postamt in der Nähe abgeschleppt hatte, wo es an den Schalter gekettet gewesen war. Es war ein Verzeichnis der Greyhound Association, in dem das Publikum nachdrücklich vor »Wettbetrug« gewarnt wurde und alle Personen aufgelistet waren, die strafbarer Handlungen verdächtig waren. Es zeigte Polizeifotos – manche verwackelt, manche völlig unkenntlich – und zählte Fälle auf, die von Fälschung bis zum Drucken von Totoscheinen reichten, auch Doping gehörte dazu, die Manipulation von Rennen, Taschendiebstahl, und es wurde gewarnt vor Leuten, die im Gedränge andere zu betrügen versuchten. Der Boxer forderte uns auf, die Liste mit den dreihundert Seiten nach ihm zu durchsuchen. Natürlich fanden wir ihn nicht. »Sie haben keine Ahnung, wer ich bin!«, rief er stolz.

Inzwischen hatte er die Methoden verfeinert, wie er die Regeln der Hunderennen unterlaufen konnte. Einmal gestand er uns beinahe schüchtern, wie er sie zum ersten Mal umgangen hatte. Er hatte bei einem Rennen eine lebende Katze auf die Rennbahn losgelassen. Der Hund, auf den er gesetzt hatte – es war seine erste und letzte Wette –, war bei der ersten Kurve versehentlich über einen Zaun gesprungen. Nachdem nun eine

Katze den anderen Hunden davonraste, die dadurch völlig abgelenkt wurden, war der Einzige, der das Rennen fortsetzte, der künstliche Hase, den ein zwei PS starker Motor mit 1500 Umdrehungen in der Minute zog. Das Rennen wurde für ungültig erklärt, und die Katze verschwand, genau wie der Boxer, nachdem er sich seinen Einsatz hatte zurückzahlen lassen.

Keine der Flammen des Boxers wollte ihn je auf diesen Auswärtstouren begleiten, aber da ich nie im Leben einen Hund besessen hatte, setzte ich mich gern auf den Rücksitz des Wagens, wo die Hunde auf der Suche nach Wärme ihre Schnauze an meine Schulter lehnten. Sie waren eine lebhafte, übermütige Gesellschaft für einen jungen Einzelgänger.

In der Dämmerung kehrten wir in die Stadt zurück. Nicht einmal die grellen Lichter der Stadt weckten die Hunde, die aneinandergeschmiegt schliefen, so wenig wie sie eine halbe Stunde zuvor aufgewacht waren, als der Boxer die Kruste eines Sandwichs über die Schulter nach hinten geworfen hatte. Dann stellte sich heraus, dass er eine Verabredung zum Abendessen hatte und die auch einhalten wollte, weshalb er mich überredete, die Tiere zu dem Luftschutzunterstand in Ealing Park Gardens zurückzubringen. Er werde für immer in meiner Schuld stehen. Ich setzte ihn an einer U-Bahn-Station ab, wo er sich mit einer neuen Flamme treffen würde, den Geruch nach Windhund immer noch in den Kleidern. Ich hatte keinen Führerschein, doch ich hatte einen Wagen. Ich ließ die Hunde im Auto und fuhr aus der Innenstadt hinaus in Richtung Mill Hill.

Ich war mit Agnes in einem der zum Verkauf stehenden Häuser verabredet, und als ich ankam, kurbelte ich die Fenster herunter, damit die Hunde Luft bekamen. Als ich auf das Haus zuging und mich dann umwandte, sah ich, wie sie mich aus tragischen Augen enttäuscht anblickten. Agnes öffnete die Tür. »Einen Moment«, rief ich, rannte zurück und ließ die Hunde in den kleinen Vorgarten, damit sie sich erleichtern konnten. Ich war schon dabei, sie wieder ins Auto zu scheuchen, als Agnes vorschlug, wir sollten alle ins Haus kommen. Ohne zu zögern rannten sie an mir vorbei und in das dunkle Innere des Gebäudes.

Wir ließen die Schlüssel unten an der Eingangstür und folgten dem aufgeregten Gebell. Auch hier in diesem dreistöckigen Haus durften wir kein Licht machen. Noch nie waren wir in einem so großen Haus gewesen, auch war es unbeschädigt. Agnes' Bruder stieg auf in der Welt des Nachkriegsimmobilienmarkts. Wir erwärmten zwei Büchsen Suppe auf dem blau leuchtenden Gasfeuer und machten es uns dann im zweiten Stockwerk bequem, wo wir uns im Schein einer Straßenlaterne ansehen und uns unterhalten konnten. Wir waren inzwischen besser miteinander vertraut, es gab weniger Spannung im Hinblick auf das, was zwischen uns passieren konnte, passieren würde und nicht passieren durfte. Wir saßen auf dem Teppich und tranken unsere Suppe. Die Hunde kamen ins Zimmer gerast und rasten wieder hinaus. Wir hatten uns eine Weile nicht gesehen, und wenn wir gehofft hatten, unser Abend würde leidenschaftlich verlaufen, dann war es zwar so, aber nicht auf die Weise, wie wir es erwartet hatten. Ich wusste nicht genügend über Agnes' Vergangenheit, aber wie gesagt, nie hatte ich als Kind einen Hund gehabt, und nun hielten wir die Tiere in den großen, halbdunklen Räumen dieses geborgten Hauses in Schach, und ihre langen Schnauzen stießen warm an unsere nackten Herzen. Wir rannten von einem dunklen Zimmer ins andere, ließen uns nicht an den von der Straße her beleuchteten Fenstern blicken, gaben einander durch Pfeifen zu erkennen, wo wir waren. Einen Hund fingen wir gleichzeitig in unseren Armen auf. Sie hob das Gesicht zur Decke und heulte den Mond an, den Kopf des Hundes direkt vor dem Gesicht. Die Tiere sahen im Halbdunkel wie blasse Ameisenbären aus. Wir folgten ihnen in weiter entfernte Zimmer. Wir begegneten ihnen, wenn wir die enge dunkle Treppe hinunterstiegen.

»Wo bist du?«

»Hinter dir.«

Das Licht von Autoscheinwerfern fiel durch ein Fenster, und ich sah Agnes, nackt bis zur Taille, mit einem Hund über der Hüfte, während sie ihn einen Treppenabsatz tiefer trug – mit dem Hund, der sich vor Treppen fürchtete: ein heiliger Augenblick in meinem Leben, den ich zusammen mit den wenigen Erinnerungen aus dieser Zeit festgehalten habe, noch nicht ganz registriert und etikettiert. Agnes, mit Hund. Anders als andere Erinnerungen lässt sich diese orten und datieren – es war in den letzten Tagen jenes drückend heißen Sommers, als ich mit dem Boxer zusammenarbeitete –, und ich wünsche mir, ich wüsste, ob sich diese Jugendfreundin aus längst vergangenen Tagen noch an diese hier und da in Ost-London und Nord-London verstreuten geborgten Häuser und das dreistöckige Gebäude in Mill Hill erinnert, wo wir mit Hunden balgten, die außer Rand und Band waren, nachdem sie stundenlang auf dem Rücksitz eines Wagens eingepfercht gewesen waren, und nun die Treppe, auf der kein Teppich lag, hinauf- und hinunterrasten, sodass die Krallen wie hohe Absätze klickten. Es war, als wünschten Agnes und ich uns nur noch, mit ihnen um die

Wette zu laufen, während sie mit lautem Gekläff ihre nutzlose Vitalität zur Schau stellten.

Wir waren nur noch Diener, Butler, die ihnen Schalen mit frischem Wasser brachten, das sie hemmungslos schlürften, oder Reste unserer geklauten Brote in die Höhe warfen, sodass sie hochsprangen bis zu unseren Köpfen. Als es donnerte, nahmen sie keine Notiz davon, doch als es anfing zu regnen, hielten sie still, drehten sich nach den großen Fenstern um und lauschten mit schräg gehaltenem Kopf auf das suggestive Klicken der Tropfen. »Lass uns die Nacht über bleiben«, sagte Agnes. Und als sie sich zum Schlafen zusammenrollten, legten wir uns neben sie auf den Boden, es war, als bedeuteten diese Tiere um uns her das Leben, wonach wir uns sehnten, die Gesellschaft, die wir uns wünschten, ein wilder, unnötiger, wesentlicher und unvergessener menschlicher Augenblick im London jener Jahre. Als ich aufwachte, ruhte neben mir der schmale Kopf eines schlafenden Hundes, der mir sachte seinen Atem ins Gesicht blies, beschäftigt mit seinen Träumen. Er merkte an meinen Atemzügen, dass ich erwacht war, und öffnete die Augen. Veränderte dann seine Position und legte mir sanft die Pfote auf die Stirn, entweder als Zeichen wohlverstandenen Mitleids oder von Überlegenheit. Es wirkte wie Weisheit. »Woher stammst du?«, fragte ich. »Aus welchem Land? Sagst du's mir?« Ich wandte mich um und sah Agnes dastehen, die mich beobachtete und zuhörte, bereits angezogen und die Hände in den Taschen.

Agnes aus World's End, aus der Agnes Street, aus Mill Hill, aus Limeburner's Yard, wo sie das Cocktailkleid verloren hatte. Schon damals wusste ich, dass ich diesen Teil meines Lebens vor dem Falter und dem Boxer geheim halten musste. Ihre Welt

war die, in der ich nach dem Verschwinden meiner Eltern lebte.
Und in die Welt von Agnes flüchtete ich mich jetzt allein.

*

Nun war Herbst. Die Rennbahnen und Sporthallen machten
zu. Aber ich war immer noch so sehr ein Teilnehmer und Mit-
telsmann in der Welt des Boxers, dass es ihm leichtfiel, mich zu
überreden, die Schule zu schwänzen, als das Trimester wieder
begann. Erst fehlte ich bloß zweimal in der Woche, aber bald
berief ich mich auf eine Vielzahl von Krankheiten, angefangen
von Mumps, worüber ich gerade etwas gelesen hatte, bis zu
jedem gerade grassierenden Leiden, und dank meiner neuen
Beziehungen konnte ich gefälschte Bescheinigungen über meinen Gesundheitszustand vorlegen. Rachel wusste bis zu einem
gewissen Grad Bescheid, vor allem als ich dann dreimal wö-
chentlich fehlte, doch der Boxer ermahnte mich, dem Falter
gegenüber nichts davon zu erwähnen, und wedelte dabei vielsagend mit der Hand, was ich inzwischen zu deuten verstand.
In jedem Fall war ich der Ansicht, dass das eine interessantere
Arbeit war als die Vorbereitung auf das schulische Examen, an
die ich mich hätte machen sollen.

Das Muschelboot des Boxers war zu neuen Ufern unterwegs. Nun transportierte er europäisches Porzellan für den
»soliden Geschäftsmann aus dem Hafen«. Mit Fracht, die in
Kisten verpackt war, ließ sich besser hantieren als mit Windhunden, doch er behauptete, er habe Probleme mit dem Rücken und brauche deshalb Hilfe – »zu viel Sex im Stehen in
dunklen Gassen und Einbahnstraßen …« Er warf uns den
Satz hin wie einen ganz besonderen Leckerbissen. Also über-

redete er Rachel zum Mitkommen an Wochenenden, sodass sie sich ein paar Shilling dazuverdienen konnte, und wir befuhren nun die schmalen, uns noch unbekannten Kanäle nördlich der Themse. Ausgangspunkt und Ziel wechselten stets. Manchmal fuhren wir am hinteren Eingang des Zollhauses in Cannington los, andere Male glitten wir auf dem flachen Wasser an Rotherhithe Mill vorbei. Wir mussten nun nicht mehr zwanzig Hunde zum Schweigen bringen, es war Arbeit bei Tag, und es herrschte herbstliche Stille. Die Tage wurden kälter.

Da ich so viel Zeit mit dem Boxer verbrachte, fühlte ich mich inzwischen in seiner Gegenwart wohl. Sonntagmorgens saß er auf einer Kiste, während das Boot unter Bäumen dahinfuhr, suchte in den Zeitungen nach irgendwelchen skandalösen Geschichten aus der Upperclass und las besonders pikante vor. »Nathaniel – der Earl of Wiltshire strangulierte sich aus Versehen, indem er sich halbnackt einen Strick um den Hals band und das andere Ende an einer großen Rasenwalze befestigte ...« Er wollte nicht erklären, wie eine Person aus dem Hochadel dazu kam, so etwas zu tun. Jedenfalls war die Walze auf dem leicht abschüssigen Rasen gemächlich abwärts gerollt, hatte den unbekleideten Earl mitgezogen und ihn stranguliert. Die Rasenwalze, schlossen die *News of the World*, befand sich seit drei Generationen in der Familie des Earl. Meine seriösere Schwester hörte bei solchen Geschichten gar nicht zu, sondern konzentrierte sich auf das Auswendiglernen ihrer Rolle in *Julius Cäsar*, denn sie sollte im kommenden Trimester bei der Schulaufführung den Mark Anton spielen. Mittlerweile ging ich davon aus, bei der nächsten Prüfung durchzufallen, und verzichtete auf die erneute Lektüre von *Swallows and Amazons*, diesem »Scheißbuch«, wie der Boxer es genannt hatte.

Ab und zu lehnte er den Kopf zurück, knüpfte ein Gespräch an und tat so, als interessiere er sich dafür, wie es mir in der Schule ging. »Gut«, sagte ich.

»Und in Mathematik? Weißt du, was ein gleichschenkliges Dreieck ist?«

»Ja, natürlich.«

»Prima.«

Nicht, dass uns, wenn wir jung sind, so etwas wie Interesse, auch wenn es geheuchelt ist, rühren würde. Aber im Nachhinein bin ich doch gerührt.

Wir steuerten einen immer schmaler werdenden Wasserlauf entlang. Die Atmosphäre war nun ganz anders, das Sonnenlicht fiel durch vergilbende Blätter, und von den Ufern stieg der Geruch von nasser Erde auf. Wir hatten das Boot in Limehouse Reach, wo man, wie der Boxer sagte, schon vor Jahrhunderten Löschkalk hergestellt hatte, mit Kisten beladen. In Limehouse Reach waren Einwanderer aus den verschiedensten Ländern von Bord der Schiffe der Ostindien-Kompanie gegangen und hatten sich ohne irgendeine gemeinsame Sprache in das neue Land aufgemacht. Ich erzählte dem Boxer, dass ich im Radio eine Sherlock-Holmes-Geschichte gehört hatte, *The Man With a Twisted Lip*, die sich genau dort abgespielt hatte, wo wir am selben Morgen das Porzellan geladen hatten, doch er schüttelte nur skeptisch den Kopf, als hätte Literatur nichts mit der Welt zu tun, zu der er gehörte. Die einzigen Bücher, die ich ihn je lesen sah, waren Wildwestromane und Nackenbeißer, insbesondere ein Buch mit dem Titel *Kicking Whores Pass*, das beide Gattungen vereinte.

An einem Nachmittag mussten wir das Boot zwischen dem sich verengenden Romford Canal hindurchbugsieren; meine

Schwester und ich standen dann an den gegenüberliegenden Seiten des Decks und schrien dem Boxer im Ruderhaus zu, wie er manövrieren musste. Die letzten hundert Meter des Kanals waren fast völlig zugewachsen. An seinem Ende wartete ein Lastwagen, zwei Männer näherten sich dem Boot und entluden wortlos die Kisten. Der Boxer ignorierte sie mehr oder weniger. Dann fuhren wir eine Viertelmeile im Rückwärtsgang, wie ein in die Enge getriebener Hund, bis der Kanal wieder breiter wurde.

Romford Canal war nur eins von mehreren Zielen. Ein andermal fuhren wir den Gunpowder Mills Canal entlang. Früher hatten nur Boote mit wenig Tiefgang und Kähne, die Munition transportierten, den Kanal befahren. Der so harmlos wirkende Kanal war fast zwei Jahrhunderte lang für diesen Zweck genutzt worden, denn an seinem Ende stand Waltham Abbey, ein nobles Gebäude, wo Mönche schon im 12. Jahrhundert gelebt hatten. In dem gerade zu Ende gegangenen Krieg hatten Tausende von Menschen auf dem Gelände der Abbey gearbeitet, und der dort erzeugte Sprengstoff war auf denselben Kanälen und Nebenflüssen hinunter zur Themse befördert worden. Es war stets weniger gefährlich, Munition auf stillen Wasserwegen anstatt auf öffentlichen Straßen zu transportieren. Manchmal wurden die angeseilten Boote von Pferden gezogen, manchmal von Männern auf beiden Ufern des Kanals.

Doch inzwischen waren die Munitionsfabriken abgerissen worden, die nicht mehr benutzten Kanäle verschlammt und zwischen den zugewachsenen Ufern schmaler als früher. Und hier, in der Stille dieser Wasserläufe, trieben an Wochenenden Rachel und ich, die Gehilfen des Boxers, dahin und lauschten einer jungen Generation von Vögeln. Was wir beförderten, war vermutlich keine brisante Ware, aber so genau wussten wir das nicht. Und da wir beständig Kurs und Ziel änderten, glaubten wir nicht mehr so recht an die Geschichte des Boxers, nämlich dass wir europäisches Porzellan als Gegenleistung für den Geschäftsmann beförderten, der ihm sein Boot während der Hunderennsaison geliehen hatte.

Jedenfalls befuhren wir, bis das Wetter ungemütlich wurde, diese selten benutzten Wasserläufe. Der Boxer hatte sein Hemd ausgezogen und seine blanke Brust der kalten Oktobersonne ausgesetzt, und meine Schwester lernte ihre Auftritte in *Julius Cäsar* auswendig. Bis die hellgrauen Steine der Abtei von Waltham in Sicht kamen.

Wir ließen uns bis ans Ufer treiben, und wieder ertönten Pfiffe, wieder erschienen Männer und verluden unsere Kisten auf einen Lastwagen. Wieder wurden keine Worte gewechselt. Der Boxer stand da, halb bekleidet, und sah ihnen zu, ohne sie auch nur mit einem Nicken zur Kenntnis zu nehmen. Seine Hand lag auf meiner Schulter, was eine Verbindung von mir zu ihm oder von ihm zu mir herstellte, sodass ich mich sicher fühlte. Die Männer fuhren in ihrem Lastwagen weg, der unter den überhängenden Ästen eine Schotterstraße entlangrumpelte. Der Anblick zweier Halbwüchsiger in einem Boot – die eine über ihre Hausaufgaben gebeugt, der andere mit einer flotten Schulmütze auf dem Kopf – muss recht harmlos gewirkt haben.

Zu was für einer Familie gehörten wir nun? Im Nachhinein gesehen waren wir in unserer Anonymität gar nicht so verschieden von den Hunden mit ihren gefälschten Papieren. Genau wie sie waren wir ausgebrochen, hatten uns an weniger

Vorschriften, weniger Ordnung gewöhnt. Aber was war aus uns geworden? Wenn man als junger Mensch nicht weiß, welchen Weg man einschlagen soll, ist man am Ende manchmal nicht so sehr unterdrückt, wie man erwarten könnte, sondern illegal, stellt fest, dass man leicht unsichtbar und unerkannt ist in der Welt. Wer war jetzt *Stitch*? Wer war *Wren*? Bekam mein Charakter wegen meiner heimlichen Rendezvous mit Agnes etwas Hinterhältiges? Oder weil ich wegen der Eskapaden mit dem Boxer die Schule schwänzte? Nicht um des Vergnügens und der Unverfrorenheit willen, sondern wegen der Spannung und des Risikos? Wenn mein Zeugnis kam, öffnete ich den offiziellen Umschlag unter Wasserdampf, um mir die Noten anzusehen. Die Kommentare der Lehrer waren derart abschätzig, dass ich mich genierte, das Zeugnis dem Falter zu übergeben, der es bis zur Rückkehr meiner Eltern aufbewahren sollte. Ich verbrannte es auf dem Gasherd. Es stand einfach viel zu viel darin. Die Tage, an denen ich gefehlt hatte, waren Legion. Und Wörter wie »mittelmäßig« kamen bei fast jedem Eintrag vor, wie ein Refrain. Ich kehrte die Asche unter den Teppich an einer Treppenstufe, als stopfte ich sie wieder in einen Umschlag, und beschwerte mich die restliche Woche über, dass Rachels Zeugnis gekommen sei, meines aber nicht.

Die meisten Gesetze, gegen die ich damals verstieß, waren unbedeutend. Agnes stahl Essen in den Restaurants, wo sie arbeitete, bis sie einmal nach Feierabend ein großes Stück tiefgefrorenen Schinken unter der Achselhöhle versteckte. In letzter Minute durch verschiedene Pflichten aufgehalten, wurde sie am Ausgang wegen Unterkühlung ohnmächtig, und der Schinken rutschte unter der Bluse hervor und auf den Linoleumboden. Man zeigte Mitgefühl – sie war bei den Kollegen beliebt –, und ihre Arbeitgeber machten kein Aufhebens von ihrem Vergehen.

Der Falter ermahnte uns immer noch, an das Schwere zu denken und uns auf ernste Zeiten vorzubereiten. Ich aber hörte nicht auf ihn und achtete nicht auf das, was »schwierig« oder »unverdaulich« sein mochte. Die Welt der Illegalität erschien mir eher magisch als gefährlich. Ich fand es spannend, dass mich der Boxer mit jemandem wie dem großen Fälscher von Letchworth bekannt machte, genauso, wie ich Agnes' sich ständig verändernde Regeln spannend fand.

Unsere Eltern waren schon seit mehr als einem Jahr fort, länger, als sie ursprünglich versprochen hatten, als irgendetwas bei Rachel ins Kippen geriet. Sie war zu einem Nachtmenschen geworden, und der Falter empfahl sie seiner Freundin, der Opernsängerin, die ihr einen Teilzeitjob in Covent Garden besorgte. Alles, was mit der Bühne zu tun hatte, faszinierte Rachel – die dünnen Bleche, mit denen Donner simuliert wurde, Falltüren, Nebelmaschinen, die blauen Reflexe des Rampenlichts. So wie ich mich dank des Boxers verändert hatte, wurde nun Rachel in der Welt des Theaters heimisch, wurde Souffleuse, nicht für die Tenöre, die italienische oder französische Arien zu singen hatten, sondern für die Requisiteure, die auf ein Stichwort hin in aller Eile einen Fluss aus Stoff auf der Bühne ausbreiten oder eine Stadtmauer binnen sechzig Sekunden im Dunkeln abbauen mussten. Unsere Tage und Nächte waren für uns also gar nicht das »Schwere«, vor dem uns der Falter gewarnt hatte. Sie waren vielmehr wundersame Pforten in die Welt.

Nach einem langen Abend mit Agnes fuhr ich nachts mit der U-Bahn in die Stadt zurück. Ich musste mehrmals umsteigen, um ins Zentrum zu gelangen, und ich war schläfrig. In Aldwych stieg ich aus der Piccadilly Line und betrat einen Aufzug, der, wie ich wusste, aus den Tiefen der Station drei Ebenen hoch nach oben rumpelte. Während der Stoßzeit bot der Aufzug fünfzig Menschen Platz, doch diesmal war ich der einzige Passagier. Eine kugelförmige Lampe hing von der Mitte der Decke und verbreitete ein trübes Licht. Hinter mir betrat ein Mann mit einem Gehstock den Lift. Ein zweiter Mann kam hinter ihm herein. Das Scherengitter schloss sich, und der Aufzug bewegte sich langsam im Dunkeln aufwärts. Alle zehn Sekunden, wenn wir an einem Stockwerk vorbeifuhren, sah ich, wie die Männer mich beobachteten. Einer der beiden war der Mann, der Agnes und mir Wochen zuvor im Bus gefolgt war. Er schwang den Stock und zerschmetterte die Lampe, während der andere die Notbremse zog. Ein Alarmsignal ertönte. Die Bremsen blockierten. Plötzlich hingen wir mitten im Schacht und balancierten auf den Fußballen, um in der im Dunkeln zitternden Kabine nicht das Gleichgewicht zu verlieren.

Es war meine Rettung, dass ich so viele Abende gelangweilt im Criterion verbracht hatte. Ich wusste, dass jeder Aufzug entweder auf Schulter- oder auf Knöchelhöhe einen Schalter besaß, mit dem man die Bremse lösen konnte. Entweder das eine oder das andere. Ich drückte mich in eine Ecke der Kabine, als die beiden Männer auf mich zukamen. Ich spürte den Schalter an meinem Knöchel, drückte darauf und löste die Bremse. Ein rotes Licht pulsierte in der Kabine. Der Aufzug setzte sich wieder in Bewegung und fuhr nach oben, bis sich das Scherengitter auf Höhe der Straße öffnete. Die beiden Männer wichen zurück, der Mann, der den Stock getragen hatte, warf ihn mitten auf den Boden. Ich rannte hinaus in die Nacht.

Halb erschrocken, halb belustigt kam ich zu Hause an. Der Falter war da, und ich berichtete ihm, wie ich dank meiner List entkommen war. Das Criterion hatte mir dazu verholfen. Sie hätten bestimmt geglaubt, ich hätte Geld, sagte ich.

*

Tags darauf tauchte ein Mann namens Arthur McCash bei uns auf. Der Falter hatte erklärt, es handle sich um einen Freund und er habe ihn zum Essen eingeladen. Er war groß und dürr wie ein Skelett. Trug eine Brille. Hatte einen braunen Haarschopf. Man sah ihm an, dass er immer wie ein Junge im letzten Collegejahr wirken würde. Ein wenig zu fragil für Mannschaftssport. Vielleicht Squash. Aber dieser erste Eindruck trog. Ich weiß noch, dass er es an diesem ersten Abend als Einziger schaffte, den Deckel von einem alten Senfglas aufzuschrauben. Ganz lässig drehte er ihn auf und ließ das Glas auf dem Tisch stehen. Da er die Ärmel aufgerollt hatte, sah ich die mächtigen Muskelstränge an seinen Armen.

Was wussten wir je über Arthur McCash, was erfuhren wir über ihn? Er beherrschte Französisch und noch mehrere andere Sprachen, erwähnte das aber nie. Vielleicht glaubte er, man würde ihn auslachen. Es ging auch das Gerücht, oder war es ein Scherz, er könne Esperanto, die angeblich universale Sprache, die kein Mensch sprach. Olive Lawrence, die Aramäisch gelernt hatte, hätte solche Kenntnisse vielleicht zu würdigen gewusst, aber sie hatte uns inzwischen verlassen. McCash selbst behauptete, er habe bis vor kurzem Feldstudien in der Levante betrieben. Später erfuhr ich, dass die Figur des Simon Boulderstone in Olivia Mannings *Fortunes of War* vielleicht ihm nachempfunden war. Nachträglich kommt mir das fast glaubhaft vor – er schien tatsächlich einer anderen Epoche anzugehören und einer jener Engländer zu sein, die sich in einem Wüstenklima am wohlsten fühlen.

Im Unterschied zu anderen Besuchern verhielt sich McCash still und unauffällig. Er hielt immer zu der Person, die am lautesten argumentierte, denn dann erwartete niemand von ihm, dass er sich überhaupt einmischte. Er nickte, wenn ein fragwürdiger Witz erzählt wurde, auch wenn er selten selbst einen erzählte – ausgenommen an einem überraschenden Abend, als er, vermutlich in angeheitertem Zustand, einen Limerick vortrug, in dem Alfred Lunt und Noel Coward vorkamen und der die Zuhörer in Erstaunen versetzte. Am nächsten Tag konnten sich auch diejenigen, die ganz in seiner Nähe gewesen waren, nicht mehr so richtig daran erinnern.

Arthur McCash brachte meine Vorstellung von den Geschäften des Falters ins Wanken. Was suchte er in dieser Umgebung? Er war so ganz anders als der Rest dieser rechthaberischen Gesellschaft, benahm sich so, als habe er nichts zu sagen und keinerlei Selbstwertgefühl – oder vielleicht hatte er auch so viel, dass er es nicht zeigen wollte. Er hielt sich abseits. Erst jetzt denke ich, dass er vielleicht ein wenig schüchtern war, dass sich hinter der Schüchternheit ein ganz anderer Mensch verbarg. Rachel und ich waren nicht die einzigen jungen Leute.

Auch heute kann ich nicht genau sagen, wie alt die Menschen waren, die unser Elternhaus in Beschlag genommen hatten. Man kann mit den Augen der Jugend das Alter nicht zuverlässig einschätzen, und vermutlich hatte auch der Krieg dazu beigetragen, dass Alter oder auch Klassenunterschiede anders eingeschätzt wurden. Der Falter kam uns so alt vor wie unsere Eltern. Den Boxer hielten wir für ein paar Jahre jünger, aber nur deshalb, weil er unberechenbarer schien. Und Olive Lawrence für noch jünger. Und zwar deshalb, glaube ich, weil sie immer nach vorn schaute, worauf sie zugehen und was sie fesseln und ihr Leben verändern könnte. Sie war offen gegenüber dem Wandel. Noch zehn Jahre, und sie hätte vielleicht einen anderen Sinn für Humor, während der Boxer, der voller dubioser Überraschungen steckte, sich eindeutig auf einem Pfad befand, den er schon vor Jahren eingeschlagen hatte. Er war unverbesserlich, und genau darin lag sein Charme. Und das bedeutete für uns Sicherheit.

Als ich am folgenden Nachmittag in der Victoria Station aus dem Zug stieg, spürte ich eine Hand auf meiner Schulter. »Komm mit, Nathaniel. Gehen wir Tee trinken. Ich nehme deine Schultasche. Sie sieht schwer aus.« Arthur McCash nahm meine Tasche an sich und ging auf eines der Bahnhofscafés zu. »Was liest du da?«, fragte er, über die Schulter gewandt, ging aber weiter. Er bestellte zwei Scones und Tee. Wir setzten uns. Er wischte das Wachstuch auf dem Tisch mit einer Papierserviette ab, bevor er die Ellbogen darauf stützte. Ich dachte daran, wie er sich mir von hinten genähert, meine Schulter berührt und meine Tasche an sich genommen hatte. Das war keine übliche Geste für jemanden, der im Grunde ein Fremder war. Die Zugdurchsagen, laut und unverständlich, hallten über unseren Köpfen wider.

»Meine Lieblingsschriftsteller sind Franzosen«, sagte er. »Sprichst du Französisch?«

Ich schüttelte den Kopf. »Meine Mutter kann Französisch«,

sagte ich. »Aber ich weiß nicht, wo sie ist.« Ich war selbst überrascht, wie leicht mir das von den Lippen ging.

Er besah sich seine Teetasse, hob sie dann hoch und trank langsam den heißen Tee, während er mich über den Rand der Tasse hinweg ansah. Ich starrte ihn ebenfalls an. Er war ein Bekannter des Falters, er war bei uns zu Hause gewesen.

»Ich muss dir einen Sherlock Holmes geben«, sagte er. »Ich glaube, er wird dir gefallen.«

»Ich habe was von ihm im Radio gehört.«

»Aber du musst ihn auch lesen.« Dann begann er wie in Trance mit hoher, etwas affektierter Stimme zu zitieren:

»*Ich bin wahrhaftig überrascht, Sie hier anzutreffen, Holmes.*«

»*Aber nicht mehr überrascht, als ich es bin, Sie anzutreffen.*«

»*Ich bin gekommen, um einen Freund anzutreffen.*«

»*Und ich, um einen Feind anzutreffen.*«

Die eigene komische Darbietung schien den sonst so ruhigen McCash zu beleben.

»Ich habe gehört, dass du in einem U-Bahn-Aufzug mit knapper Not davongekommen bist … Walter hat es mir erzählt.« Und dann fragte er mich ganz genau darüber aus, wo es passiert war und wie die Männer ausgesehen hatten. Nach einer Pause sagte er dann: »Deine Mutter macht sich wahrscheinlich Sorgen, glaubst du nicht? Wenn du so spät nachts noch unterwegs bist?«

Ich sah ihn an. »Aber ich … «

»Deine Mutter ist nicht da, sie hat Wichtiges zu tun.«

»Ist es etwas Gefährliches? Ist es gefährlich für sie?«

Er legte den Zeigefinger an die Lippen und stand auf.

Ich war verunsichert. »Soll ich meiner Schwester etwas ausrichten?«

»Ich habe schon mit Rachel gesprochen«, sagte er. »Deiner Mutter geht es gut. Du musst einfach aufpassen.«

Und damit verschwand er in der Menschenmenge auf dem Bahnhof.

Es war mir vorgekommen wie ein Traum, der sich allmählich entwirrte. Aber als McCash am nächsten Tag wieder zu uns ins Haus kam, steckte er mir ein Taschenbuch mit Geschichten von Conan Doyle zu, und ich begann mit der Lektüre. Aber obwohl ich nach Antworten darauf suchte, was sich in unserem Leben abspielte, gab es keine nebelverhangenen Straßen und Gassen, wo ich Hinweise darauf hätte finden können, wo meine Mutter sich aufhielt oder was Arthur McCash bei uns zu Hause zu suchen hatte.

*

»Oft lag ich nächtens lange wach und wünschte mir eine große Perle.«

Ich schlief schon beinahe. »Wie bitte?«, sagte ich.

»Das habe ich in einem Buch gelesen. Ein alter Mann hat sich das gewünscht. Ich erinnere mich immer noch daran. Ich sage es mir jede Nacht vor.« Agnes' Kopf lag auf meiner Schulter, ihre Augen sahen mich im Dunkeln an. »Erzähl mir etwas«, flüsterte sie. »Etwas, woran du dich erinnerst ... so etwas Ähnliches.«

»Mir ... mir fällt nichts ein.«

»Irgendetwas. Wen du magst. Was du magst.«

»Meine Schwester, glaube ich.«

»Was magst du an ihr?«

Ich zuckte die Schultern, und das spürte sie. »Ich glaube, wir
fühlen uns sicher, wenn wir beieinander sind.«

»Heißt das, du fühlst dich normalerweise nicht sicher?«

»Ich weiß nicht.«

»Warum fühlst du dich nicht sicher? Zuck nicht einfach bloß
die Schultern.«

Ich sah hinauf in den großen dunklen, leeren Raum, in dem
wir schliefen.

»Wie sind deine Eltern, Nathaniel?«

»Sie sind in Ordnung. Er arbeitet in der City.«

»Vielleicht kannst du mich mal zu dir nach Hause einla-
den?«

»Okay.«

»Wann?«

»Weiß nicht. Ich glaube nicht, dass du sie mögen wirst.«

»Sie sind also in Ordnung, aber ich werde sie nicht mögen?«

Ich lachte. »Sie sind einfach nicht interessant«, sagte ich.

»So wie ich?«

»Nein. Du bist interessant.«

»Inwiefern?«

»Ich weiß nicht recht.«

Sie schwieg.

Ich sagte: »Ich habe das Gefühl, bei dir kann alles Mögliche
passieren.«

»Ich bin Arbeiterin. Ich spreche mit einem Akzent. Du willst
wahrscheinlich nicht, dass ich deine Eltern kennenlerne.«

»Du verstehst nicht. Es ist zurzeit ein merkwürdiger Haus-
halt. Wirklich merkwürdig.«

»Warum?«

»Da sind dauernd diese Leute da. Merkwürdige Leute.«

»Dann passe ich doch hin.« Erneutes Schweigen, während sie auf meine Antwort wartete. »Willst du zu mir in meine Wohnung kommen? Meine Eltern kennenlernen?«

»Ja.«

»Ja?«

»Ja. Das möchte ich.«

»Das überrascht mich. Du willst mich nicht in deinem Haus haben, aber du kommst in meines.«

Ich sagte nichts. Dann: »Ich liebe deine Stimme.«

»Geh zum Teufel.« Ihr Kopf bewegte sich im Dunkeln weg von mir.

Wo waren wir in jener Nacht? In welchem Haus? In welchem Stadtteil von London? Es hätte überall sein können. Niemand hatte ich so gern an meiner Seite wie sie. Und zugleich spürte ich Erleichterung darüber, dass es vielleicht vorbei war. Denn obwohl ich mich zusammen mit diesem Mädchen, das mich in diese Häuser gezerrt und wieder herausgeschleppt und all diese Fragen gestellt hatte, die ihr ganz natürlich vorkamen, wohler fühlte als mit irgendjemandem sonst, war es zu schwierig geworden, ihr mein Doppelleben zu erklären. Es gefiel mir in gewisser Hinsicht, dass ich nichts über sie wusste. Ich kannte nicht einmal den Namen ihrer Eltern. Ich hatte sie nie gefragt, was sie beruflich machten. Einmal hatte sie mir widerwillig ihren Namen genannt, als wir nebeneinander in dem Restaurant arbeiteten. Er gefiel ihr nicht, sagte sie, sie wollte einen besseren, besonders nachdem ich ihr gesagt hatte, wie ich hieß. Zunächst hatte sie sich darüber lustig gemacht, weil Nathaniel so gewählt, so prätentiös klang, hatte die vier Silben in die Länge gezogen. Und nachdem sie sich vor den anderen über meinen

Namen lustig gemacht hatte, war sie während einer Mittagspause zu mir gekommen und hatte gefragt, ob sie ein bisschen
Schinken von meinem Sandwich »leihen« könne. Und ich
hatte nicht gewusst, was ich sagen sollte.

Das wusste ich nie bei ihr. Sie war diejenige, die redete, aber
mir war klar, dass sie auch zuhören wollte, so wie sie überhaupt
alles aufnehmen wollte, was um sie herum vor sich ging. So
wie sie gewollt hatte, dass die Windhunde mit ins Haus kamen,
als ich damals abends im Wagen des Boxers aufgekreuzt war,
die dann zwischen ihren Beinen herumtollten und später ihre
pfeilschlanken Köpfe in die Richtung drehten, aus der unsere
Atemzüge drangen, während wir einander umschlungen hielten.

Irgendwann kam es dann zu dem Abendessen bei den Eltern. Ich musste mehrmals in ihr Restaurant und dort in die
Küche gehen, bevor sie mir tatsächlich glaubte. Sie musste
den Eindruck gehabt haben, ich hätte nur höflich sein wollen.
Seit der Nacht, als sie es im Dunkeln vorgeschlagen hatte, hatten wir uns nicht mehr allein getroffen. Ihre Familie lebte in
einer eineinhalb Zimmer großen Sozialwohnung, und nachts
schleppte sie ihre Matratze ins Wohnzimmer. Ich beobachtete,
wie liebevoll sie mit ihren stillen Eltern umging, wie sie ihre
Befangenheit lockerte. Die Wildheit und die Abenteuerlust der
Agnes, die ich bei der Arbeit und in den Häusern, wo wir uns
trafen, kennengelernt hatte, gab es hier nicht. Doch ich spürte,
wie entschlossen sie war, ihrer Welt zu entfliehen; deshalb
arbeitete sie acht Stunden am Tag und hatte falsche Angaben
über ihr Alter gemacht, damit sie auch in der Nachtschicht arbeiten konnte.

Sie nahm die Welt um sich herum in vollen Zügen auf. Sie

wollte alles verstehen, was Leute machen konnten, alles, worüber sie sich unterhielten. Und dass ich so schweigsam war, musste für sie wahrscheinlich ein Albtraum gewesen sein. Sie hatte wohl geglaubt, ich sei schon von Geburt an so distanziert, weil ich mich nicht äußern wollte über meine Ängste, meine Familie. Dann traf sie mich zufällig eines Tages, als ich mit dem Boxer unterwegs war, und dabei stellte ich ihn ihr als meinen Vater vor.

Der Boxer war der Einzige der bunt zusammengewürfelten Truppe in den Ruvigny Gardens, den Agnes je kennenlernen sollte. Ich musste eine Situation erfinden, in der meine Mutter viel unterwegs war. Ich war nicht zum Lügner geworden, um Agnes in Verwirrung zu stürzen, sondern um ihr die Kränkung zu ersparen, die sie empfinden musste, wenn ich sie über meine unerklärliche Lage im Dunkeln ließ – und mich selbst vielleicht auch. Aber dass Agnes den Boxer kennenlernte, genügte, damit sie sich akzeptiert fühlte. Nun wusste sie mehr über mein Leben, auch wenn es für mich nur noch verwirrender war.

Der Boxer nahm in dieser neuen Rolle als mein Vater eine fürsorgliche, onkelhafte Haltung gegenüber Agnes ein. Sie wunderte sich über sein Verhalten und hielt ihn für einen komischen Vogel. An einem Samstag lud er sie zu einem Hunderennen ein, und das war für sie endlich die Erklärung, warum ich eines Abends in Mill Hill mit vier Windhunden aufgetaucht war. »Der tollste Abend meines Lebens, bisher«, flüsterte sie ihm zu. Sie diskutierte gern mit ihm. Und auf einmal erkannte ich, was Olive Lawrence an ihm so amüsant gefunden hatte. Wenn er sich eine zweideutige Bemerkung erlaubt hatte, ließ er es zu, dass Agnes ihn am Hals packte und so tat, als würde sie ihn erwürgen. Ihre schüchternen Eltern luden mich noch einmal zum Abendessen ein, zusammen mit meinem Vater, und er brachte eine Flasche ausländischen Alkohol mit, um sie zu beeindrucken. So etwas tat damals kaum jemand. Die meisten Leute besaßen nicht einmal einen Korkenzieher, also trug er die Flasche auf den Balkon und zerbrach den Hals am Geländer. »Achten Sie auf Glassplitter«, verkündete er heiter. Er fragte, ob jemand am Tisch schon einmal Ziegenfleisch gegessen habe. »Nathaniels Mutter liebt es«, behauptete er. Er schlug vor, statt des BBC-Programms eine etwas flottere Musik im Radio einzustellen, um mit Agnes' Mutter tanzen zu können, doch die lachte erschrocken und klammerte sich an ihren Stuhl. Ich merkte mir akribisch alles, was er an jenem Abend sagte, und achtete darauf, dass er den richtigen Namen meiner Schule und den meiner Mutter wie auch unsere ganze übrige Lügengeschichte korrekt vorbrachte – zum Beispiel, dass meine Mutter zurzeit aus beruflichen Gründen auf den Hebriden war. Dem Boxer gefiel diese Rolle, in der er den wortreichen Patriarchen spielte, obwohl es ihm immer lieber war, wenn er die anderen zum Reden brachte.

Er verstand sich gut mit den Eltern, aber Agnes liebte er, und so liebte auch ich sie mit der Zeit. Ich lernte bestimmte Züge von ihr durch seinen Blick erkennen. Er konnte Menschen blitzschnell einschätzen. Nach dem Essen begleitete sie uns die Treppe ihrer Wohnung hinunter bis zum Wagen. »Ach so, der Morris«, sagte sie, »in dem die Hunde gekommen sind!« Wenn ich nervös gewesen war, weil ich meinen echten Vater durch den Boxer ersetzt hatte, dann legte sich dieses Gefühl nach einer Weile. Nach dieser Begegnung lachten wir gemeinsam über das übertriebene Gebaren meines Vaters. Und wenn ich mit meiner Schwester und diesem vorgeblichen Vater in dem geliehenen Boot den Lee flussaufwärts fuhr, sah ich in uns dreien fast eine überzeugende Familie.

An einem Wochenende musste meine Schwester mit dem Falter irgendwohin, und so schlug ich vor, Agnes solle auf dem Boot ihren Platz übernehmen. Der Boxer zögerte erst, aber ihm gefiel der Gedanke, dass dieses »junge Gemüse«, wie er sie nannte, mitkam. Sie mag eine etwas unklare Vorstellung vom Betätigungsfeld des Boxers gehabt haben, aber sie war sprachlos, als sie sah, wohin die Reise ging. Das war nicht das England, das sie kannte. Wir waren kaum hundert Meter entlang Newton's Pool unterwegs, da war sie schon in ihrem Baumwollkleid vom Boot ins Wasser gesprungen. Kletterte dann ans Ufer, weiß wie Porzellan und über und über mit Schlamm bedeckt. Ich hörte den Boxer hinter mir sagen: »Die ist wie ein Windhund, den man in einen engen Käfig gesperrt hat.« Ich sah einfach nur zu. Sie winkte uns zu sich und kletterte wieder ins Boot. Kühle Herbstluft umgab sie, als sie im Sonnenschein dastand, Wasserpfützen zu ihren Füßen. »Gib mir dein Hemd«, sagte sie. In Newton's Pool aßen wir dann zu Mittag unsere Sandwiches.

Noch an eine andere Landkarte, die ich auswendig gelernt habe und auf der die Wasserläufe im Norden der Themse verzeichnet waren, erinnere ich mich ganz deutlich. Darauf war zwischen Fluss, künstlichem und natürlichem Kanal genau unterschieden. Und es war vermerkt, wo drei Schleusen waren, an denen wir zwanzig Minuten lang warten mussten, bis das Flusswasser in die dunklen Kammern, in denen wir hingen, eingelassen wurde oder wieder herausströmte, je nachdem, ob das Boot angehoben oder gesenkt wurde. Agnes staunte ehrfürchtig, wenn sich diese Maschinerie aus den frühen Tagen des Industriezeitalters ratternd um uns herum bewegte. Es war eine unbekannte, schöne alte Welt für sie, dieses siebzehnjährige Mädchen, das sonst nur Zugang hatte zu dem, was ihr Milieu und ihre bescheidenen finanziellen Mittel ihr gestatteten, und das seine eigene Welt wahrscheinlich nie zurücklassen würde, dieses Mädchen, das traurig seinen Traum von der Perle erzählt hatte. Diese Wochenendunternehmungen waren ihre ersten Ausflüge in eine ländliche Welt, und ich wusste, dass sie den Boxer immer dafür lieben würde. Immer noch in meinem Hemd zitternd, umarmte sie mich, weil ich sie zu dieser Fahrt eingeladen hatte. Wir fuhren unter dem prächtigen Blätterdach von Bäumen dahin, deren Spiegelung zugleich auf dem Wasser neben dem Boot mitfuhr. Schweigend glitten wir in den Schatten einer schmalen Brücke, denn der Boxer behauptete, es bringe Unglück, wenn man unter einer Brücke rede oder pfeife oder auch nur seufze. Solche von ihm ausgegebene Regeln – unter einer Leiter durchgehen brachte kein Unglück, während es großes Glück verhieß, wenn man auf der Straße eine Spielkarte fand – begleiteten mich fast mein ganzes Leben lang und Agnes vielleicht auch.

Wenn der Boxer die Zeitung oder das Rennprogramm las, breitete er es auf dem Oberschenkel aus, den er über den anderen gelegt hatte, und stützte den Kopf auf einer Hand auf, so als sei er müde. Es war immer die gleiche Haltung. An einem jener Nachmittage am Fluss sah ich, wie Agnes eine Skizze von ihm machte, während er in die Skandalgeschichten seiner Sonntagszeitung vertieft war. Ich stand auf und stellte mich hinter sie, blieb aber nicht stehen, sondern warf nur rasch einen Blick auf ihre Zeichnung. Es war die einzige, die ich je zu sehen bekam, bis auf jene Skizze auf dem braunen Papier, die sie mir nach der Sturmnacht geschenkt hatte. Doch es war nicht, wie ich geglaubt hatte, der Boxer, den sie zeichnete, sondern ich. Bloß ein junger Mann, der zu irgendjemandem oder zu irgendetwas hinsah. Als wäre das die Person, die ich in Wirklichkeit war oder vielleicht werden würde, jemand, der nicht darauf aus war, sich selbst zu kennen, sondern sich mit anderen beschäftigte. Schon damals wurde mir klar, dass es so war. Nicht ein Bild von mir, sondern über mich. Ich war zu gehemmt, um zu fragen, ob ich es mir genau ansehen dürfe, und ich weiß nicht, was damit passiert ist. Vielleicht schenkte sie es meinem »Vater«, auch wenn sie ihre Begabung nicht für etwas Besonderes hielt. Seit sie vierzehn war, hatte sie immer gearbeitet, hatte nie die Schule abgeschlossen, an einem Polytechnikum jeden Mittwochabend einen Kunstkurs besucht, der vielleicht ein kleiner Fluchtweg sein konnte. Am Morgen danach erschien sie dann wie belebt von dieser anderen Welt zur Arbeit. Es war das einzige echte Vergnügen in ihrem ansonsten auf verschiedene Weise abgeschotteten Leben. Wenn wir in den leeren Wohnungen übernachteten, erwachte sie oft plötzlich aus tiefem Schlaf, sah, wie ich sie beobachtete, und lächelte mir mit einem reizenden, schuldbewussten Lächeln zu. Wahrscheinlich waren das die Momente, in denen ich das Gefühl hatte, ich gehörte ihr am meisten.

Bei unseren herbstlichen Ausflügen mit dem Boot muss sie einen Blick auf eine Kindheit geworfen haben, die für sie unerreichbar war – Wochenenden mit dem Freund und dessen Vater. »Oh, ich liebe deinen Dad!«, trällerte sie gern. »Und du liebst ihn bestimmt auch!« Dann fragte sie wieder neugierig nach meiner Mutter. Der Boxer, der sie nie gesehen hatte, erging sich in ausführlichen Beschreibungen ihrer Kleidung und ihrer Frisur. Als ich begriff, dass er sie nach dem Vorbild von Olive Lawrence zeichnete, konnte ich leichter mitmachen und weitere Einzelheiten beisteuern. Mithilfe solcher falscher Informationen wurde unser Leben auf dem Boot noch häuslicher. So karg das Boot ausgestattet war, war es doch besser eingerichtet als die Orte, an denen Agnes und ich uns sonst trafen. Und dann gab es Schleusenwärter, die sie inzwischen erkannte und denen sie beim Vorbeifahren zuwinkte. Sie besorgte ein paar Broschüren über Bäume und Teichbewohner, deren Namen sie zuvor noch nie gehört hatte. Auch eine über Waltham Abbey, sodass sie jede Menge Information über alles, was dort erfunden und hergestellt worden war, wie am Schnürchen aufsagen konnte: Schießbaumwolle um 1860, dann Repetierbüchsen, Karabiner, Mörsergranaten, Maschinenpistolen, Leuchtpistolen. All das war wenige Meilen themseaufwärts in dem Kloster hergestellt worden. Agnes saugte Informationen auf wie ein Schwamm und wusste nach ein, zwei Fahrten mehr über das, was in der Abtei vor sich gegangen war, als die Schleusenwärter, an denen wir vorbeifuhren. Es war ein Mönch, erzählte sie uns, ein Mönch, der im 13. Jahrhundert die Bestandteile des Schwarzpulvers aufgeführt hatte, jedoch auf Lateinisch, da er seine Entdeckung für gefährlich hielt.

Es gibt Momente, in denen ich diese Ausflüge auf den Kanälen nördlich der Themse mit fremden Augen betrachten möchte, um zu begreifen, was damals mit uns vorging. Bis dahin hatte ich ein meist beschütztes Leben geführt. Nun, da meine Eltern sich von uns getrennt hatten, war ich unbändig neugierig auf alles, was sich um mich her abspielte. Was immer unsere Mutter tat und wo auch immer sie war, ich war jedenfalls merkwürdig zufrieden. Auch wenn es Dinge gab, die uns verheimlicht wurden.

Ich weiß noch, wie ich eines Abends mit Agnes in einem Jazzclub in Bromley tanzen war, im White Hart. Auf der Tanzfläche drängten sich die Paare, und irgendwo am Rand glaubte ich meine Mutter zu erkennen. Ich wandte mich rasch um, doch sie war verschwunden. Ich erinnere mich nur noch an ein verschwommenes Gesicht, das mich neugierig beobachtete.

»Was ist los? Wer ist das«?, fragte Agnes.

»Nichts.«

»Sag's mir.«

»Ich habe geglaubt, ich hätte meine Mutter gesehen.«

»Ich habe geglaubt, sie ist ganz woanders.«

»Ja, das habe ich auch geglaubt.«

Ich blieb wie angewurzelt zwischen den hin- und herwogenden Tanzpaaren stehen.

Entdecken wir auf diese Weise die Wahrheit? Entwickeln wir uns so weiter? Indem wir solche vagen Fragmente sammeln? Nicht nur solche, die mit meiner Mutter zu tun haben, sondern auch mit Agnes, Rachel, Mr Nkoma (und wo mag er nun sein?). Werden all jene, die bis auf Bruchstücke für mich verlorengegangen sind, deutliche Konturen erhalten, wenn ich zurückblicke? Wie überleben wir sonst dieses schwierige Gelände unserer Jugend, das wir durchquert haben, ohne uns unser selbst richtig bewusst zu sein? »Das Selbst ist nicht die Hauptsache«, lautete die Weisheit, die mir Olive Lawrence einmal zugeflüstert hatte.

Nun fallen mir wieder die geheimnisvollen Lastwagen mit

den Männern ein, die am Flussufer stumm die nichtetikettierten Kisten abgeholt hatten, die Frau fällt mir ein, die mir und Agnes, wie mir im Nachhinein scheint, so neugierig und beglückt beim Tanzen zusah. Die Abreise von Olive Lawrence, der Auftritt von Arthur McCash, die verschiedenen Arten des Schweigens beim Falter ... Man kehrt zu dieser früheren Zeit zurück, ausgerüstet mit der Gegenwart, und einerlei, wie dunkel diese Welt war, will man sie doch erhellen. Das eigene erwachsene Selbst nimmt man mit. Man erlebt das Vergangene nicht von neuem, sondern ist erneut Beobachter. Es sei denn natürlich, man möchte, so wie meine Schwester, die ganze Horde verdammen und sich an ihr rächen.

Schwer

Es war kurz vor Weihnachten. Rachel saß mit mir im Morris auf dem Rücksitz. Der Falter nahm uns im Wagen des Boxers mit in ein kleines Theater namens The Bark. Dort sollten wir uns mit dem Boxer treffen. Der Falter hatte gerade in einer Gasse neben dem Theater geparkt, als sich ein Mann auf den Vordersitz neben ihn setzte, ihn am Hinterkopf packte und den Kopf gegen das Lenkrad stieß, dann gegen die Tür und dann noch einmal, während sich ein anderer hinten neben Rachel setzte, ihr Gesicht mit einem Stück Tuch bedeckte und fest zudrückte, als sie sich wehrte, und mich dabei die ganze Zeit ansah. *»Nathaniel Williams, stimmt's?«* Es war der Mann, der im Bus gesessen hatte, als ich mit Agnes unterwegs war, derselbe, der in jener Nacht im Aufzug gewesen war. Rachel sank auf seinem Schoß zusammen. Er langte zu mir herüber, packte mich an den Haaren, drückte mir dasselbe Tuch aufs Gesicht und sagte: *»Nathaniel und Rachel, stimmt's?«* Mir war klar, dass das Tuch mit Chloroform getränkt sein musste, und ich hielt den Atem an, bis ich es doch einatmen musste. *Schwer,* hätte ich gedacht, wäre ich bei Bewusstsein gewesen.

Ich erwachte in einem großen, schwach beleuchteten Raum. Ich hörte jemanden singen. Es klang, als sei der Gesang meilenweit weg. Ich versuchte, mit den Lippen »der Mann im Bus« zu formulieren, damit ich mich erinnern würde. Wo war meine Schwester? Dann musste ich wieder eingeschlafen sein. Eine Hand berührte mich im Dunkeln, weckte mich auf.

»Hallo, Stitch.«

Ich erkannte die Stimme meiner Mutter. Ich hörte, wie sie sich entfernte, hob den Kopf und sah, dass sie einen Stuhl über den Fußboden zog. An einem langen Tisch an der anderen Seite des Raums sah ich Arthur McCash vornübergekauert in einem blutbefleckten weißen Hemd dasitzen. Meine Mutter setzte sich neben ihn.

»Das Blut«, sagte meine Mutter. »Wessen Blut ist es?«

»Meines. Vielleicht auch das von Walter. Als ich ihn aufgehoben habe. Sein Kopf ... «

»Nicht das von Rachel?«

»Nein.«

»Bist du dir sicher?«, fragte sie.

»Es ist mein Blut, Rose.« Ich war erstaunt, dass er den Namen meiner Mutter kannte. »Rachel ist in Sicherheit, sie ist irgendwo im Theater. Und jetzt haben wir den Jungen.«

Sie wandte sich um und starrte zu mir herüber. Wahrscheinlich wusste sie nicht, dass ich wach war. Sie drehte sich wieder zu McCash um und senkte die Stimme. »Wenn sie nämlich nicht in Sicherheit ist, dann werde ich in aller Öffentlichkeit gegen euch vorgehen. Keiner von euch wird ungeschoren davonkommen. Ihr wart dafür verantwortlich. Das war die Abmachung. Wie konnte es passieren, dass sie meinen Kindern so nahe gekommen sind?«

McCash hielt die Seiten seines Jacketts zusammen, als wolle er sich schützen. »Wir haben gewusst, dass sie Nathaniel folgten. Eine Gruppe aus Jugoslawien, vielleicht waren es auch Italiener. Das können wir noch nicht genau sagen.«

Dann sprachen sie über Orte, von denen ich nie gehört hatte. Sie zog sich den Schal vom Hals und wickelte ihn wie einen Verband um McCashs Handgelenk.

»Wo noch?«

Er deutete auf seine Brust. »Vor allem hier«, sagte er.

Sie rückte näher. »In Ordnung ... oh, in Ordnung, in Ordnung.« Das wiederholte sie immer wieder, während sie sein Hemd aufknöpfte, das an dem trocknenden Blut klebte.

Sie griff nach einer Flasche Wasser, die auf dem Tisch stand, und goss das Wasser auf seine nackte Brust, damit sie die Wunden besser sehen konnte. »Es sind immer Messer«, murmelte sie. »Felon hat oft gesagt, sie würden hinter uns her sein. Sich rächen wollen. Wenn nicht die Überlebenden selbst, dann die Verwandten, ihre Kinder.« Sie betupfte die Verletzungen auf seinem Bauch. Ich begriff, dass er sie abbekommen hatte, als er Rachel und mich schützte. »Die Menschen vergessen nicht. Nicht einmal die Kinder. Und warum auch ... « Sie klang bitter.

McCash sagte nichts.

»Was ist mit Walter? Wo ist er?«

»Er schafft es vielleicht nicht. Du musst den Jungen und das Mädchen wegbringen. Vielleicht kommen noch mehr.«

»Ja ... ist gut, ist schon gut ... « Sie kam zu mir her und beugte sich herunter, legte die Hand auf mein Gesicht und legte sich dann einen Augenblick lang neben mich auf die Couch. »Hallo.«

»Hallo. Wo bist du gewesen?«

»Jetzt bin ich wieder da.«

»So ein merkwürdiger Traum ... « Ich weiß nicht mehr, wer von uns beiden das sagte, wer von uns es dem anderen, Arm in Arm, zuflüsterte. Ich hörte, wie McCash aufstand.

»Ich gehe Rachel suchen.« Er ging an uns vorbei und verschwand. Später erfuhr ich, dass er auf jedem Stockwerk des schmalen Gebäudes nach meiner Schwester suchte, die sich irgendwo mit dem Boxer versteckt hielt. Er ging die unbeleuchteten Gänge entlang, ohne zu wissen, ob sich noch irgendwelche gefährlichen Männer in dem Gebäude befanden. Er trat in Räume und flüsterte »Wren«; das hatte ihm meine Mutter aufgetragen. Wenn eine Tür versperrt war, brach er sie auf und trat in den Raum. Seine Wunden fingen wieder an zu bluten. Er lauschte, ob jemand atmete, sagte wieder »Wren«, als sei es ein Passwort, ließ ihr Zeit, damit sie ihm glauben konnte. »Wren«, »Wren«. Wieder und wieder, bis sie unsicher mit »Ja« antwortete, und so fand er sie, hinter einer gemalten Bühnenkulisse kauernd, die an einer Wand lehnte, in den Armen des Boxers.

Irgendwann später gingen Rachel und ich die mit Teppichboden ausgelegte Treppe hinunter. In der Lobby war eine kleine Gruppe versammelt. Unsere Mutter, ein halbes Dutzend Polizisten in Zivil, die, sagte sie, auf uns aufpassen würden, McCash, der Boxer. Zwei Männer in Handschellen lagen am Boden, weiter entfernt ein dritter, mit einer Decke teilweise verhüllter Mann mit blutigem, nicht mehr erkennbaren Gesicht, der zu uns herschaute. Rachel hielt den Atem an. »Wer ist das?« McCash bückte sich und zog die Decke über das Gesicht. Rachel fing an zu schreien. Dann legte uns jemand einen Mantel über den Kopf, damit man uns nicht erkennen konnte, und man brachte uns auf die Straße. Ich hörte Rachels ersticktes Weinen, als man uns in zwei verschiedene Lieferwagen steckte, die uns zu verschiedenen Zielen bringen würden.

Wohin wir gingen? In ein anderes Leben.

TEIL ZWEI

Vermächtnis

Nachdem ich ein paar Jahre lang in einer Art Wildnis gelebt hatte, wie mir vorkam, kaufte ich mir im November 1959 mit achtundzwanzig ein Haus in einem Dorf in Suffolk, das man in ein paar Stunden mit dem Zug von London aus erreichen konnte. Es war ein bescheidenes Haus mit einem ummauerten Garten. Ich erwarb es, ohne mit der Besitzerin, einer Mrs Malakite, zu verhandeln. Ich wollte nicht mit einer Frau schachern, die so eindeutig unglücklich darüber war, dass sie das Heim verkaufen musste, in dem sie den größten Teil ihres Lebens verbracht hatte. Und ich wollte auch nicht riskieren, dieses Anwesen zu verlieren. Ich liebte dieses Haus.

Sie wusste nicht mehr, wer ich war, als sie die Tür öffnete. »Ich bin Nathaniel«, sagte ich und erinnerte sie daran, dass wir verabredet waren. Einen Augenblick blieben wir an der Tür stehen und gingen dann ins Wohnzimmer. »Sie haben einen ummauerten Garten«, sagte ich, und sie hielt abrupt inne.

»Woher wissen Sie das?«

Mrs Malakite schüttelte den Kopf und ging weiter. Vielleicht hatte sie mich mit der Schönheit ihres Gartens im Vergleich zum Haus überraschen wollen, und ich hatte die Überraschung verdorben.

Ich erklärte ihr rasch, dass ich den vorgeschlagenen Preis akzeptierte. Und weil ich wusste, dass sie demnächst in ein Altersheim umziehen wollte, machte ich mit ihr aus, dass ich wiederkommen und gemeinsam mit ihr den Garten besichtigen würde. Dann würde sie mir die ganzen unsichtbaren Details zeigen und Tipps geben können, was mit Haus und Garten zu tun war.

Ein paar Tage später kam ich zurück, und wieder merkte ich, dass sie sich kaum noch an mich erinnerte. Ich brachte ein Notizheft mit und bat sie, mir zu zeigen, wo sie welche Pflanzen gesät hatte, die jetzt unter der Erde waren. Der Gedanke gefiel ihr. Vermutlich war das in ihren Augen der erste vernünftige Satz, den ich geäußert hatte. Also rekonstruierten wir gemeinsam einen Plan des Gartens; sie wusste aus dem Kopf, wann bestimmte Pflanzen in welchen Beeten wiederkommen würden, und ich hielt das fest. Ich schrieb die Gemüsesorten auf, die das Gewächshaus säumten und entlang der Backsteinmauer wuchsen. Das alles wusste sie noch ganz genau. Es war der Teil ihres Gedächtnisses, der weit in die Vergangenheit zurückreichte, zu dem sie noch Zugang hatte. Auch hatte sie sich offenkundig seit dem Tod ihres Mannes zwei Jahre zuvor weiterhin um den Garten gekümmert. Nur die neuesten Erinnerungen, die sie mit niemandem teilen konnte, hatten angefangen, sich zu verflüchtigen.

Wir gingen zwischen den weißgestrichenen Bienenkästen entlang, und sie holte aus ihrer Schürzentasche einen Keil, mit dem sie die hölzernen Lamellen anhob, sodass wir in die unterste Etage des Stocks schauen konnten, wo die Bienen vom Sonnenlicht aufgescheucht wurden. Die alte Königin sei beseitigt worden, erklärte sie beiläufig. Das Bienenvolk brauche eine neue. Ich sah zu, wie sie einen Fetzen Stoff in den Smoker stopfte und anzündete, und bald wuselten die Bienen, die keine Königin mehr hatten, in dem Qualm umher, den sie nach unten blies. Dann sortierte sie auf den beiden Etagen die halb betäubten Bienen aus. Es war seltsam, wenn man bedachte, dass ihre Welt auf so gottgleiche Weise von einer Frau geordnet wurde, die sich immer weniger an ihr eigenes Universum erinnerte. Doch wenn man ihr zuschaute und zuhörte, wusste man, dass die Details, die zur Pflege des Gartens und der drei Bienenstöcke und zur Beheizung des rechteckigen Gewächshauses gehörten, das Letzte sein würden, was sie vergäße.

»Wohin fliegen die Bienen, wenn sie sammeln?«

»Oh … « Sie deutete zu den Hügeln. »Dahin, wo das Riedgras wächst. Würde mich nicht wundern, wenn sie bis nach Halesworth fliegen würden.« Sie schien sich der Vorlieben und Gewohnheiten ihrer Bienen ganz sicher.

Sie hieß Linette und war sechsundsiebzig Jahre alt. Das wusste ich.

»Sie können natürlich immer hierherkommen, Mrs Malakite, sich den Garten ansehen, nach Ihren Bienen schauen … «

Wortlos wandte sie sich von mir ab. Ohne auch nur den Kopf zu schütteln, gab sie zu verstehen, dass das ein törichter Vorschlag war – hierher zurückzukommen, wo sie all die Jahre mit ihrem Mann gelebt hatte. Ich hätte noch vieles sagen können, aber das hätte sie nur noch mehr beleidigt. Und ich war ohnehin schon zu sentimental gewesen.

»Sind Sie aus Amerika?«, konterte sie.

»Ich habe da einmal gelebt. Aber ich bin in London aufgewachsen. Eine Zeitlang habe ich hier in der Nachbarschaft gewohnt.«

Das überraschte sie, und sie schien es nicht ganz glauben zu können.

»Was machen Sie beruflich?«

»Ich arbeite in der City. Dreimal in der Woche.«

»Und was genau? Es hat vermutlich mit Geld zu tun.«

»Nein, ich arbeite in gewisser Hinsicht für die Regierung.«

»Was machen Sie da?«

»Ach, das kommt darauf an. Dies und das ...« Ich hielt inne. Es klang lächerlich, was ich sagte. »Aber ich habe mich in ummauerten Gärten immer geborgen gefühlt, schon seit meiner Kindheit.« Ich wartete auf irgendein Zeichen von Interesse, aber ich merkte nur, dass ich keinen guten Eindruck machte; sie schien jeden Glauben an mich verloren zu haben, diesen dahergelaufenen Burschen, der ihr das Haus so en passant abgekauft hatte. Ich zupfte ein Zweiglein Rosmarin ab, zerrieb es zwischen den Fingern, atmete den Geruch ein und steckte es in die Tasche meines Hemds. Ich sah, wie sie mir zuschaute, als versuchte sie sich an etwas zu erinnern. Ich hielt den Plan des Gartens in der Hand, den ich so hastig gezeichnet hatte und der anzeigte, wo sie Lauch gepflanzt hatte, wo Schneeglöckchen, Astern und Phlox. Hinter der Mauer erhob sich ihr riesiger Maulbeerbaum.

Das nachmittägliche Sonnenlicht erfüllte den Garten, dessen Mauern die Passatwinde von der Küste abwehren sollten. Ich hatte oft an diesen Ort gedacht. An die Wärme innerhalb der Mauern, den Halbschatten, das Gefühl von Geborgenheit, das ich hier immer verspürt hatte. Mrs Malakite beobachtete mich, als sei ich fremd in diesem Garten, tatsächlich aber hätte ich ihr ganzes Leben zusammenfügen können. Ich wusste eine ganze Menge über die Zeit, die sie in diesem kleinen Dorf in Suffolk zusammen mit ihrem Mann gelebt hatte. Ich hätte mich genauso leicht in die Geschichte ihrer Ehe einfügen können wie in das Leben anderer Menschen aus meiner Jugendzeit, die Teil meines Selbstporträts waren, das aus deren flüchtiger

Wahrnehmung meiner Person entstanden war. So wie ich nun Mrs Malakite widerspiegelte, die da in ihrem gepflegten Garten stand, der ihr nur noch wenige Tage gehören würde.

Ich hatte mich oft gefragt, wie eng, wie liebevoll die Beziehung zwischen den Malakites sein mochte. Schließlich waren sie das einzige Paar, das ich als Siebzehn-, Achtzehnjähriger regelmäßig sah, wenn ich in den Sommerferien bei meiner Mutter wohnte. Ich hatte kein anderes Vorbild. Beruhte ihr Verhältnis auf Zufriedenheit? Gingen sie sich gegenseitig auf die Nerven? Das war mir nie ganz klar, denn meist arbeitete ich allein mit Mr Malakite auf seinen Feldern, die einst Victory Gardens gewesen waren, Gärten, die im Krieg auf öffentlichen Plätzen angelegt worden waren. Er hatte sein Terrain, hatte feste Vorstellungen von der Bodenbeschaffenheit und vom Wetter und fühlte sich eigentlich wohler, wenn er allein arbeitete. Ich sah ihm zu, wenn er sich mit meiner Mutter unterhielt, und dann sprach er mit einer anderen Stimme. Er schlug ihr doch tatsächlich vor, eine Hecke an der Ostseite ihres Rasens zu entfernen, und lachte oft über ihre Ahnungslosigkeit in Fragen der Natur. Hingegen überließ er meist Mrs Malakite die Pläne für einen Abend und die Gesprächsthemen.

Sam Malakite blieb mir ein Rätsel. Keiner weiß wirklich Bescheid über das Leben oder auch den Tod eines anderen Menschen. Ich kannte eine Tierärztin, die zwei Papageien besaß. Die Vögel hatten schon jahrelang zusammengelebt, bevor sie sie erbte. Ihr Gefieder war eine Mischung aus Grün und Dunkelbraun, die ich schön fand. Ich mag keine Papageien, aber diese beiden gefielen mir. Irgendwann starb der eine, und ich schickte der Tierärztin eine Beileidskarte. Als ich sie eine Woche später traf, fragte ich, ob der überlebende Vogel deprimiert sei oder zumindest unter dem Verlust leide. »O nein«, sagte sie, »er ist überglücklich!«

Wie auch immer, jedenfalls kaufte ich einige Jahre nach dem Tod von Mr Malakite das kleine, von diesem ummauerten Garten umschlossene Fachwerkhaus. Es war Jahre her, dass ich dort regelmäßig zu Gast gewesen war, doch bald nach meinem Einzug kehrte die Vergangenheit wieder, die ich fast vollständig ausgelöscht geglaubt hatte, und ich hungerte danach wie niemals in der Zeit, als die Tage mit der Geschwindigkeit eines Lidschlags an mir vorbeigeglitten waren. Ich saß wieder im Morris des Boxers, es war Sommer, und das Verdeck seines Wagens ging auf und faltete sich langsam nach hinten. Ich war bei einem Fußballspiel mit Mr Nkoma. Ich befand mich wieder mitten auf dem Fluss und aß zusammen mit Sam Malakite belegte Brote. »*Hör zu*«, sagte Sam Malakite, »*eine Drossel.*« Und Agnes, nackt, die sich ein grünes Band aus dem Haar zog, damit sie sich ganz unbekleidet vorkam.

Diese unvergessene Drossel. Dieses unvergessliche Band.

*

Nach dem Überfall auf uns in London schickte meine Mutter Rachel sofort in ein Internat an der Grenze zu Wales und mich, damit ich in Sicherheit war, nach Amerika in eine Schule, wo mir nichts vertraut war. Ich wurde abrupt aus der Welt gerissen, in der mein Platz gewesen war, in der es den Boxer und Agnes und den rätselhaften Falter gegeben hatte. In gewisser Hinsicht empfand ich den Verlust als größer als beim Fortgang meiner Mutter. Ich hatte meine Jugend, meinen Halt verloren. Nach einem Monat riss ich aus, ohne recht zu wissen, wohin, weil ich fast niemanden kannte. Man griff mich auf und verfrachtete mich eilends in eine andere Schule, diesmal im Norden von England, wo ich ähnlich isoliert war. Im Frühling, am Ende des Schuljahrs, holte mich ein großer Mann ab, fuhr mich von Northumberland in einer sechsstündigen Reise nach Süden, nach Suffolk, und unterbrach nur selten mein misstrauisches Schweigen. Er brachte mich zu meiner Mutter, die nach ihrer Rückkehr in White Paint wohnte, dem Haus in der Nähe von The Saints, das einst ihren Eltern gehört hatte. Es lag in einem offenen, lichterfüllten Gelände, ungefähr eine Meile vom nächsten Dorf entfernt, wo ich in jenem Sommer bei dem großen Mann namens Malakite, der mich von der Schule abgeholt hatte, einen Job bekommen sollte.

In dieser Zeit standen meine Mutter und ich uns nicht nahe. Die häusliche Gemütlichkeit, die wir in dem Monat, bevor sie uns verließ, so genossen hatten, gab es nicht mehr. Nach ihrer vorgetäuschten Abreise wurde ich mein Misstrauen nicht mehr los. Erst viel später erfuhr ich, dass sie ein-, vielleicht sogar zweimal, nachdem sie nach England zurückgekehrt war, um neue Aufträge entgegenzunehmen, ihren Terminplan geändert hatte, um mich, chaotisch und rauschhaft, in einem Jazzclub in Bromley mit einem Mädchen tanzen zu sehen, das sie nicht kannte und das in meine Arme flog und sich dann wieder entfernte.

Es heißt, der verlorengegangene Abschnitt in einem Leben sei das, wonach man immer suche. Doch in der Zeit, als ich mit meiner Mutter in White Paint lebte, entdeckte ich keinerlei Hinweise darauf. Bis ich eines Tages früh von der Arbeit nach Hause kam und in die Küche ging, wo sie in Hemdsärmeln an der Spüle stand und einen Topf schrubbte. Sie musste damit gerechnet haben, allein zu sein. Meistens trug sie eine blaue

Strickjacke, um, wie ich glaubte, zu kaschieren, wie dünn sie war. Da fielen mir eine Reihe rötlicher Narben auf, die aussahen, wie wenn man mit einem Gartenwerkzeug Schnitte in Baumrinde anbringt. Sie hörten genau da auf, wo sie zum Schutz der Hände vor dem Spülwasser Gummihandschuhe trug. Ich erfuhr nie, ob sie noch mehr solcher Narben hatte, aber da waren die rötlichen Male auf dem weichen Fleisch ihrer Arme, ein sichtbares Zeugnis jener verlorengegangenen Zeit. »*Es ist nichts*«, murmelte sie. »*Bloß die Straße der kleinen Dolche* ... «

Mehr sagte sie nicht, erklärte nicht, wie sie zu diesen Verletzungen gekommen war. Damals wusste ich nicht, dass Rose Williams, meine Mutter, nach dem Überfall auf uns jeden Kontakt mit dem Geheimdienst in London abgebrochen hatte. Obwohl die Attacke vor dem Bark Theatre von den Behörden rasch vertuscht worden war, erschienen in den Zeitungen Hinweise auf die geheimen Aktivitäten meiner Mutter im Krieg, die ihr zu kurzer, freilich anonymer Berühmtheit verhalfen. Die Presse hatte nur einen Decknamen, nämlich Viola, in Erfahrung gebracht. Je nach ihrer politischen Ausrichtung bezeichneten die Zeitungen die Unbekannte als englische Heldin oder als Beispiel für eine misslungene Nachkriegsoperation der Regierung im Ausland. Tatsächlich wurde keine Verbindung zu meiner Mutter gezogen. Ihre Anonymität wurde gewahrt, und als sie nach White Paint zurückkehrte, betrachteten die Ortsansässigen ihr Elternhaus noch immer als Besitz ihres verstorbenen Vaters, der in der Admiralität gearbeitet hatte. Die unbekannte Viola war bald vergessen.

*

150

Zehn Jahre nach dem Tod meiner Mutter wurde ich eingeladen, mich im Außenministerium zu bewerben. Zunächst schien es mir seltsam, dass man mich dort einstellen wollte. An meinem ersten Tag wurde ich mehrfach befragt. Ein Gespräch hatte ich mit einem Team, das für Datenerfassung zuständig war, ein anderes mit einer Truppe, die geheimdienstlich relevante Erkenntnisse auswertete – beides, wie man mir mitteilte, getrennte Elite-Abteilungen des britischen Geheimdiensts. Niemand erklärte mir, warum man mich angesprochen hatte, und ich kannte niemanden von den Leuten, die mich ausführlich, aber scheinbar beiläufig befragten. Die Lücken in meiner akademischen Laufbahn schienen ihnen weniger Anlass zur Besorgnis, als ich erwartet hatte. Vermutlich reichte in ihren Augen Herkunft als Garantie für die Eignung für einen Beruf, bei dem es auf Abstammung und die möglicherweise vererbte Begabung für Geheimhaltung ankam. Und sie waren beeindruckt von meinen Sprachkenntnissen. Nie erwähnten sie während der Bewerbungsgespräche meine Mutter, und ich tat es auch nicht.

Bei dem Posten, der mir angeboten wurde, ging es darum, Dossiers aus den Kriegs- und Nachkriegsjahren zu sichten. Was immer ich bei meinen Untersuchungen zutage fördern und was immer ich für Schlüsse daraus ziehen würde, musste geheim bleiben. Alles sollte meinem unmittelbaren Vorgesetzten ausgehändigt werden, der meine Resultate auswerten würde. Jeder Vorgesetzte hatte auf seinem Schreibtisch zwei Stempel. Auf dem einen stand *Wiedervorlage*, auf dem anderen *Weiterleiten*. Wenn es »weiterleiten« hieß, wurden die Akten an die nächsthöhere Abteilung geschickt, wohin genau, wusste ich nicht – das Terrain meiner Arbeit beschränkte sich auf das

Labyrinth der Archive in dem namenlosen Gebäude nahe am Hyde Park.

Es klang nach einer stumpfsinnigen Tätigkeit, doch ich glaubte, wenn ich einen Posten annahm, bei dem ich auch Details aus dem Krieg sichten müsste, könnte ich vielleicht herausfinden, was meine Mutter in jener Zeit getan hatte, als sie uns in der Obhut des Falters zurückgelassen hatte. Wir kannten nur die Geschichten, wie sie zu Beginn des Kriegs aus dem Bird's Nest auf dem Dach des Grosvenor House Hotel Nachrichten über Funk gesendet hatte und eines Nachts an die Küste gefahren war, wach gehalten nur von Schokolade und kalter Nachtluft. Mehr wussten wir nicht. Vielleicht wäre es nun möglich, diesen fehlenden Teil in ihrem Leben aufzuspüren, ein Vermächtnis zu finden. Jedenfalls war dies der Regierungsposten, von dem ich andeutungsweise in Mrs Malakites Garten gesprochen hatte, als die Bienen in ihren Stöcken umhertaumelten und sie vergessen hatte, wer ich war.

Ich wühlte mich durch Berge von Dossiers, die Tag für Tag aus den Archiven nach oben befördert wurden. Sie enthielten zumeist Berichte von Männern und Frauen, die an der Peripherie des Krieges tätig gewesen waren; es ging um Reisen kreuz und quer durch Europa und später auch durch den Nahen Osten, um diverse Nachkriegsscharmützel, vor allem zwischen 1945 und 1947. Ich erkannte allmählich, dass ein nichterklärter und noch immer brutaler Krieg nach dem offiziellen Ende des Krieges fortgedauert hatte, zu einer Zeit, als noch nicht alles ausgehandelt war und gewalttätige Auseinandersetzungen unter der Hand fortgesetzt wurden. Auf dem Kontinent waren Guerillagruppen und Partisanenkämpfer, die eine Niederlage nicht hinnehmen wollten, aus ihren Verstecken aufgetaucht. Faschisten und Unterstützer der Deutschen wurden von Leuten gejagt, die jahrelang unter ihnen gelitten hatten. Bei Racheakten, begangen von so vielen Seiten, wie es ethnische Gruppen im eben erst befreiten Europa gab, wurden kleine Dörfer verwüstet, wurde neues Leid verursacht.

Zusammen mit einer Handvoll Kollegen sichtete ich übrig gebliebene Akten und Dossiers, bewertete erfolgreiche Aktionen und auch solche, die vielleicht schiefgelaufen waren, um dann Vorschläge zu machen, was man erneut archivieren oder dann doch vernichten sollte. Das Ganze nannte sich »die stille Korrektur«.

Tatsächlich waren wir bereits die zweite Truppe, die diese Korrekturen vornahm. Ich stellte fest, dass in den letzten Phasen des Krieges eine handfeste, nahezu apokalyptische Zensur ausgeübt worden war. Schließlich hatte es zahllose Operationen gegeben, von denen die Öffentlichkeit besser nichts erfuhr, und so wurden die kompromittierendsten Beweise so weit wie möglich rasch vernichtet – rund um den Erdball sowohl von den Geheimdiensten der Alliierten als auch der Achsenmächte. Berühmt war das außer Kontrolle geratene Feuer in den Büros der Special Operation Executive in der Londoner Baker Street. Weltweit gab es diese vorsätzlichen Feuer. Als die Briten nach der Unabhängigkeit Indiens aus Delhi abzogen, übernahmen es »Brandoffiziere«, wie sie sich selbst nannten, sämtliche kompromittierenden Dossiers zu verbrennen. Tag und Nacht waren sie auf dem zentralen Platz innerhalb des Roten Forts verbrannt worden.

Die Briten waren nicht die Einzigen, die vorsorglich gewisse Wahrheiten über den Krieg verbergen wollten. In Italien sprengten die Nazis das Krematorium in der Risiera di San Sabba bei Triest, der Reismühle, die sie in ein Konzentrationslager verwandelt hatten, wo Tausende von Juden, Slowenen, Kroaten und antifaschistischen Gefangenen gefoltert und umgebracht worden waren. So wurden auch die Massengräber in den Dolinen des Karsts oberhalb von Triest nicht dokumentiert, wo jugoslawische Partisanen die Leichen derer begruben, die sich der kommunistischen Machtübernahme widersetzt hatten, und der Tausenden von Deportierten, die in jugoslawischen Lagern zugrunde gegangen waren. Auf allen Seiten wurden hastig und entschlossen Beweise vernichtet. Alles, was irgendwie fragwürdig war, wurde von zahllosen Helfern verbrannt oder geschreddert. Und auf diese Weise konnten revisionistische Geschichten beginnen.

Doch es gab noch Bruchstücke der Wahrheit bei Familien und in Dörfern, die beinahe von der Landkarte getilgt worden waren. Ich hörte, wie meine Mutter einmal zu Arthur McCash sagte, in jedem Dorf auf dem Balkan habe man einen Grund, sich am Nachbardorf zu rächen – oder an wem auch immer, der einst nach ihrer Ansicht ihr Feind gewesen war: an den Partisanen, den Faschisten oder an uns, den Alliierten. Das waren die Nachwirkungen des Friedens.

Also mussten wir eine Generation später, in den fünfziger Jahren, die Spuren zutage fördern, die selbst dann noch von Vorgängen geblieben sein mochten, welche die Geschichte möglicherweise als »bedauerlich« einstufte und die sich noch immer in vereinzelten Berichten und inoffiziellen Papieren fanden. Manchen von uns, die wir den Kopf über die Akten beugten, die uns täglich gebracht wurden, schien es, dass es in dieser Nachkriegswelt, zwölf Jahre später, nicht mehr möglich war, festzustellen, wer die richtige moralische Haltung einnahm. Und in der Tat verließen viele, die in diesem staatlichen Labyrinth gearbeitet hatten, innerhalb eines Jahres ihren Posten.

The Saints

Als ich Mrs Malakite das Haus abgekauft hatte, ging ich an meinem ersten Tag als Besitzer über die Felder in Richtung White Paint, des Hauses, in dem meine Mutter aufgewachsen war und das nun Fremde gekauft hatten. Ich stand auf einer Anhöhe am Rand ihres einstigen Geländes, zu dem der träge mäandrierende Fluss in der Ferne gehörte. Und ich beschloss, das Wenige aufzuschreiben, was ich von ihrer Zeit an diesem Ort wusste, auch wenn dieses Haus und die Landschaft sie nie wirklich geprägt hatten. Denn das Mädchen, das in der Nähe eines kleinen Dorfs in Suffolk groß geworden war, war eine erfahrene Reisende geworden.

Wenn man seine Erinnerungen zu schreiben versucht, heißt es, muss man sich als Waise fühlen. Sodass einem, was einem fehlt, wie auch die Dinge, die man mittlerweile mit Vorsicht betrachtet, beinahe aus Versehen zufällt. Man erkennt, dass »ein Buch der Erinnerungen das verlorengegangene Vermächtnis« ist, und unterdessen muss man lernen, wie und wohin man schauen soll. In dem so entstehenden Selbstporträt wird alles ein Bild ergeben, weil alles gespiegelt worden ist. Wenn eine Geste in der Vergangenheit verworfen wurde, sieht man sie nun im Besitz eines anderen. Und so glaubte ich, etwas von meiner Mutter müsste mit mir übereinstimmen. Sie in ihrem kleinen Spiegelkabinett und ich in meinem.

*

Ihre Familie lebte in jener Epoche, die man aus den Filmen aus der Kriegszeit kennt, ein bescheidenes, unauffälliges Leben auf dem Land. Eine Zeitlang stellte ich mir meine Mutter und meine Großeltern so vor, wie sie in solchen Filmen hätten dargestellt werden können; allerdings fielen mir, als ich vor kurzem in einem Film die verhüllt sexuelle Ausstrahlung der sittsamen Heldin wahrnahm, wieder die Statuen ein, die mit dem Jungen, der ich einst war, im Aufzug des Criterion nach oben gefahren waren.

Mein Großvater, der in einer Familie mit älteren Schwestern aufgewachsen war, fühlte sich wohl in der Gesellschaft von Frauen. Auch als er zum Admiral befördert worden war und mit zweifellos drakonischer Strenge die Männer führte, die auf See seinen strikten Befehlen gehorchten, genoss er das Dasein in Suffolk und fügte sich gern in die häuslichen Gepflogenheiten von Frau und Tochter. Ich fragte mich, ob dieser Wechsel von »häuslichem Leben« und »Leben in der Ferne« dazu führte, dass meine Mutter ihre Lebensweise zunächst gut fand und dann änderte. Sie selbst wollte nämlich mit der Zeit mehr, sodass ihre Ehe und dann ihr beruflicher Werdegang die zwei Welten abbildeten, die ihr Vater gleichzeitig bewohnte.

Da mein Großvater wusste, dass er den Großteil seines Berufslebens bei der Marine verbringen würde, hatte er in voller Absicht ein Haus in einer Gegend gekauft, wo es keinen Fluss mit starker Strömung gab. Meine Mutter lernte daher als junges Mädchen an einem breiten, aber gemächlich dahinfließenden Bach angeln. Eine Wiese führte vom Haus hinunter ans Wasser. Ab und zu hörte man in der Ferne die Glocke einer Kirche aus normannischer Zeit, den gleichen Klang, den schon frühere Generationen gehört hatten.

Es gab ein paar Ansammlungen von Dörfern, jeweils ein paar Meilen voneinander entfernt. Die Straßen zwischen dem einen und dem anderen Dorf hatten oft keinen Namen, was Reisende verwirrte, und es half auch nicht weiter, dass sie alle ähnliche Namen trugen – St. John's, St. Margaret, St. Cross. Es gab sogar zwei Gemeinden, die Saints hießen – South Elham Saints, das aus acht Dörfern bestand, und Ilketsal Saints, zu dem halb so viele gehörten. Ein weiteres Problem war, dass die Angabe der Entfernung auf den Straßenschildern reine Glückssache war. So wurde zum Beispiel die Entfernung zwischen einem Saint und dem anderen mit zwei Meilen angegeben, und der Reisende kehrte nach dreieinhalb Meilen um in der Annahme, er habe eine Abzweigung verpasst, wenn er in Wirklichkeit noch eine halbe Meile weiter hätte fahren müssen, um sein listig verstecktes Ziel zu erreichen. Die Meilen kamen einem lang vor in den Saints. Die Landschaft bot keinerlei Gewissheit. Und wer hier aufwuchs, musste den Eindruck haben, nach Gewissheit müsse man lange suchen. Da ich einen Teil meiner Kindheit dort verbrachte, könnte das vielleicht erklären, warum ich später in London so obsessiv Karten unserer Gegend zeichnete, um mich in Sicherheit zu fühlen. Ich glaubte, was ich nicht sehen und nicht aufzeichnen könnte, würde aufhören zu existieren, so wie es mir oft vorkam, ich hätte Vater oder Mutter in einem jener kleinen Dörfer verloren, die so willkürlich verstreut waren, deren Namen zu ähnlich klangen und wo man sich auf die Angabe von Entfernungen nicht verlassen konnte.

Während des Krieges bekam die Gegend von The Saints, weil sie so nah der Küste lag, noch etwas Geheimnisvolleres. Alle Wegweiser, wie ungenau sie auch waren, wurden in Erwartung einer drohenden Invasion der Deutschen entfernt. Über Nacht gab es in der Gegend keine Verkehrsschilder mehr. Es kam dann zwar nicht zu einer Invasion, doch das Ergebnis war, dass amerikanische Piloten, die auf den kurz zuvor errichteten Flugplätzen der RAF stationiert waren, sich auf dem Heimweg vom Pub nachts ständig verirrten und am nächsten Morgen oft verzweifelt nach ihrem Flugplatz suchten. Piloten überquerten den Big Dog Ferry auf nichtmarkierten Flugschneisen und flogen, immer noch auf der Suche nach ihrem Flugplatz, in die andere Richtung. In Thetford errichtete die Army das Modell einer deutschen Kleinstadt im Maßstab eins zu eins, wo alliierte Truppen vor der Invasion Belagerung und Angriff trainierten. Es war ein merkwürdiger Widerspruch: Englische Soldaten lernten die Struktur einer deutschen Kleinstadt, während sich deutsche Truppen darauf vorbereiteten, in eine irreführende Gegend in Suffolk vorzustoßen, wo es kein einziges Straßenschild gab. Küstenorte wurden heimlich von den Landkarten entfernt. Militärzonen verschwanden ganz offiziell.

Ein Großteil der Arbeit, mit der meine Mutter und andere während des Kriegs befasst waren, wurde, wie man inzwischen weiß, ähnlich unsichtbar verrichtet, und die wahren Motive wurden geheim gehalten. Praktisch über Nacht wurden in Suffolk zweiunddreißig Flugfelder gebaut, zusätzlich zu den Attrappen, die den Feind irreführen sollten. Die meisten dieser echten Flugfelder tauchten nie auf einer Landkarte auf, höchstens in ein paar kurzlebigen Gassenhauern. Und am Ende des Krieges waren sie verschwunden, ganz ähnlich wie die viertausend Soldaten der Air Force, die die Gegend verließen, als sei dort nie etwas Schlimmes geschehen. In den Saints ging das Leben weiter wie früher.

Wenn mich Mr Malakite auf Straßen aus römischer Zeit zur Arbeit fuhr und von dort wieder abholte, erzählte er mir von diesen zeitweilig von den Landkarten verschwundenen Städten. Am Rand des aufgegebenen Flugfelds von Metfield baute er nämlich jetzt Gemüse an, und auf diesen alten, grasüberwucherten Pisten lernte ich ein zweites Mal Auto fahren, dieses Mal legal. Das Dorf der Malakites hieß »das dankbare Dorf«, weil es in beiden Kriegen keinen einzigen Mann verloren hatte. In dieses Dorf zog ich ungefähr zehn Jahre nach dem Tod meiner Mutter zurück, in das kleine Fachwerkhaus mit dem ummauerten Garten, wo ich mich stets sicher gefühlt hatte.

In White Paint wachte ich in der Regel früh auf und ging zu Fuß auf das Dorf zu. Ich wusste, dass Sam Malakite mich irgendwann aufgabeln, sich eine Zigarette anzünden und zu mir herschauen würde, wenn ich zu ihm ins Auto stieg. Dann fuhren wir zu verschiedenen Marktplätzen wie Butter Cross in Bungay, verteilten seine Ware auf den aufgebockten Tischen und blieben bis Mittag. An den heißesten Sommertagen hielten wir an der Mühle von Ellingham an, wo der Fluss besonders flach war, sodass uns das Wasser nur bis zur Taille reichte, und aßen dort im Stehen die mitgebrachten Brote – mit Tomaten, Käse, Zwiebeln und Honig von Mrs Malakites eigenen Bienen. Eine Zusammenstellung, die ich seither nie mehr gegessen habe. Sie hatte diesen Lunch am selben Morgen ein paar Meilen weiter weg für uns vorbereitet, und so kam ich mir wie das Kind der beiden vor.

Er trug eine Brille mit Gläsern, so dick wie ein Flaschenboden. Er hatte die Statur eines Ochsen, deshalb fiel er auf. Sein langer Schottenmantel aus Dachsfell roch nach Farn, manchmal nach Regenwürmern. Er und seine Frau waren für mich ein Muster an ehelicher Beständigkeit. Mrs Malakite fand bestimmt, dass ich zu sehr trödelte. Sie war gut organisiert und extrem ordentlich, während er, der wilde Bruder des Kaninchens, wo er ging und stand, eine Spur hinterließ wie ein rotierender Hurrikan. Er ließ die Schuhe, den Mantel aus Dachsfell, Zigarettenasche, ein Küchentuch, Pflanzenkataloge, Pflanzkellen auf den Boden hinter sich fallen, hinterließ die Erde gewaschener Kartoffeln in der Spüle. Worauf immer er stieß, es wurde gegessen, oder er kämpfte damit, las es, warf es weg und nahm es danach nicht mehr wahr. Seine Frau mochte zu dieser Unsitte sagen, was sie wollte, es nützte nichts. Allerdings glaube ich, dass sie nicht ungern darunter litt. Das eine aber musste man Mr Malakite lassen: Seine Felder waren tadellos in Schuss. Keine einzige Pflanze ließ ihr Beet im Stich und tanzte aus der Reihe. Er schrubbte die Rettiche unter einem dünnen Wasserstrahl. Er breitete seine Produkte auf dem samstäglichen Markt ordentlich auf dem Tisch aus.

In dieser Zeit verliefen Frühling und Sommer nach einem regelmäßigen Muster. Ich bekam einen bescheidenen Lohn, und es bedeutete auch, dass ich nicht viel Zeit auf der einen Seite der anscheinend unüberbrückbaren Distanz zwischen meiner Mutter und mir verbringen musste. Auf meiner Seite bestand Misstrauen, auf ihrer Heimlichkeit. Also wurde Sam Malakite zum Mittelpunkt meines Lebens. Wenn wir lange arbeiteten, aß ich mit ihm zu Abend. Mein Leben mit dem Falter, Olive Lawrence, dem unzuverlässigen Boxer, meiner Agnes, die in den Fluss sprang – das war durch den gelassenen und zuverlässigen Sam Malakite ersetzt worden, einen Mann, zäh wie Leder, wie man damals sagte.

In den Wintermonaten schliefen Mr Malakites Felder. Er musste sich dann nicht um vieles kümmern, gelb blühender Senf diente als Deckfrucht, unter der organisches Material im Boden zur Reife kommen würde. Im Winter muss es für ihn still und ruhig gewesen sein. Wenn ich dann zurückkam, gab es auf den Feldern bereits Gemüse und Obst. Wir fingen früh mit der Arbeit an, aßen dann zu Mittag und hielten eine kleine Siesta unter seinem Maulbeerbaum, dann machten wir bis sieben, acht Uhr weiter. Wir sammelten grüne Bohnen in Eimern, die fünf Gallonen fassten, und Mangold in Schubkarren. Die Pflaumen, die im ummauerten Garten hinter dem Haus wuchsen, wurden von Mrs Malakite zu Marmelade verarbeitet. Die frühen Tomaten, die in Meeresnähe gediehen, hatten einen besonders intensiven Geschmack. Ich befand mich wieder in der jahreszeitlich bestimmten Subkultur der Marktgärtner mit ihren endlosen Diskussionen über Pflanzenkrankheiten und das Ausbleiben des Frühlingsregens quer über die aufgebockten Tische hinweg. Schweigend saß ich da und hörte zu, wie Mr Malakite angeregt mit seinen Kunden plauderte. Wenn wir allein waren, fragte er mich nach meiner Lektüre und danach, was ich auf dem College lernte. Er machte sich nicht lustig über meine andere Welt, weil er begriffen hatte, dass mir das Studium wichtig war; allerdings dachte ich nur selten daran, wenn ich mit ihm zusammen war. Ich wollte Teil seines Universums sein. Bei ihm wurden die vagen Landkarten meiner Kindheit zu etwas Zuverlässigem und Genauem.

Ich vertraute jedem Schritt, den ich mit ihm zusammen unternahm. Er kannte die Namen aller Gräser, über die er ging. Auch wenn er zwei schwere Eimer voll Kalk und Lehm zu einem Feld trug, horchte er, das wusste ich, auf den Gesang eines bestimmten Vogels. Wenn eine Schwalbe starb oder betäubt auf den Boden fiel, weil sie gegen ein Fenster geprallt war, schwieg er einen halben Tag lang. Er vergaß nicht die Sphäre, das Schicksal dieses Vogels. Wenn ich später etwas sagte, was sich auf diesen Vorfall bezog, sah ich, wie ein Schatten auf sein Gesicht fiel. Er zog sich aus dem Gespräch zurück, und er kam mir abhanden, plötzlich war ich allein, auch wenn er neben mir am Steuer seines Wagens saß. Er kannte das vielfältige Leid der Welt genauso wie ihre Freuden. Er brach von jedem Rosmarinstrauch, an dem er vorbeikam, ein Zweiglein ab, roch daran und hob es in der Tasche seiner Jacke auf. Jeder Fluss, an den wir kamen, lenkte ihn ab. An heißen Tagen zog er Stiefel und Kleidung aus und schwamm durchs Schilfgras, während er noch den Rauch seiner Zigarette ausatmete. Er zeigte mir, wo man die seltenen Parasolpilze mit den blassen Lamellen findet, die wie hellbraune Schirme aussehen, nämlich auf freiem Feld. »Nur auf freiem Feld«, pflegte Sam Malakite zu sagen, ein Glas Wasser in der Hand, als bringe er einen Toast aus. Als ich Jahre später von seinem Tod erfuhr, erhob ich mein Glas und sagte: »Nur auf freiem Feld.« Als ich das sagte, saß ich allein in einem Restaurant.

Der Schatten seines einen großen Maulbeerbaums. Meist arbeiteten wir bei hellem Sonnenschein, doch nun ist es der Schatten, an den ich denke, nicht der Baum. An die Symmetrie, die Dunkelheit, die Tiefe und Stille, wenn Mr Malakite ausführlich und gemächlich von früheren Tagen erzählte, bis es wieder Zeit war, zu Schubkarren und Hacken zurückzukehren. Die Brise erhob sich über den flachen Hügel, wehte, wie es uns schien, in unseren dunklen Raum, und ließ sich raschelnd bei uns nieder. Da hätte ich für immer bleiben können, unter diesem Maulbeerbaum. Bei den Ameisen im Gras, die ihre grünen Türme hinaufkletterten.

Im Archiv

Tag für Tag arbeitete ich in einer winzigen Ecke dieses namenlosen Gebäudes mit seinen sieben Stockwerken. Ich kannte dort nur einen einzigen Menschen, und der hielt mich auf Abstand. Eines Tages betrat er einen Aufzug, in den auch ich soeben gestiegen war, und sagte »Hallo, Sherlock!«, als genügten Name und Gruß als Code zwischen uns beiden und als reiche das gesprochene Ausrufezeichen aus, damit der überraschend in diesem Haus entdeckte Mensch zufriedengestellt war. Groß, noch immer bebrillt, mit den gleichen hängenden Schultern und so jungenhaft wie eh und je, stieg Arthur McCash im nächsten Stockwerk aus, und auch ich trat kurz aus dem Aufzug und sah ihm nach, wie er sich in irgendein Büro begab. Ich wusste, was vermutlich nur sehr wenige andere Menschen wussten, dass unter dem weißen Hemd drei, vier tiefe Narben auf seinem Bauch zu sehen wären, bleibende Relikte auf seiner hellen Haut.

Ich fuhr mit dem Zug nach London und wohnte unter der Woche in einem Ein-Zimmer-Apartment in der Nähe des Guy's Hospital. Das Chaos in der Stadt war jetzt geringer, man hatte den Eindruck, dass die Menschen ihr Leben neu ordneten. An den Wochenenden kehrte ich nach Suffolk zurück. Ich lebte nicht nur in zwei Epochen, sondern auch in zwei Welten. Hier war die Stadt, in der ich mir so halb und halb einbildete, ich würde irgendwann einen bestimmten blassblauen Morris auftauchen sehen, der dem Boxer gehörte. Ich erinnerte mich an das militärisch aussehende Wappen auf der Motorhaube, an die bernsteinfarbenen Blinker, die dann in den Türrahmen zurückglitten wie die Ohren eines rennenden Windhunds. Und wie es war, wenn der Boxer wie eine hochsensible Eule die falsche Note im Klang des Motors, ein Gemurmel in seinem tiefsten Inneren erkannte, in Sekundenschnelle aus dem Wagen stieg und den Ventildeckel von dem 803-Kubikzentimeter-Motor abhob und mit einem Stück Sandpapier die Elektroden der Zündkerzen säuberte. Der Morris, so erinnerte ich mich, war, wenn er auch Mängel hatte, seine ganze Wonne, und jede Frau, die er darin mitnahm, hatte zu akzeptieren, dass er ihm mehr zugetan war und sich besser um ihn kümmerte als um sie.

Doch ich hatte keine Ahnung, ob der Boxer dieses Auto noch immer besaß und wie ich ihn ausfindig machen konnte. Ich hatte ihn an den Pelican Stairs aufsuchen wollen, doch er war fortgezogen. Der Einzige, der den Boxer gut gekannt hatte, war der Fälscher aus Letchworth, doch der war ebenfalls verschwunden. Die Wahrheit war, dass ich diese bemerkenswerte Tischrunde mit lauter Fremden vermisste, die Rachel und mich mehr beeinflusst hatten als unsere verschwundenen Eltern. Wo war Agnes? Es schien aussichtslos, sie zu finden. Ich ging zur Wohnung ihrer Eltern, doch sie lebten nicht mehr dort. In dem Restaurant in World's End erinnerte man sich nicht an sie, das Polytechnikum hatte keine Adresse von ihr. Daher hielt ich beständig Ausschau nach der vertrauten blauen Silhouette eines zweitürigen Morris.

Monate vergingen. Mir wurde allmählich klar, dass ich nie irgendwelche Dokumente, die möglicherweise Material über meine Mutter enthielten, zu sehen bekommen würde. Nachweise über ihre Tätigkeit im Krieg waren entweder bereits vernichtet worden oder wurden mir mit Absicht vorenthalten.

Eine schwarze Haube schien darübergebreitet worden zu sein, und ich würde nach wie vor im Dunkeln verharren.

Um den Beschränkungen zu entkommen, die mir die Arbeit auferlegte, begann ich nachts am Nordufer der Themse an verschiedenen Schleusen vorbeizuwandern, vorbei an alten Luftschutzunterständen, in denen der Boxer einst Hunde versteckt hatte. Doch man hörte kein Gebell, kein Geräusch von einer Rangelei. Vorbei an St. Katherine's, den East India Docks, den Royal Docks. Der Krieg war längst Vergangenheit, die Docks waren nicht mehr abgesperrt, und so schlich ich mich eines Nachts hinein, stellte die Stoppuhr an einem Schleusentor auf drei Minuten, lieh mir ein Ruderboot und erwischte den Gezeitenwechsel.

Auf dem Fluss war kaum Betrieb. Es war zwei oder drei Uhr morgens, und es kam höchstens ab und zu ein Schlepper, der Müll zur Isle of Dogs beförderte. Ich wusste noch, wo es Strudel gab, die wegen der Tunnel unter dem Flussbett entstanden, sodass ich mit aller Kraft rudern musste und mich trotzdem kaum halten konnte, weil das Boot in Richtung Ratcliffe Cross oder des Limehouse Pier getrieben wurde. Eines Nachts beschaffte ich mir ein Motorboot und fuhr damit bis Bow Creek und weiter zu den beiden nördlichen Flussarmen. Fast hätte ich mir einbilden können, meine alten Verbündeten auf diesen dunklen Nebenflüssen zu finden. Ich verankerte das gestohlene Boot so, dass ich es in einer anderen Nacht wieder benutzen und weiter stromaufwärts andere Kanäle hinauffahren könnte. Danach ging ich zu Fuß in die Stadt zurück und war morgens um halb neun frisch und munter in meinem Büro.

Ich weiß nicht, was es war, was mich auf diesen Fahrten stromaufwärts oder stromabwärts veränderte. Mir wurde allmählich bewusst, dass nicht nur die Vergangenheit meiner Mutter begraben und anonym geworden war. Ich hatte das Gefühl, auch ich sei verschwunden. Ich hatte meine Jugend verloren. Ich ging durch die vertrauten Räume des Archivs, mit einem neuen Gedanken beschäftigt. Schon in den ersten Monaten, nachdem ich meine Stelle angetreten hatte, wusste ich, dass man mich beobachtete, während ich half, die Überreste eines Krieges einzusammeln, der noch nicht komplett unter Verschluss war. Nie hatte ich über meine Mutter gesprochen. Wenn ihr Name von einem Vorgesetzten kurz erwähnt wurde, tat ich so, als ob es mich nicht interessierte. Zunächst hatte man mir nicht vertraut, inzwischen aber verließ man sich auf mich, und ich wusste, zu welchen Zeiten ich in den Archiven allein sein würde. Ich hatte in meiner Jugend gelernt, wie man sich Informationen aus einer offiziellen Quelle beschaffen konnte, ob es nun um mein Schulzeugnis ging oder um Papiere für Windhunde, die ich unter der Anleitung des Boxers stahl. Er trug stets in seiner Brieftasche Feinwerkzeuge bei sich, mit denen er sich jederzeit Zugang zu irgendetwas verschaffen konnte. Ich hatte ihm neugierig zugesehen, einmal sogar beobachtet, wie er eine Hundefalle geschickt mit einem Hühnerknochen aufbekam. Ich hatte noch immer etwas Anarchisches. Bis dahin hatte ich keinen Zugang zu den Geheimakten von Double A gehabt, die Unbefugte wie ich nicht zu Gesicht bekamen.

Es war die Veterinärin, die mit den zwei Papageien, die mir gezeigt hatte, wie man Schlösser an einem Aktenschrank aufbekam. Ich hatte sie Jahre zuvor durch den Boxer kennengelernt, und sie war die Einzige, die ich ausfindig hatte machen können. Wir freundeten uns an, als ich nach London zurückkam. Ich erklärte ihr mein Problem, und sie empfahl ein starkes Betäubungsmittel, mit dem verletzte Hufe und Knochen behandelt wurden und das man um ein Schloss schmieren konnte, bis sich ein weißes Kondensat zeigte. Das Einfrieren würde den Sicherungsschutz vor unerlaubtem Zugriff herabsetzen, und ich könnte zur nächsten Stufe des Angriffs übergehen. Dafür brauchte man einen Steinmann-Nagel, der in einem Milieu, wo es legaler zuging, zur Behandlung von Frakturen verwendet wurde und zum Beispiel dabei half, die verletzten Knochen eines Windhunds zu heilen. Die kleinen intramedullären Stahlnägel funktionierten sofort, und es dauerte nur einen winzigen Moment, bis die Schlösser vor den Archivschränken aufsprangen und die geheimen Akten zum Vorschein kamen. Im meist verlassenen Kartenraum, wo ich allein zu Mittag aß, zog ich dann die geliehenen Papiere aus meinem Hemd und las sie durch. Eine Stunde später legte ich sie wieder in ihre Schränke zurück und sperrte sie zu. Falls etwas über meine Mutter in diesem Gebäude existierte, würde ich es finden.

Ich erzählte niemandem etwas von meinem neuen Wissen, teilte nur Rachel telefonisch meine Entdeckungen mit. Doch sie wollte nicht zu unserer Jugend zurück. Sie hatte uns auf ihre eigene Weise im Stich gelassen, wünschte sich nicht mit einer Zeit zu befassen, die für sie gefährlich und unzuverlässig war.

Ich war nicht zugegen gewesen, als man meine Mutter zu ihr gebracht hatte, nachdem man sie im Bark Theatre geborgen in den Armen des Boxers hinter einem Bühnenbild gefunden hatte. Ich spürte noch die Nachwirkung des Chloroforms. Doch als meine Mutter den Raum betrat, wollte Rachel offenbar den Boxer nicht loslassen. Sie klammerte sich an ihn und wandte sich ab von unserer Mutter. Sie hatte während der Entführung einen Anfall erlitten. Ich wusste nicht, was genau in jener Nacht passiert war. Das meiste wurde mir verheimlicht. Vielleicht meinten sie, es würde mich durcheinanderbringen, doch in Wahrheit machte ihr Schweigen es nur noch schlimmer, noch entsetzlicher. Später sollte Rachel nur sagen: »*Ich hasse meine Mutter.*« Jedenfalls hatte sie, als sich der Boxer erhoben hatte, während sie noch in seinen Armen lag und er versucht hatte, sie meiner Mutter zu übergeben, zu weinen begonnen, als sehe sie einen Dämon vor sich.

Natürlich war sie damals nicht ganz bei Sinnen. Sie war erschöpft. Sie hatte einen Anfall erlitten und wusste später wahrscheinlich nicht recht, was geschehen war. Das hatte ich oft erlebt, wenn sie mich kurz nach einem Anfall so angesehen hatte, als sei ich der Teufel. Als sei einem wie im *Sommernachtstraum* ein Liebestrank verabreicht worden, nur dass man nach dem Erwachen als Erstes nicht ein Objekt der Liebe sah, sondern etwas Furchterregendes, etwas, was einen kurz zuvor gemartert hatte.

Doch das konnte für Rachel in jenem Augenblick nicht zutreffen, denn der erste Mensch, den sie sah, war der Boxer, der sie im Arm hielt, sie beruhigte, genau das Richtige tat, damit sie sich geborgen fühlen konnte, wie damals, als er mir in ihrem Zimmer die unglaubliche Geschichte von seinem epileptischen Hund erzählt hatte.

Und noch etwas: Gleichgültig, ob meine Schwester unmittelbar nach einem Anfall misstrauisch oder zornig auf mich reagierte, wenige Stunden später würde sie mit mir Karten spielen oder mir bei meinen Hausaufgaben in Mathematik helfen. Meiner Mutter gegenüber war sie ganz anders. Ihr strenges Urteil blieb bestehen, sie schloss ihre Tür vor ihr ab. Sie ging lieber in ein Internat, das sie nicht ausstehen konnte, um ihr nicht nahe sein zu müssen. Immer wieder sagte sie heftig: »Ich hasse meine Mutter.« Ich hatte geglaubt, nach der Rückkehr unserer Mutter würden wir wieder in ihren Armen landen. Aber meine Schwester blieb unversöhnlich. Als sie den Falter in der Lobby des Bark Theatre liegen sehen hatte, drehte sie sich um und schrie unsere Mutter an. Und es scheint, als hätte sie nie aufgehört zu schreien. Unsere jetzt schon gespaltene Familie wurde noch einmal gespalten. Von da an fühlte sich Rachel bei fremden Menschen sicherer. Es waren Fremde gewesen, die sie gerettet hatten.

Das war die Nacht, in der uns der Falter schließlich verließ. Einmal hatte er mir im Schein eines Gasfeuers in den Ruvigny Gardens versprochen, er werde bei mir bleiben, bis meine Mutter zurückkomme. Und er hatte das Versprechen gehalten. Dann war er von uns gegangen in der Nacht, als meine Mutter wiederkam.

*

Eines Tages verließ ich das Archiv früh, um eine von Rachels Theatervorstellungen zu besuchen. Wir hatten uns lange nicht gesehen. Mir war bewusst, dass sie mir aus dem Weg ging, und ich wollte mich nicht in ihr Leben einmischen. Ich hatte gehört, dass sie an einem kleinen Marionettentheater arbeitete und mit jemandem zusammenlebte, doch hatte sie nie mit mir darüber gesprochen. Nun aber hatte ich eine höfliche, freilich knappe und unverbindliche Mitteilung von ihr über ein Stück bekommen, in dem sie mitwirkte. Sie schrieb, ich bräuchte mich nicht verpflichtet zu fühlen, doch das Stück werde drei Abende hintereinander in der ehemaligen Werkstatt eines Küfers gegeben. Die Botschaft war so vorsichtig formuliert, dass es mir fast das Herz brach.

Das Publikum füllte nur ein Drittel des Raums, deshalb wollte man uns in letzter Minute auf die vorderen Plätze lotsen. Ich sitze immer hinten, besonders bei Aufführungen, an denen ein Verwandter oder ein Zauberer mitmacht, und deshalb blieb ich, wo ich war. Wir saßen lange Zeit im Dunkeln, bis das Stück begann.

Als es vorbei war, wartete ich am Ausgang. Rachel erschien nicht, also ging ich wieder zurück, durch verschiedene Türen und an provisorischen Kulissen vorbei. An einer freigeräumten Stelle standen zwei Bühnenarbeiter und rauchten. Sie sprachen eine Sprache, die ich nicht identifizieren konnte. Ich nannte den Namen meiner Schwester, und sie zeigten auf eine Tür. Rachel betrachtete sich in einem kleinen Handspiegel und wischte sich weiße Schminke aus dem Gesicht. Ein Säugling lag in einem kleinen Korb neben ihr.

»Hallo, Wren.« Ich trat ins Zimmer und betrachtete das Kind, während Rachel mich beobachtete. So sah sie mich gewöhnlich nicht an: Es war ein Blick, in dem sich verschiedene Emotionen die Waage hielten. Sie wartete darauf, dass ich etwas sagte.

»Ein Mädchen.«

»Nein, ein Junge. Er heißt Walter.«

Unsere Blicke begegneten sich, blieben aufeinander gerichtet. Es war sicherer, in diesem Augenblick auf Worte zu verzichten. Auslassungen und Stillschweigen hatten unsere Kindheit und Jugend begleitet. Als könnte das, was noch nicht enthüllt

worden war, nur erraten werden, so wie wir den stummen In-
halt eines Koffers voller Kleider hatten deuten müssen. Rachel
und ich waren einander schon vor langem abhandengekom-
men, bei all diesen Verwirrungen, all diesem Schweigen. Doch
nun, neben diesem Kind, umgab uns eine Intimität wie seiner-
zeit, wenn Rachels Gesicht nach einem Anfall schweißbedeckt
war und ich sie an mich drückte. Als es am besten gewesen war,
wenn man nichts sagte.

»Walter«, sagte ich leise.

»Ja, der liebe Walter«, antwortete sie.

Ich fragte sie, wie es für sie gewesen war, als wir unter dem
Bann des Falters gestanden hatten, und gestand, ich hätte mich
in seiner Nähe immer unsicher gefühlt. Sie ging sofort auf
mich los. »Unter seinem Bann? Wir waren in seiner Obhut. Du
hast ja *keine Ahnung*, was gespielt wurde. Er war es, der uns beschützt hat. Er war es, der mich immer wieder ins Krankenhaus
gebracht hat. Du hast nicht wissen wollen, was unsere Eltern
uns angetan haben.«

Sie wandte sich um und sammelte ihre Sachen ein. »Ich
muss los. Ich werde abgeholt.«

Ich fragte sie, was für eine Musik in dem Moment gespielt
worden war, als nur noch sie auf der Bühne gestanden hatte,
eine große Puppe im Arm. Die Musik hatte mich beinahe zu
Tränen gerührt. Es war eigentlich nicht wichtig, doch es gab so
viele Fragen, die ich meiner Schwester hatte stellen wollen, Fragen, von denen ich freilich wusste, dass sie sie nie beantworten
würde. Nun berührte sie meine Schulter, als sie sprach.

»Es war Schumanns ›Mein Herz ist schwer‹. Du kennst das
Lied, Nathaniel. Das haben wir ein-, zweimal in der Woche
zu Hause gehört, spätabends, wenn das Klavier wie ein Faden

durch die Dunkelheit führte. Wenn du mir gesagt hast, du würdest dir vorstellen, unsere Mutter singe mit. Das war das Schwere.«

Sie schob mich sanft zur Tür. »Man hat uns beschädigt, Nathaniel. Das musst du erkennen. Was ist mit dem Mädchen passiert, von dem du mir nie erzählt hast?«

Ich wandte mich zum Gehen. »Ich weiß nicht.«

»Du kannst nach ihr suchen. Dein Name ist Nathaniel, nicht Stitch. Ich bin nicht Wren. Wren und Stitch sind alleingelassen worden. Such dir deine eigene Familie. Das hat dir selbst dein Freund, der Boxer, gesagt.«

Sie trug ihr Kind im Arm und winkte mir mit seiner kleinen Hand einen halben Gruß zu. Sie hatte mir nur ihren Sohn zeigen, nicht mit mir sprechen wollen. Ich verließ das kleine Zimmer und befand mich wieder im Dunkeln. Nur unter der Tür, die ich gerade hinter mir geschlossen hatte, war ein schmaler Lichtstreifen zu sehen.

Arthur McCash

Als Erstes stieß ich auf geheime Aufzeichnungen über Roses frühe Aktivitäten während des Krieges als Funkerin, angefangen mit ihrer Arbeit als angeblicher Feuerwache auf dem Dach des Grosvenor House Hotel, dann in Chicksand's Priory, wo sie deutsche Funksignale abhörte, abänderte und auf Geheiß der »Täuscher in London« weitersandte. Mehrmals war sie auch als Dechiffriererin nach Dover gefahren, wo sie inmitten der gigantischen Antennen entlang der Küste die unterschiedlichen Rhythmen deutscher Morsefunker zu identifizieren hatte; eine bestimmte Frequenz zu erkennen gehörte zu ihren besonderen Fähigkeiten.

Erst den neueren Dossiers, die in tieferen, geheimnisvolleren Bereichen begraben waren, ließ sich entnehmen, dass sie auch nach dem Ende des Krieges im Ausland aktiv gewesen war. So tauchte zum Beispiel bei der Untersuchung auf den Anschlag im King David Hotel in Jerusalem ihr Name auf, und er kam auch in manchen Berichten über Italien, Jugoslawien und andere Balkanländer vor. In einem Bericht wurde erwähnt, dass sie für kurze Zeit bei einer kleinen, in der Nähe von Neapel stationierten Einheit gewesen war, wohin zwei Männer und eine Frau geschickt worden waren, um den Kern einer immer noch heimlich operierenden Gruppe »unschädlich zu machen«, wie der Bericht es drastisch ausdrückte. Ein Teil ihrer Einheit war gefangen genommen oder getötet worden. Vielleicht seien sie verraten worden, hieß es.

Zumeist sah ich freilich nur verwischte Stempel mit Namen

von Städten auf ihren Pässen, die falschen Namen, die sie benutzt hatte, Daten, die gelöscht worden waren, und ich war mir nicht sicher, wo genau sie zu welcher Zeit gewesen war. Mir wurde klar, dass die Narben an ihrem Arm das einzige echte Indiz waren, das ich besaß.

Ich traf Arthur McCash zufällig ein zweites Mal. Er war im Ausland gewesen, und nach einem vorsichtigen Gespräch gingen wir gemeinsam essen. Er fragte mich nicht, worin meine Arbeit bestand, so wenig wie ich ihn fragte, wo er stationiert gewesen war. Ich kannte mich inzwischen mit den sozialen Codes innerhalb des Gebäudes aus und wusste, dass wir im Lauf unserer Unterhaltung an jenem Abendessen alle irgendwie bedeutsamen Themen vermeiden mussten. Irgendwann fragte ich mich laut nach der Rolle, die der Falter in unserem Leben gespielt hatte, in dem Gefühl, diese Frage sei gerade noch harmlos und erlaubt. McCash winkte ab. Wir waren in einem Restaurant, das ein ganzes Stück weit von unserem Arbeitsplatz entfernt war, doch er sah sich sofort um. »Ich kann darüber nicht sprechen, Nathaniel.«

Unsere Tage und Abende in den Ruvigny Gardens hatten sich fern von Whitehall abgespielt, doch McCash meinte immer noch, er könne nicht über jemanden sprechen, von dem ich annahm, er habe nichts mit Staatsgeheimnissen zu tun. Während alles nur mit Rachel und mir zu tun hatte. Wir saßen eine Weile stumm da. Ich wollte nicht nachgeben und auch nicht das Thema wechseln, ärgerte mich, dass wir gezwungen waren, einander fremd zu sein. Halb im Spaß fragte ich ihn, ob er sich an einen Imker erinnere, der oft zu uns gekommen sei, einen Mr Florence. Ich müsse mit ihm sprechen, sagte ich. Ich hätte nun Bienen in Suffolk und bräuchte einen Rat. Ob er eine Adresse habe?

Schweigen.

»Er ist doch bloß ein Imker! Ich muss eine tote Königin ersetzen. Sie machen sich lächerlich.«

»Vielleicht.« McCash zuckte die Schultern. »Ich dürfte eigentlich gar nicht zusammen mit Ihnen essen.« Er schob seine Gabel näher an den Teller heran und schwieg, während man uns das Essen servierte, nahm dann den Faden wieder auf, als der Kellner abzog.

»Aber etwas gibt es doch, was ich Ihnen sagen will, Nathaniel … Als Ihre Mutter den Dienst verließ, löschte sie aus einem einzigen Grund jegliche Spuren. Niemand sollte noch einmal hinter Ihnen und Rachel her sein. Das war ihr einziger Gedanke. Und es waren immer Menschen um Sie, die auf Sie aufpassten. Ich bin deshalb mehrmals in der Woche in die Ruvigny Gardens gekommen, um ein Auge auf Sie zu haben. Ich war es, der Ihre Mutter, als sie sich kurz in England aufhielt, zu diesem Club in Bromley brachte, sodass sie Sie wenigstens aus der Ferne tanzen sehen konnte. Und Sie müssen auch wissen, dass die Leute, mit denen sie zusammenarbeitete, auch noch nachdem der Krieg angeblich vorbei war, Männer wie Felon oder Connolly, unsere wichtigsten Schutzschirme und Bannerträger waren.«

Arthur McCashs Gesten waren von etwas geprägt, das ich »englische Nervosität« nennen möchte. Während er sprach, sah ich zu, wie er mehrmals sein Wasserglas, eine Gabel, einen leeren Aschenbecher und die Butterdose hin und her bewegte. Das verriet mir, wie rasch eigentlich sein Gehirn funktionierte, und machte deutlich, dass das Hin-und-her-Bewegen dieser Hindernisse ihm dazu verhalf, sein Tempo zu drosseln.

Ich sagte nichts. Ich wollte nicht, dass er erfuhr, was ich entdeckt hatte. Er war ein pflichtbewusster Beamter und befolgte die Regeln.

»Sie hielt sich fern von Ihnen beiden, weil sie fürchtete, man könnte Sie mit ihr in Verbindung bringen, man würde Sie benutzen, um gegen sie vorzugehen. Es stellte sich heraus, dass sie recht hatte. Sie war selten in London, aber sie war gerade zurückbeordert worden.«

»Und mein Vater?«, fragte ich leise.

Es entstand eine kurze Pause. Er machte eine abwehrende Geste, die wohl besagen sollte: Es war Schicksal.

Er bezahlte die Rechnung, und an der Tür gaben wir uns die Hand. An diesem Abschied war irgendetwas Endgültiges, als würden wir uns nicht mehr auf diese Weise wiedersehen. Als er mir Jahre zuvor in der Victoria Station fast ungemütlich nahe gekommen war und mich zu einem Tee in der Cafeteria eingeladen hatte, war mir nicht bewusst gewesen, dass er ein Kollege meiner Mutter war. Nun entfernte er sich rasch von mir, als sei er froh, wegzukommen. Ich wusste noch immer nichts von seinem Leben. Wir hatten einander lange Zeit umkreist. Dieser Mann, der es zufrieden war, kein Wort über seine mutige Tat in der Nacht, als er uns gerettet hatte, zu verlieren, jener Nacht, als meine Mutter wieder in mein Leben getreten war, meine Schulter berührt und mich mit meinem alten Spitznamen angesprochen hatte – »Hallo, Stitch«. Dann war sie rasch auf ihn zugegangen, hatte sein blutiges weißes Hemd aufgeknöpft und ihn nach dem Blut gefragt.

Wessen Blut ist es?

Meins. Nicht das von Rachel.

Unter den blütenweißen Hemden von McCash würden immer die Narben sein, Andenken an den Augenblick, als er mich und meine Schwester beschützt hatte. Doch nun wusste ich zumindest, dass er meine Mutter auf dem Laufenden über uns gehalten hatte, in den Ruvigny Gardens ihre geheime Kamera gewesen war, Bescheid über all die anderen im Haus gewusst hatte. So wie der Falter, wie Rachel sagte, sich mehr um uns gekümmert hatte, als uns bewusst gewesen war.

Mir fiel ein Wochenende ein, als der Falter und ich am Rand des Serpentine gestanden und zugesehen hatten, wie Rachel ins Wasser watete, um etwas aufzufischen, wie sie ihr Kleid angehoben hatte und mit vornübergebeugtem Körper die nackten Beine berührte. War es ein Fetzen Papier? Ein Vogel mit gebrochenem Flügel? Es spielt keine Rolle. Von Bedeutung war nur, dass ich sah, als ich zu dem Falter hinüberblickte, wie er Rachel genau im Auge behielt, nicht einfach so, sondern beständig um sie besorgt. Und den ganzen Nachmittag lang hatte Walter – nennen wir ihn nun Walter – jeden angestarrt, der in unsere Nähe kam, als drohe ihr irgendeine Gefahr. Es musste Tage gegeben haben – die ganze Zeit, in der ich nicht mit ihnen zusammen war, weil ich mich mit dem Boxer herumtrieb –, wenn der Falter den Blick ausschließlich auf Rachel gerichtet haben musste auf seine beschützende Art.

Nun wusste ich, dass auch Arthur McCash uns beschützt hatte, ein-, zweimal in der Woche vorbeigekommen war, um ein Auge auf uns zu haben. Doch als er mich nach unserem Abendessen verließ, hatte ich ein Gefühl ihm gegenüber wie damals, als ich fünfzehn war. Er war immer noch derselbe Einzelgänger, als sei er gerade frisch aus Oxford angekommen mit seinem unanständigen Limerick, ein Mann, der nicht den Eindruck machte, als stamme er aus einer bestimmten Gegend. Hätte ich mich nach seiner Schulzeit erkundigt, hätte er mir jedoch bestimmt die Farben seines Schals oder sein Internat beschreiben können, das wahrscheinlich nach irgendeinem englischen Forscher benannt war. Tatsächlich kommt mir manchmal Ruvigny Gardens noch immer wie die Bühne einer Laientheatertruppe vor, wo ein Mann namens Arthur auftritt und unbeholfene Sätze spricht und weggeht, wenn das Spiel vorbei ist – aber *wohin?* Es war eine Rolle, die für ihn geschrieben worden war, eine Randfigur, und das führte schließlich dazu, dass er in einem Nebenraum des Bark Theatre ausgestreckt auf einem Sofa lag und Blut durch sein weißes Hemd und den Hosenbund sickerte. Es war ein Moment, der geheim bleiben, sich hinter der Bühne abspielen musste.

Doch das Tableau jener Nacht kehrt immer wieder: meine Mutter, die einen Stuhl zu McCash herzieht, die einzelne Lampe mit dem schwachen Licht in dem Raum, ihr schöner Hals, ihr schönes Gesicht nach unten gebeugt, wie sie seine Wange kurz küsst.

»Kann ich dir helfen, Arthur?«, höre ich sie sagen. »Gleich kommt ein Arzt …«

»Mir fehlt nichts, Rose.« Sie sieht über ihre Schulter zu mir hin, knöpft sein Hemd auf, zieht es aus der Hose, um zu sehen, wie schlimm die Verletzungen sind, wischt mit ihrem Baumwollschal das hervorquellende Blut ab. Greift nach einer Flasche Wasser.

»Er hat nicht richtig fest zugestochen.«

»Aber es sind Wunden. Das sehe ich. Wo ist Rachel jetzt?«

»Es geht ihr gut«, sagt er. »Sie ist mit Norman Marshall.«

»Wer ist das?«

»Der Boxer«, sage ich quer durch den Raum. Und sie dreht sich um und sieht mich wieder an, als sei sie überrascht, dass es etwas gibt, was ich weiß und sie nicht.

Eine berufstätige Mutter

Ich verfolgte die Spur meiner Mutter, die nach ihrer Rückkehr den Geheimdienst ganz plötzlich verlassen und alle Kontakte abgebrochen hatte, dann ohne großes Trara nach Suffolk gezogen war, während Rachel und ich unsere letzten Schuljahre weit voneinander entfernt verbrachten. So hatten wir weder eine Mutter in der Zeit, als sie auf dem Kontinent arbeitete, noch in der nachfolgenden Periode, als sie wieder zu einer anonymen Zivilistin wurde und all ihre falschen Namen tilgte.

Ich stieß auf ein paar Notizen, nach der Zeit verfasst, als sie den Geheimdienst verlassen hatte, in denen sie gewarnt wurde, der Name Viola sei in einem neuen Dokument wiederaufgetaucht und möglicherweise hätten die, die nach ihr gesucht hatten, immer noch nicht aufgegeben. Sie reagierte, indem sie es ablehnte, »Personal aus London« zu ihrem Schutz zu akzeptieren, und beschloss stattdessen, jemanden außerhalb ihres professionellen Kreises zu finden, der nicht über ihre Sicherheit, sondern die ihres Sohnes wachen sollte, wenn er bei ihr zu Besuch wäre. Also überredete sie ohne mein Wissen Sam Malakite, den Gärtner aus ihrer Nachbarschaft, mir einen Job anzubieten. Niemand, der einst zur Welt meiner Mutter gehört hatte, wurde zu uns nach Hause eingeladen.

Ich hatte damals keine Ahnung, dass Leute noch immer nach einer Rose Williams suchten, und wusste daher auch nicht, dass ich unter Schutz stand. Erst nach dem Tod meiner Mutter entdeckte ich, dass sie für ihre Kinder, auch für Rachel, die so weit weg in Wales war, verschiedene Beschützer besorgt hatte.

So war Arthur McCash durch Sam Malakite ersetzt worden, einen Gärtner, der nie eine Waffe trug, es sei denn, man würde seine dreizinkige Pflanzgabel oder seine Gartenschere als Waffe betrachten.

Ich weiß noch, dass ich meine Mutter einmal fragte, wie es kam, dass sie Mr Malakite mochte, denn es war klar, dass sie ihn sehr gernhatte. Sie kniete im Garten neben der Kapuzinerkresse, lehnte sich zurück und schaute nicht mich an, sondern in die Ferne. »Es war, als er einmal mitten im Gespräch sagte: ›Ich glaube, ich rieche Kordit.‹ Vielleicht war es dieses beiläufig erwähnte, unerwartete Wort, das mir so gefiel. Oder das mich animierte. Es gehörte zu einem Wissensbereich, in dem ich mich auskannte.«

Für mich aber verkörperte Sam Malakite nur Aspekte aus der Welt, in der er selbst lebte. Nie stellte ich ihn mir vor als Teil einer Welt, die mit Brandstiftung und Kordit zu tun hatte. Er war der unkomplizierteste, solideste Mensch, den ich kannte. Zu unserer Erbauung holten wir uns mittwochs auf dem Weg zur Arbeit das vierseitige Nachrichtenblatt, privat herausgegeben von Reverend Mint, dem Pfarrer der Gegend, der sich für den einheimischen Kilvert hielt. Der Mann tat nicht viel für das Dorf, außer dass er einer Gemeinde von rund zwanzig Menschen einmal pro Woche eine Predigt hielt. Doch es gab seine Zeitung. Die Predigt und die Zeitung verwandelten jedwedes lokale Vorkommnis in eine moralische Parabel, koste es, was es wolle. Jemand wurde ohnmächtig in der Bäckerei, ein Telefon läutete ununterbrochen an der Ecke Adamson Road, aus dem Süßwarenladen war ein Karton mit Gummibonbons gestohlen worden, im Radio hatte man das Wort »Laie« falsch verwendet – all diese Dinge fanden Eingang in die Predigt und dann noch einmal in das *Mint Light*, und auf Teufel komm raus wurde ein spiritueller Gehalt gesucht und auch gefunden.

Im *Mint Light* wäre ein Angriff vom Mars unerwähnt geblieben. Selbst zwischen 1939 und 1945 hatte Pfarrer Mint seine Prinzipien beibehalten und vornehmlich lokale Beschwerden wie gegen das Auftreten von Kaninchen in den Victory Gardens gedruckt. *Donnerstag, 00.01 Uhr*, hatte ein Polizist »emotionale Gefühle«, als er während eines Gewitters nachts ein letztes Mal auf Streife ging. *Sonntag, 16.00 Uhr*, wurde eine Autofahrerin von einem Mann, der eine Leiter trug, auf die Seite gewinkt. Wenn dann die Sonntagspredigt gehalten wurde, bekam die unerlaubt ausgeliehene Leiter oder die Taschenlampe, die ein Schuljunge auf eine Nachbarskatze gerichtet hatte, »im Versuch, sie mit einer kreisförmigen Schwenkbewegung zu hypnotisieren«, eine tiefere biblische Bedeutung, wobei man die hypnotisierte Katze leicht in Verbindung zum heiligen Paulus bringen konnte, der auf der Straße nach Damaskus geblendet worden war. Wir besorgten uns das *Mint Light* und lasen uns in bedeutungsschwangerem Ton gegenseitig daraus vor, nickten vielsagend und rollten zugleich mit den Augen. Mr Malakite glaubte, sein eigener Tod würde dereinst, weil er der Stadtgärtner war, in Zusammenhang mit der Speisung der Fünftausend gebracht werden. Keiner las das *Mint Light* so gründlich wie wir. Außer merkwürdigerweise meiner Mutter. Wenn Mr Malakite mich mittwochs nach Hause fuhr, lud sie ihn zu Tee und Brötchen mit Fischpaste ein, nahm ihm das *Mint Light* weg und verzog sich damit zum Schreibtisch. Sie lachte nicht bei der Lektüre, und inzwischen weiß ich, dass meine Mutter nicht nach den absurden religiösen Vergleichen suchte, sondern feststellen wollte, ob es möglicherweise einen

Hinweis auf einen Fremden in der Nachbarschaft gab. Sie sah eigentlich nur Mr Malakite und ab und zu den Briefträger. Sie duldete nicht einmal ein Haustier. Mit dem Ergebnis, dass es eine wilde Katze gab, die im Freien, und eine Ratte, die im Haus lebte.

Mein nomadisches schulisches Leben hatte zur Folge, dass ich diskret und selbständig war und Auseinandersetzungen aus dem Weg ging. Ich vermied alles, was »schwer« war, und hielt mich aus Debatten heraus, als hätte ich eine Nickhaut, wie Vögel und manche Fische sie haben, die es ihnen ermöglicht, sich stumm und beinahe höflich aus ihrer Umgebung zu verabschieden. Wie meine Mutter liebte ich Zurückgezogenheit und Einsamkeit. Wir beide mochten einen Raum, in dem nicht gestritten wurde, und einen kargen Esstisch.

Nur in unserem Verhältnis zu Kleidung unterschieden wir uns. Da ich so viel unterwegs gewesen war, fühlte ich mich zuständig für ein ordentliches Auftreten. Dass ich meine eigenen Sachen bügelte, gab mir das Gefühl, ich hätte die Dinge im Griff. Auch als ich mit Mr Malakite auf dem Feld arbeitete, wusch und bügelte ich alles, was ich trug. Meine Mutter hingegen legte eine Bluse zum Trocknen auf den nächstbesten Busch und zog sie dann einfach wieder an. Falls sie meine Pingeligkeit verachtete, sagte sie jedenfalls nichts, vielleicht fiel es ihr nicht einmal auf. Doch wenn wir einander abends am Tisch gegenübersaßen, nahm ich ihr schmales Gesicht mit den hellen Augen ebenso wahr wie das ungebügelte Hemd, von dem sie fand, es sei gut genug für den Anlass.

Sie umgab sich mit Stille, hörte kaum Radio, höchstens Hörspielbearbeitungen klassischer Romane wie *Precious Bane* oder *Lolly Willowes*, die sie als junges Mädchen gelesen hatte. Nie die Nachrichten. Nie politische Kommentare. Sie hätte in einer Welt von vor zwanzig Jahren leben können, als ihre Eltern noch in White Paint gewohnt hatten. Diese Stille, diese Leere verdeutlichte noch die Distanz zwischen uns. Bei einer der seltenen schonungslosen Debatten, als ich meiner Mutter vorhielt, dass sie uns im Stich gelassen hatte, antwortete sie allzu rasch: »Aber Olive war ja eine Weile bei euch. Sie hat mich auf dem Laufenden gehalten.«

»Moment mal – Olive? Du hast Olive Lawrence gekannt?« Sie wich zurück, als hätte sie zu viel preisgegeben.

»Die *Eth-no-gra-fin*? Du hast sie gekannt?«

»Sie war nicht bloß eine Ethnografin, Stitch!«

»Was war sie noch?«

Sie antwortete nicht.

»Wen noch? Wen hast du sonst noch gekannt?«

»Ich habe Kontakt gehalten.«

»Wunderbar. Du hast Kontakt gehalten. Das freut mich für dich. Du hast uns verlassen, ohne ein Wort zu sagen. Ihr beide habt es getan.«

»Ich hatte meine Arbeit. Hatte Verantwortung zu tragen.«

»Nicht uns gegenüber! Rachel hasst dich so, dass sie nicht einmal mit mir reden will. Weil ich hier bei dir bin, hasst sie auch mich.«

»Ja, meine eigene Tochter hat mich verurteilt.«

Ich hob den Teller auf, der vor mir stand, und schleuderte ihn heftig gegen die Wand, als würde dies das Gespräch beenden. Doch der Teller flog hoch, prallte gegen die Kante des Geschirrschranks und zerbrach. Eine Scherbe traf ihre Stirn knapp über dem Auge. Dann zersprang sie klirrend am Boden. Es war still, beide sagten wir nichts, Blut lief ihr über eine Seite des Gesichts. Ich ging auf sie zu, doch sie hob die Hand, um mich zurückzuhalten, fast abschätzig. Sie stand da, ungerührt, streng, griff sich nicht einmal an die Stirn, um die Wunde zu betasten. Hielt nur die Handfläche gegen mich ausgestreckt, um zu verhindern, dass ich näher kam, dass ich ihr half, so als sei sie überhaupt nicht verletzt, als sei das gar nichts. Es hatte Schlimmeres gegeben. Es war dieselbe Küche, in der ich die Narben an ihrem Arm gesehen hatte.

»Wohin bist du gegangen? Sag mir doch wenigstens *irgendetwas.*«

»Alles ist anders geworden in der Nacht, als ich mit Rachel und dir hier in White Paint war, als wir die Bomber über uns hörten. Ich musste aktiv werden, um euch zu schützen. Ich habe geglaubt, es wäre wichtig für eure Sicherheit.«

»Mit wem warst du zusammen? Wie hast du Olive kennengelernt?«

»Du hast sie doch gemocht, nicht wahr …? Jedenfalls war sie nicht nur eine Ethnografin. Ich erinnere mich, dass sie einmal zu einer Gruppe von Meteorologen gehörte, die in Segelflugzeugen über dem Ärmelkanal flogen. Eine Woche lang zeichneten die Wissenschaftler Windgeschwindigkeit und Luftströmungen auf, und Olive war mit dabei, oben am Himmel, und berechnete, wie das Wetter würde, ob es regnen würde, damit der Tag der Invasion festgelegt oder verschoben werden konnte. Sie hatte auch mit andern Dingen zu tun. Aber das reicht.«

Sie hielt noch immer die Hand hoch, als mache sie eine Aussage vor Gericht, was sie eigentlich nicht wollte. Dann wandte sie sich um, bückte sich und wusch am Ausguss das Blut ab.

Sie fing an, da und dort Bücher für mich hinzulegen, zumeist Romane, die sie im College gelesen hatte, vor der Heirat mit meinem Vater. »Oh, er war ein großer Leser ... Das hat uns wahrscheinlich zusammengebracht ... am Anfang.« Es gab im ganzen Haus viele Balzac-Romane in französischen Taschenbuchausgaben, ich wusste, die liebte sie leidenschaftlich. Sie schien nicht mehr an irgendwelchen Vorgängen in der Außenwelt interessiert, nur an Romanfiguren wie Rastignac. Ich glaube nicht, dass ich sie interessierte, auch wenn sie vielleicht meinte, sie müsse auf irgendeine Weise Einfluss auf mich ausüben. Aber ich glaube nicht, dass sie unbedingt von mir geliebt werden wollte.

Sie schlug vor, mir Schach beizubringen, vermutlich eine Art Metapher für unseren privaten Kampf, und ich zuckte zustimmend die Schultern. Sie stellte sich als überraschend gute Lehrerin heraus, erklärte bedachtsam die Spielregeln. Sie ging erst dann zum nächsten Schritt über, wenn sie sich sicher war, dass ich verstanden hatte, was sie mir gerade beigebracht hatte. Wenn ich ungeduldig reagierte, fing sie wieder von vorn an – ich konnte sie nicht mit einem verständigen Nicken täuschen. Es war unendlich langweilig. Ich wollte draußen auf den Feldern sein. Und nachts konnte ich nicht schlafen, weil sich mir Strategien im Dunkeln eröffneten.

Ein, zwei Wochen später fingen wir dann richtig zu spielen an, und sie schlug mich gnadenlos, stellte dann die verhängnisvollen Figuren um, damit ich erkannte, wie ich einer Gefahr hätte entkommen können. Plötzlich gab es siebenundfünfzig verschiedene Arten, einen leeren Raum zu durchqueren, als wäre ich eine Katze, die mit zuckenden Ohren einen unbekannten Pfad betrat. Während wir spielten, sprach sie unaufhörlich, entweder um mich abzulenken oder um etwas Wichtiges zum Thema Konzentration zu sagen. Sie orientierte sich an einem berühmten Sieg im Jahr 1858 mit einer Reihe von Zügen, die man »Opernpartie« betitelt hatte, denn das Spiel war tatsächlich während einer Aufführung von Bellinis *Norma* in einer Loge gespielt worden. Meine Mutter liebte diese Musik, und der amerikanische Schachspieler, der ebenfalls ein Opernliebhaber war, hatte hin und wieder das Geschehen auf der Bühne verfolgt, während er gegen einen französischen Grafen und einen deutschen Herzog spielte, die sich dauernd lauthals berieten. Dabei ging es meiner Mutter um das Thema Ablenkung. Priester wurden bestochen und auf offener Bühne ermordet, Hauptfiguren wurden am Schluss auf einem Scheiterhaufen verbrannt, und während der ganzen Zeit konzentrierte sich der amerikanische Schach- und Opernenthusiast auf seine Strategie und ließ sich von der wundervollen Musik nicht ablenken. Er war das Vorbild meiner Mutter für beispiellose Konzentration.

Eines Abends, als sich oben am Ende des Tals ein Gewitter zusammenbraute, saßen wir uns an einem Tisch im Gewächshaus gegenüber. Neben uns stand eine Natriumdampflampe. Meine Mutter stellte Bauern und Türme in Ausgangsposition, während der Sturm über uns hereinbrach. Wir fühlten uns Blitz und Donner innerhalb der dünnen Glashülle nahezu schutzlos ausgeliefert. Draußen hätte Bellinis Oper aufgeführt werden können, drinnen herrschte inmitten der Pflanzen eine stickige Luft, und zwei elektrische Heizkörper versuchten den Raum zu erwärmen. Wir setzten unsere Figuren im schwachen gelben Licht der Lampe. Ich schlug mich gut, trotz der Ablenkung. Meine Mutter rauchte, in ihre blaue Wolljacke gehüllt, und sah mich kaum an. Im Lauf des ganzen August hatte es Stürme gegeben und dann am nächsten Morgen ein klares frisches Licht, als breche ein neues Jahrhundert an. Konzentrier dich, flüsterte sie, während wir unter den Salven und dem bengalischen Feuer des Gewitters wieder einmal einen kleinen Wettstreit austrugen. Ein Blitz leuchtete für den Bruchteil einer Sekunde auf, und ich sah, wie sie für einen Moment in den falschen Schützengraben fiel, sah deutlich den Zug, der mir noch blieb, aber dann noch einen, der falsch, aber vielleicht sogar noch besser war. Ich spielte ihn sofort, und sie sah, was ich gemacht hatte. Der Lärm tobte um uns herum, aber nun achteten wir kaum noch darauf. Ein gleißender Blitz erhellte das Gewächshaus, und ich sah ihr Gesicht. Was drückte es aus? Überraschung? Eine Art Freude?

Nun also doch eine Mutter und ein Sohn.

*

Wenn man im Ungewissen aufwächst, zählt nur der tägliche Umgang mit den Menschen, und will man sich noch sicherer sein, sogar der stündliche. Man beschäftigt sich nicht mit dem, was man von ihnen in Erinnerung behalten müsste oder sollte. Man ist ganz auf sich gestellt. Ich brauchte daher lange, um der Vergangenheit zu trauen und zu lernen, wie man sie zu deuten hatte. Meine Erinnerung an Verhaltensweisen war nicht konsistent. Den größten Teil meiner Jugend hatte ich mich gerade so in der Schwebe, im Gleichgewicht gehalten. Bis dann Rose Williams in einem Gewächshaus saß und in der künstlichen Wärme ihren Sohn, das eine ihrer beiden Kinder, das noch bei ihr bleiben wollte, beim Schachspielen zu schlagen versuchte.

Manchmal trug sie einen Morgenmantel, aus dem ihr zarter Hals hervorschaute, manchmal ihre blaue Wolljacke. Sie zog sie so hoch ins Gesicht, dass ich nur ihre misstrauischen Augen, ihr lohfarbenes Haar sehen konnte.

»Verteidigung ist Angriff«, sagte sie mehr als einmal. »Das Erste, was ein guter militärischer Führer kennen muss, ist die Kunst des Rückzugs. Man muss wissen, wie man in den Kampf zieht, und dann aber auch, wie man unbeschadet davonkommt. Herkules war ein großer Krieger, doch er starb eines gewaltsamen Todes zu Hause in einem vergifteten Umhang. Es ist eine alte Geschichte. Zum Beispiel ist die Sicherheit deiner beiden Läufer wichtig, auch wenn du deine Dame opferst. *Nein – tu's nicht!* Du hast diesen Zug gemacht, also mach ich den. Ein Gegner wird dich für kleine Fehler bestrafen. In drei Zügen bist du schachmatt.« Und bevor sie mit ihrem Springer vorrückte, beugte sie sich vor und zerzauste mein Haar.

Ich konnte mich nicht erinnern, wann meine Mutter mich das letzte Mal berührt hatte. Ich wusste nie, ob sie mir bei diesen Turnieren etwas beibringen oder mich grob behandeln würde. Manchmal wirkte sie unsicher, eine Frau aus einer früheren Dekade, sterblich. Ich kam mir vor wie auf einer Bühne. Es war etwas an diesen Abenden, das es mir erlaubte, mich im Halbdunkel allein auf sie über den Tisch hinweg zu konzentrieren, auch wenn ich wusste, dass sie selbst die Ablenkung war. Ich sah, wie schnell ihre Hände sich bewegten, wie ihr Blick sich nur für das interessierte, was ich dachte. Uns beiden schien es, als gäbe es niemanden sonst auf der Welt.

Am Ende jenes Spiels platzierte sie die Figuren wieder auf dem Schachbrett, bevor sie sich zurückzog; ich wusste allerdings, dass sie noch ein paar Stunden aufbleiben würde. »Das ist die erste Partie, die ich auswendig gelernt habe, Nathaniel. Es ist die Partie in der Oper, von der ich dir erzählt habe.« Sie stand vor dem Brett und spielte mit der einen Hand Weiß, mit der anderen Schwarz. Ein paarmal wartete sie darauf, dass ich einen Zug vorschlug. »Nein, so!«, sagte sie dann, nicht irritiert über meinen Vorschlag, sondern voller Bewunderung für den Zug des Meisters. »Siehst du, *hierher* ist er mit seinem Springer gegangen.« Sie bewegte die Hände immer schneller, bis alle schwarzen Figuren eliminiert waren.

Ich hatte eine Weile gebraucht, um zu erkennen, dass ich meine Mutter lieben musste, um zu begreifen, wer sie nun war und wer sie wirklich gewesen war. Das war schwierig. Zum Beispiel fiel mir auf, dass sie mich nicht gern allein im Haus zurückließ. Sie vermied es, wegzugehen, wenn ich zu Hause blieb, als argwöhne sie, dass ich in ihren privaten Dingen wühlen würde. Und sie war doch meine Mutter! Das erwähnte ich ihr gegenüber einmal, und sie war so verlegen, dass ich einen Rückzieher machte und mich entschuldigte, bevor sie sich hätte verteidigen müssen. Später sollte ich entdecken, dass sie sich bestens auf der Bühne des Krieges auskannte, aber in jenem Augenblick hatte ihre Reaktion nichts Aufgesetztes, fand ich. Ein einziges Mal gab sie etwas von sich preis, als sie mir ein paar Fotos zeigte, die ihre Eltern in einem braunen Umschlag im Schlafzimmer aufbewahrt hatten. Da waren das ernste Gesicht des siebzehnjährigen Schulmädchens unter unserer Lindenlaube und Bilder von ihr zusammen mit ihrer energischen Mutter und einem großen Mann, der manchmal einen Papagei auf der Schulter trug. Er war leicht wiederzuerkennen und tauchte auf einer Handvoll späterer Fotos auf, zusammen mit meiner dann schon ein wenig älteren Mutter und ihren Eltern in der Casanova Revue Bar in Wien – ich konnte den Schriftzug auf dem großen Aschenbecher auf dem Tisch neben einem Dutzend leerer Weingläser erkennen. Doch sonst gab es nichts in White Paint, das etwas von ihrem Leben als Erwachsene preisgab. Wäre ich Telemach gewesen, ich hätte keinen Anhaltspunkt für ihre Aktivitäten in der Zeit, als sie verschwunden war, gefunden, keinen Nachweis über ihre Fahrten auf weindunklen Meeren.

Meistens werkelten wir vor uns hin und gingen einander aus dem Weg. Ich war froh, dass ich jeden Morgen, sogar am Samstag, zur Arbeit gehen konnte. Eines Abends, nach einem wie üblich einfachen Essen, merkte ich, dass meine Mutter unruhig war und unbedingt das Haus verlassen wollte, obwohl es nach Regen aussah. Den ganzen Tag schon hatten graue Wolken über uns gehangen.

»Komm. Begleitest du mich?«

Ich hatte keine Lust, und ich hätte es darauf ankommen lassen können, beschloss aber doch, mitzumachen. Tatsächlich lächelte sie mich daraufhin an. »Ich erzähl dir noch mehr über die Partie in der Oper«, sagte sie. »Nimm einen Mantel mit, es wird regnen. Das soll uns nicht abhalten.« Sie sperrte die Tür ab, und wir gingen nach Westen auf einen der Hügel zu.

Wie alt war sie damals? Ungefähr vierzig. Ich war mittlerweile achtzehn. Sie hatte jung geheiratet, wie es damals üblich war, hatte aber immerhin Sprachen studiert und einen Abschluss in Jura machen wollen, wie sie mir einmal erzählt hatte. Doch die Absicht gab sie auf und zog stattdessen zwei Kinder groß. Sie war Anfang dreißig, also noch ziemlich jung, als der Krieg begann und sie anfing, als Funkerin zu arbeiten. In ihrer gelben Regenjacke ging sie nun neben mir her.

»Paul Morphy, so hieß er. Es war am 21. Oktober 1858 ...«

»Okay, Paul Morphy«, sagte ich, als wartete ich, dass sie den zweiten Ball über das Netz schlug.

»Okay«, sagte sie mit einem halben Lachen. »Und das erzähl ich dir nur einmal. Er wurde in New Orleans geboren, war ein Wunderkind. Mit zwölf schlug er einen ungarischen Großmeister, der Louisiana bereiste. Seine Eltern wollten, dass er Anwalt wurde, aber das gab er auf und spielte stattdessen Schach. Und die größte Partie seines Lebens war ebenjene, die er in der Pariser Oper gegen den Herzog von Braunschweig und den Grafen Isoard spielte – an die man sich nur aus einem einzigen Grund erinnert, nämlich weil sie von diesem Einundzwanzigjährigen geschlagen wurden.« Ich lächelte vor mich hin. All diese Titel! Mir fiel Agnes ein, die einen Hund, der in Mill Hill ihr Essen verschlungen hatte, den »Grafen von Sandwich« getauft hatte.

»Aber es war auch der Ort, wo das Spiel ausgetragen wurde, der sie alle berühmt machte, als wäre es eine Szene aus einem österreichisch-ungarischen Roman oder aus *Scaramouche*. Die drei Spieler saßen in der Loge des Herzogs von Braunschweig, praktisch direkt über der Bühne. Sie hätten sich hinunterbeugen und die Primadonna küssen können. Und es war die Premiere von Bellinis *Norma*.

Morphy hatte *Norma* noch nie gesehen und wollte unbedingt die Aufführung erleben, denn er liebte Musik. Er saß mit dem Rücken zur Bühne, setzte seine Züge rasch und drehte sich dann wieder um zum Rampenlicht. Vielleicht war es deshalb seine Meisterleistung: weil jeder Zug eine rasche, in den Himmel gezeichnete Skizze war, die kaum die irdische Wirklichkeit berührte. Dann diskutierten seine beiden Gegner untereinander und machten vorsichtig einen Zug. Morphy drehte sich um, blickte auf das Brett, schob einen Bauern oder einen Läufer nach vorn und wandte sich dann wieder der Bühne zu. Seine Bedenkzeit dauerte während der ganzen Partie wahrscheinlich weniger als eine Minute. Es war ein inspiriertes Spiel, ist es immer noch und gilt noch immer als eine der bedeutendsten Partien. Morphy spielte Weiß.

Das Spiel beginnt also mit der Philidor-Verteidigung, einer passiven Eröffnung für Schwarz. Morphy ist zunächst nicht daran interessiert, schwarze Figuren zu eliminieren, weil er lieber seine Kräfte für ein schnelles Schachmatt sammeln will, damit er sich wieder der Oper widmen kann. Inzwischen werden die Debatten seiner Gegner immer hitziger und irritieren das Publikum, und die Primadonna, Madame Rosa Penco, die die Hohepriesterin Norma singt, starrt immer wieder zur Loge des Herzogs hinauf. Morphy bringt seine Dame und einen Läufer ins Spiel, die gemeinsam das Zentrum des Schachbretts beherrschen und Schwarz in die Defensive zwingen.«

Meine Mutter wandte sich im Dunkeln nach mir um. »Verfolgst du das Spiel auf dem Schachbrett?«

»Ja, das tue ich«, sagte ich.

»Schwarz ist am Boden zerstört. Jetzt ist Pause. Mittlerweile ist auf der Bühne alles Mögliche passiert – romantische Liebe, Eifersucht, Mordlust, wichtige Arien. Norma ist verlassen worden und beschließt, ihre Kinder zu töten. Und die ganze Zeit hat das Publikum die Loge des Herzogs von Braunschweig nicht aus den Augen gelassen!

Im zweiten Akt geht die Handlung weiter. Die schwarzen Figuren rühren sich nicht, zur Untätigkeit verurteilt durch ihren König, die Springer immobilisiert durch Morphys Läufer. Kannst du mir folgen?«

»Ja, kann ich.«

»Morphy rückt mit einem Turm zur Mitte des Bretts vor. Er bringt unglaubliche Opfer, um Schwarz in eine zunehmend aussichtslose Position zu bringen. Dann folgt das elegante Damenopfer, das rasch zu einem Schachmatt führt. Das habe ich dir neulich gezeigt. Als es zum Höhepunkt kommt und der Konsul und Norma beschließen, gemeinsam den Scheiterhaufen zu besteigen, kann Morphy sich ganz dem Geschehen auf der Bühne widmen, da seine Gegner geschlagen sind.«

»Wow«, sagte ich.

»Bitte, sag das nicht. Du warst ja nur ein paar Monate in Amerika.«

»Das Wort drückt aber so viel aus.«

»Am Beginn der Philidor-Verteidigung war es, als hätte Morphy auf dem Weg zur Oper eine profunde philosophische Wahrheit entdeckt. Das passiert natürlich, wenn man sich nicht allzu genau im Spiegel anschaut. Und in jener Nacht ist es passiert. Das ist jetzt fast hundert Jahre her, und diese kleine Bewegung der Spielfiguren im Schatten, im Rampenlicht der Aufführung von *Norma*, gilt noch heute als Geniestreich.«

»Was ist mit ihm passiert?«

»Er hat das Schachspielen aufgegeben und ist Anwalt geworden, aber kein guter. Also hat er vom Vermögen der Familie gezehrt, bis er in seinen Vierzigern starb. Hat nie mehr gespielt, doch er hat seine große Stunde gehabt, und dazu bei großartiger Musik.«

Wir sahen einander an. Beide waren wir nass bis auf die Haut. Am Anfang hatte ich zwar gemerkt, dass es regnete, dann aber nicht mehr darauf geachtet. Wir standen am Rand eines kleinen Wäldchens, und weit unten war unser hellerleuchtetes, weißgestrichenes Haus. Ich hatte den Eindruck, dass sie hier draußen glücklicher war, als sie es je in den warmen, sicheren vier Wänden sein würde. Hier, außerhalb ihres Zuhauses, gingen eine Energie und eine Leichtigkeit von ihr aus, die ich sonst selten an ihr sah. Wir gingen unter den kalten dunklen Bäumen. Sie wollte nicht umkehren, und eine Weile gingen wir so weiter, jeder für sich, kaum ein paar Worte wechselnd. So musste sie Leuten vorgekommen sein, mit denen sie zusammenarbeitete, dachte ich, während ihrer lautlosen Kriege, inmitten dieser namenlosen Kämpfe.

*

Meine Mutter hat von Mr Malakite gehört, dass ein Fremder in ein wenige Meilen von White Paint entferntes Haus gezogen ist und sich weder dazu äußern wollte, woher er kommt, noch welchen Beruf er ausübt.

Sie wandert am Rumburgh Wood entlang, vorbei an dem Graben südwestlich des Dorfes St. James, bis sie das Haus des Mannes sehen kann. Es ist früh am Abend. Sie wartet, bis alle Lichter ausgehen, danach noch eine Stunde. Schließlich kehrt sie in der Dunkelheit nach Hause zurück. Am nächsten Tag ist sie wieder da, nähert sich bis auf eine Viertelmeile dem Haus, und auch diesmal tut sich nichts. Bis der hagere Mann am späten Nachmittag auftaucht. Sie folgt ihm in vorsichtiger Entfernung. Er umrundet das alte Flugfeld. Man merkt ihm an, dass er eigentlich kein bestimmtes Ziel hat, nur herumspaziert, aber sie bleibt in seiner Nähe, bis er nach Hause zurückgeht. Wieder wartet sie auf demselben Feld in der Ferne, bleibt noch, als fast alle seine Lichter gelöscht sind. Sie geht näher an das Haus heran, überlegt es sich anders und kehrt im Dunkeln heim, auch jetzt ohne Taschenlampe.

Am nächsten Tag spricht sie vorsichtig den Briefträger an.

»Reden Sie mit ihm, wenn Sie die Post bringen?«

»Eigentlich nicht. Er macht sich rar. Kommt nicht mal an die Tür.«

»Was für Post bekommt er? Sind es viele Briefe?«

»Das darf ich eigentlich nicht sagen.«

»Wirklich nicht?« Sie hätte ihm beinahe ins Gesicht gelacht.

»Na ja, oft bekommt er Bücher. Ein-, zweimal sogar ein Paket aus der Karibik.«

»Und was noch?«

»Außer Büchern? Ich weiß nicht recht.«

»Hat er einen Hund?«

»Nein.«

»Interessant.«

»Und Sie, haben Sie einen?«, fragt er.

»Nein.«

Das Gespräch hat ihr nicht viel gebracht, und sie beendet es, auch wenn der Postbote inzwischen wohl gern weiterreden würde. Später wird sie mit offizieller Hilfe feststellen, was für Post genau der Fremde bekommt und was er verschickt. Und dass er aus der Karibik stammt, wo seine Großeltern Vertragsarbeiter auf einer Zuckerrohrplantage in der britischen Kolonie waren. Es stellt sich heraus, dass er irgendein Schriftsteller ist, anscheinend recht bekannt, sogar in anderen Teilen der Welt.

Sie lernt, den Namen des Fremden auszusprechen, und sagt ihn sich vor, wie den Namen einer seltenen importierten Pflanze.

*

»*Wenn er kommt, wird er wie ein Engländer aussehen …*«

Das hatte Rose in ein Tagebuch geschrieben, das ich nach ihrem Tod fand. Als hätte sie selbst in der privaten Sphäre ihres Heims, selbst in einem geheimen Journal darauf achten müssen, was sie als Vermutung preisgab. Vielleicht murmelte sie es auch wie ein Mantra vor sich hin. *Wenn er kommt, wird er wie ein Engländer aussehen …*

Die Vergangenheit bleibt nie in der Vergangenheit, das wusste meine Mutter besser als irgendjemand sonst. Sie wusste also in der Privatheit ihres Tagebuchs, in ihrem Zuhause, in ihrem eigenen Land, dass man sie noch immer im Visier hatte. Sie musste angenommen haben, jemand, der auf Rache aus war, würde sich auf diese Weise tarnen, um zu ihr ins hinterste Suffolk zu gelangen, ohne Verdacht zu erregen. Der einzige Hinweis auf ein Motiv wäre, dass er wahrscheinlich aus einer Gegend in Europa stammen würde, wo sie früher einmal gearbeitet hatte und wo im Krieg fragwürdige Entscheidungen getroffen worden waren. »*Wer, glaubst du, wird dich eines Tages aufspüren?*,« hätte ich sie gefragt, wenn ich es geahnt hätte. »*Was hast du Schreckliches getan?*« Und sie hätte wohl geantwortet: »*Meine Sünden sind vielfältig.*«

Einmal räumte sie ein, mein geheimnisvoller Vater sei besser als irgendwer sonst darin gewesen, Dämme und Schutzwälle gegen die Vergangenheit zu errichten.

»Wo ist er jetzt?«, fragte ich.

»Vielleicht in Asien?« Eine ausweichende Antwort. »Er war ein beschädigter Mensch. Wir sind getrennte Wege gegangen.« Sie machte eine Handbewegung, als wischte sie einen Tisch sauber. Mein Vater, den niemand von uns gesehen hatte seit jenem längst vergangenen Abend, als er an Bord der Avro Tudor gegangen war.

Ein Wechselbalg entdeckt seine richtige Herkunft. Ich würde ihn also nie so gut kennenlernen, wie ich den Falter oder den Boxer kannte. Es war, als kämen die beiden in einem Buch vor, das ich in der Abwesenheit meines Vaters läse, und von ihnen hätte ich gelernt. Ich erhoffte mir gemeinsam mit ihnen nie endende Abenteuer oder auch eine Romanze mit einem Mädchen in einer Cafeteria, die aus meinem Leben verschwinden würde, wenn ich nicht handelte, nicht *insistierte*. Denn das war's, was Schicksal bedeutete.

Ein paar Tage lang versuchte ich, in der Hoffnung, vielleicht Spuren meines Vaters zu entdecken, in einer anderen Abteilung des Archivs fündig zu werden. Doch es fand sich keinerlei Hinweis auf ihn, weder in der Heimat noch im Ausland. Entweder gab es dort keinerlei Unterlagen über ihn, oder seine Identität war noch viel geheimer. Denn an diesem Ort spielte Höhe eine Rolle, die ranghöheren Leute in dem siebenstöckigen Gebäude verschwanden schon längst in einem Nebel, der die Alltagswelt der Sicht entzog. Ein Teil von mir wollte glauben, dass mein Vater dort oben noch immer existierte, falls es ihn überhaupt noch gab. Nicht in einem weit entfernten Winkel des Empire, damit beauftragt, die Kapitulation Japans zu überwachen, schier verrückt vor Hitze, Insekten, der allgemeinen Verwirrung im Asien der Nachkriegszeit. Vielleicht jedoch war all das reine Fiktion, wie seine Mission im Fernen Osten, während ich ihn mir mehr in der Nähe vorzustellen wünschte – diesen schwer fassbaren, flüchtigen Mann, der nirgends erwähnt wurde, nicht einmal in schriftlicher Form zu existieren schien.

Als ich mich nämlich daran erinnerte, wie mich mein Vater vor seiner Abreise ein paarmal in sein Büro in der City mitgenommen und mir auf der großen Landkarte gezeigt hatte, wo die verschiedenen Geschäftspartner saßen, in Küstenstädten und in diskret versteckten Inselreichen, da fragte ich mich, ob diese Büros während des Krieges auch als Geheimdienstfilialen gedient hatten. Wo stand bloß das Bürogebäude, in dem mein Vater erklärt hatte, wie seine Firma Tee und Kautschuk aus den Kolonien einführte, und wo eine beleuchtete Karte das wirtschaftliche und politische Terrain seines Universums aus der Vogelperspektive zeigte? Es hätte genau dieses Haus sein können, was weiß ich, oder irgendein anderes Gebäude, in dem ähnliche geheime Aktivitäten stattgefunden hatten. Welche Rolle spielte mein Vater in Wirklichkeit in dem Büro, in das er mich damals mitgenommen hatte? Denn inzwischen weiß ich, dass die Höhe des Stockwerks in solchen Institutionen ein Ausdruck von Macht ist, und dieses Gebäude erinnert mich heute ganz stark an das Criterion, wo manche von uns in der Wäscherei im Keller und in den von Dampfschwaden erfüllten Küchen arbeiteten und nie die höheren Bereiche des Gebäudes betreten durften, sondern wie Fische in Reusen abgefangen wurden, sodass sie nicht weiter hinaufgelangten als in die Bankettsäle, und auch nur dann, wenn sie eine Dienstuniform trugen. War ich schon als Junge mit meinem Vater in einem solchen wolkenverhangenen oberen Stockwerk gewesen?

Einmal schrieb ich wie im Spaß oder als eine Art Quiz eine Liste, was unserem Vater zugestoßen sein mochte, und schickte sie an Rachel.

Erdrosselt in Johor
Erdrosselt an Bord eines Schiffes unterwegs in den Sudan
Entfernung von der Truppe auf Dauer
Auf Dauer undercover, aber noch aktiv
Pensionär in einem Altersheim in Wimbledon,
unter Verfolgungswahn leidend, beständig irritiert durch die
Geräusche aus einer benachbarten Tierklinik
Noch immer im obersten Stock des Unilever-Gebäudes
Sie antwortete nie darauf.

So viele unbeschriftete Erinnerungssplitter. Im Schlafzimmer meiner Großeltern hatte man mir offizielle Fotos von meiner Mutter als Studentin gezeigt, aber es gab kein Bild von meinem Vater. Selbst nach ihrem Tod, als ich überall in White Paint und Umgebung nach Hinweisen auf ihr Leben und ihren Tod stöberte, stieß ich nirgends auf irgendein Foto von ihm. Ich wusste nur, dass die politischen Karten seiner Ära große Küstengebiete umfassten und ich nie erfahren würde, ob er in unserer Nähe oder für immer in der Ferne verschwunden war, ein Mensch, der, wie es hieß, an vielen Orten leben und überall sterben würde.

Ein Nachtigallenboden

In den größeren Zeitungen wurde über den Tod meiner Mutter nicht berichtet. Auf den Tod von Rose Williams gab es kaum eine öffentliche Reaktion in der großen weiten Welt, der sie einmal angehört hatte. In einem kleinen Nachruf war von ihr nur als Tochter eines Admirals die Rede, der Ort ihres Begräbnisses kam nicht vor. Doch leider wurde ihr Tod im *Mint Light* erwähnt.

Rachel war nicht beim Begräbnis. Als ich die Nachricht erfahren hatte, versuchte ich, sie zu erreichen, erhielt aber keine Antwort auf mein Telegramm. Dennoch war eine erstaunliche Anzahl Personen von außerhalb anwesend, Leute, mit denen meine Mutter, wie ich vermutete, früher zusammengearbeitet hatte. Und das, obwohl der Ort der Beerdigung nicht genannt worden war.

Sie wurde nicht in dem Dorf in unserer Nähe begraben, sondern fünfzehn Meilen weiter entfernt, in der Gemeinde Benacre im Bezirk Waveney. Meine Mutter war nicht fromm gewesen, aber sie hatte das schlichte Erscheinungsbild dieser Kirche geliebt. Wer immer die Trauerfeier organisiert hatte, musste das gewusst haben.

Die Beerdigung fand nachmittags statt. So konnten die Leute, die mit dem Neun-Uhr-Zug vom Bahnhof Liverpool Street gekommen waren, am späten Nachmittag wieder nach London zurückfahren. Wer hatte das Ganze geplant, fragte ich mich, als ich die um das Grab versammelte Gruppe betrachtete. Wer hatte die Inschrift auf dem Grabstein ausgesucht?

»*Ich reiste durch Dunkelheit und Gefahr, gleich einem Helden.*«
Als ich die Malakites fragte, gaben sie vor, es nicht zu wissen, aber Mrs Malakite fand, es sei alles gut vorbereitet und geschmackvoll organisiert worden. Es waren keine Journalisten unter den Besuchern, und diejenigen, die mit dem Auto angereist waren, parkten ihren Wagen ein paar hundert Meter vom Friedhofseingang entfernt, sodass sie nicht auffielen. Ich muss in meiner Trauer um meine Mutter sehr distanziert gewirkt haben. Man hatte mir erst am Vortag die Nachricht im College überbracht, und gewiss betrachteten die unbekannten Trauergäste den achtzehnjährigen Jungen am Grab als hilflose Waise. Einer von ihnen kam tatsächlich am Schluss zu mir und gab mir wortlos die Hand, als wäre dies ein ausreichender Trost, bevor er dann langsam und nachdenklich den Friedhof verließ.

Ich redete mit niemandem. Noch ein Herr kam auf mich zu und sagte: »Ihre Mutter war eine bemerkenswerte Frau«, und ich sah nicht einmal hoch. Im Nachhinein betrachtet war es unhöflich, aber er war in dem Moment gekommen, als ich in das Grab und auf den schmalen Sarg hinabschaute, der genau in die ausgehobene Grube passte. Ich sagte mir, der Sargmacher, und wer immer den Sarg in Auftrag gegeben hatte, musste gewusst haben, wie schrecklich dünn Rose Williams war. Und er musste auch gewusst haben, wie sehr ihr das schwarze Kirschholz gefallen hätte und dass sie den Text der Predigt nicht furchtbar, aber auch nicht ironisch gefunden hätte. Und dieser Mensch hatte vielleicht auch die Zeile von William Blake für den Grabstein ausgewählt. Ich schaute also auf das, was einen Meter unterhalb von mir war, und sinnierte über dergleichen Dinge, als ich die leise, beinahe schüchterne Stimme des Mannes hörte. »Ihre Mutter war eine bemerkenswerte Frau.« Und bis mir bewusst wurde, was die Höflichkeit eigentlich geboten hätte, hatte sich der großgewachsene Mann, dem ich eine Antwort schuldig geblieben war und der doch meine Versunkenheit respektiert hatte, von mir entfernt, und ich sah ihn nur noch von hinten.

Nach einer Weile blieben nur noch ich und die Malakites auf dem Friedhof zurück. Die Leute aus London und die paar Dorfbewohner, die der Verstorbenen die letzte Ehre erwiesen hatten, waren nicht mehr da. Die Malakites warteten auf mich. Seit ich die Nachricht von Roses Tod erhalten hatte, hatte ich die beiden nicht gesehen, nur mit Sam am Telefon gesprochen. Ich kam näher, und da passierte Folgendes. Er öffnete weit seinen großen, feuchten Dachsfellmantel, wobei er die Hände in den Taschen behielt, und umfing mich darin, direkt an seinem warmen Körper, direkt an seinem Herzen. In der ganzen Zeit, in der ich ihn kannte, hatte er mich kaum je berührt. Er fragte selten, wie es mir ging, obwohl ich wusste, dass er neugierig war und wissen wollte, was aus mir werden würde, als wäre ich noch grün hinter den Ohren. Ich blieb die Nacht über bei ihnen im Gästezimmer, dessen Fenster auf den ummauerten Garten hinausging. Und am nächsten Tag fuhr er mich nach White Paint. Ich hatte zu Fuß gehen wollen, aber er sagte, er müsse mit mir sprechen. Auf der Fahrt erzählte er mir, wie sie gestorben war.

Niemand sonst aus dem Dorf wusste, was passiert war. Er hatte nicht einmal mit seiner Frau darüber gesprochen. Meine Mutter war am frühen Abend gestorben, und Mr Malakite hatte sie am nächsten Tag um die Mittagszeit gefunden. Es stand fest, dass sie auf der Stelle tot gewesen war. Er trug Rose Williams ins Wohnzimmer – er nannte sie bei ihrem vollen Namen, als gäbe es auf einmal keine Vertrautheit mehr zwischen ihnen. Dann wählte er die Telefonnummer, die sie ihm einmal gegeben hatte für den Fall, dass ihr etwas, irgendetwas zustoßen sollte. Noch bevor er mich anrief.

Die Stimme am anderen Ende der Leitung fragte nach seinem Namen und dem Ort, an dem er sich befand. Sie bat ihn, zu bestätigen, dass sie tot war. Man hieß ihn warten. Es entstand eine Pause. Die Stimme ließ sich wieder vernehmen und sagte, er solle nichts unternehmen. Nur den Ort verlassen, an dem er sich befand. Er solle über das, was geschehen war, und auch über das, was er soeben getan hatte, Schweigen bewahren. Sam Malakite griff in seine Tasche und zeigte mir den Zettel, den sie ihm zwei Jahre zuvor gegeben hatte, mit der Nummer, die er anrufen sollte. Es war keine offizielle Notiz, doch sorgfältig und nüchtern verfasst, auch wenn ich den Eindruck hatte, bei aller Eindeutigkeit und Präzision ein unausgesprochenes Gefühl, ja sogar Angst herauslesen zu können. Mr Malakite setzte mich an dem Hügel ab, von dem aus man auf unser Haus hinunterschauen konnte. »Von hier aus kannst du zu Fuß gehen«, sagte er. Dann ging ich zum Haus meiner Mutter.

Ich betrat die Stille, die sie hinterlassen hatte. Ich stellte Futter für die halbwilde Katze vors Haus. Und ich klapperte mit einer Pfanne, bevor ich die Küche betrat, um die berüchtigte Ratte zu verscheuchen, so wie sie es immer getan hatte.

Natürlich war jemand da gewesen. Es gab keinen Abdruck auf dem Sofa, wo Mr Malakite sie hingelegt hatte. Alles, was ein Indiz hätte sein können, war entfernt worden. Ich wusste, dass ihr Tod rasch und gründlich untersucht werden würde, und falls die Regierung Vergeltungsmaßnahmen ergreifen würde, dann garantiert, ohne eine Spur zu hinterlassen. Man würde mich nicht benachrichtigen. Und nichts im Haus wäre zurückgeblieben, von dem sie nicht wollten, dass es gefunden würde. Es sei denn, sie hätte etwas wie zufällig hinterlassen, das ich hätte finden und mit irgendeinem winzigen Detail, das sie vielleicht einmal im Gespräch erwähnte, hätte in Zusammenhang bringen können. »Mr Malakite erinnert mich an einen Freund. Aber Mr Malakite ist harmloser«, hatte sie gesagt. Nur lautete das Wort nicht »harmlos«, sondern »ungefährlich«. Welches Wort hatte sie gebraucht? Ich glaube, »ungefährlich«. Es spielt irgendwie eine Rolle. Es gibt einen Unterschied.

Eine Weile tat ich gar nichts. Ich machte eine Runde im Garten und hörte ganz zufällig einen Kuckuck rufen. Als wir klein waren, sagte meine Mutter oft: Ein Kuckuck von Osten bedeutet Trost, einer aus dem Westen Glück, aus dem Norden Trauer, aus dem Süden Tod. Ich sah mich nach ihm um und folgte eine Weile seinem Ruf, betrat dann das Gewächshaus, wo sie anscheinend gestorben war. Wenn dort Scheiben zu Bruch gegangen waren, waren sie nun repariert. Ich dachte daran, dass ich selten allein zu Hause hatte bleiben dürfen. Und dass sie immer darauf geachtet hatte, was ich in die Hand nahm und wofür ich mich interessierte. Nun, da sie mich nicht mehr aufmerksam beobachten konnte, übten die Zimmer eine größere Wirkung aus. Draußen wurde es dunkel. Ich zog ein paar Taschenbücher aus dem Regal, um zu sehen, ob sie ihren Namen hineingeschrieben hatte, aber sie hatte keine Spuren hinterlassen. Es gab ein Buch über Casanovas spätere Jahre von einem Schriftsteller namens Schnitzler. Ich nahm es mit und ging hinauf ins Bett.

Das musste gegen acht Uhr abends gewesen sein, und die merkwürdige, verdichtete Geschichte über Casanovas Versuch, als älterer Mann nach Venedig zurückzukehren, fesselte mich sofort. Die gesamte Handlung fand innerhalb weniger Tage statt und passte auf die kleine Leinwand einer Novelle. Ich konzentrierte mich auf das unerwartete, überzeugende Mitleid mit Casanova. Es war eine deutsche Ausgabe, und ich ging ganz in der Lektüre auf. Die Novelle endete damit, dass Casanova einschlief, und auch ich schlief ein, das kleine Buch noch in der Hand, bei brennender Nachttischlampe.

Ich wachte in dem Bett auf, in dem ich immer geschlafen hatte, machte das Licht aus und fand mich morgens um drei im Dunkeln wieder, hellwach. Ich hatte das Gefühl, ich müsste in einer anderen Gemütsverfassung durchs Haus gehen, mit Schnitzlers eher mitteleuropäischem Blick. Außerdem war um diese Zeit meine Mutter immer wach gewesen.

Langsam ging ich mit der Taschenlampe durch jedes Zimmer, öffnete Schränke und Schubladen. Als Erstes durchsuchte ich mein Zimmer. Es war ihres gewesen, als sie noch ein Schulmädchen war, doch nichts an den Wänden zeugte mehr von damals. Dann das Zimmer ihrer Eltern, wie eingefroren in deren eigener Ära und genau so belassen wie zur Zeit ihres Todes. Danach das dritte, mittelgroße Zimmer, das ihr gehörte, mit dem Bett, so schmal wie ihr Sarg. Es gab einen Regency-Schreibtisch aus Walnussholz, von ihrer Mutter geerbt, an dem sie oft mitten in der Nacht saß und ihre Vergangenheit löschte, anstatt sie aufzuzeichnen. Hier stand das selten benutzte Telefon. Mr Malakite hatte in dieses Zimmer kommen müssen, um die Nummer anzurufen, die sie ihm gegeben hatte – eine Londoner Nummer, vielleicht auch nicht.

In diesem Schreibtisch aus Walnussholz fand ich, eingewickelt in ein zerknittertes Hemd meiner Mutter, ein gerahmtes

Bild von Rachel, das ich noch nie gesehen hatte. Es musste zu jener Zeit aufgenommen worden sein, als meine Mutter nicht bei uns war und angeblich nicht gewusst hatte, womit wir uns beschäftigten. Ich fragte mich, wer es wohl gemacht hatte. Der Falter? Was hatte unsere Mutter von uns gewusst, als wir von ihr nichts wussten? Merkwürdiger war an dem Bild, dass Rachel wie eine Erwachsene gekleidet wirkte und auch die Haltung einer Erwachsenen, nicht die des halbwüchsigen Mädchens einnahm, das sie damals gewesen war. In einem solchen Aufzug hatte ich sie nie gesehen.

Am Ende meiner nächtlichen Suche hatte ich nichts Neues gefunden, nicht einmal etwas, was auf dem obersten Fach des Schranks in meinem Zimmer vergessen worden wäre. Sie hatte es offensichtlich gründlich durchsucht, bevor sie es mir überlassen hatte, als ich zum ersten Mal in den Ferien hierhergekommen war. Ich hatte nichts in der Hand als das sorgfältig gerahmte versteckte Bild meiner Schwester, die ich über ein Jahr lang nicht gesehen hatte, wie mir auf einmal bewusst wurde. Es war inzwischen fünf Uhr morgens, und ich beschloss, nach unten zu gehen. Ich ging die Treppe hinunter in eine kalte Stille, und als ich die Holzdielen am Fuß der Treppe betrat, begannen die Nachtigallen im Dunkeln zu singen.

Die lauten plötzlichen Flötentöne hätten jeden aufgeweckt, so wie meine Mutter ein Jahr zuvor aufgewacht war, als ich mitten in der Nacht nach unten gekommen war. Ich hatte einfach Hunger gehabt und mir etwas Käse und Milch geholt, und als ich zurückging, mitten in dem chaotischen Lärm, stand sie schon oben an der Treppe und hielt etwas in der Hand, was es war, wusste ich nicht. Als sie mich sah, versteckte sie es hinter ihrem Rücken. Wohin ich auch in den nächsten Momenten meinen Fuß setzte, während sie mich erleichtert, aber auch leicht abschätzig musterte, so verriet das Geräusch, wo im Halbdunkel ich mich befand. Es gab nur einen schmalen Streifen Diele, auf dem sich jemand bewegen konnte, ohne Lärm zu verursachen. Doch nun war ich allein, und ich ging einfach in dem Getöse den Gang entlang, bis ich ihr kleines, mit einem Teppich ausgelegtes Zimmer mit dem Kamin betrat, wo der Nachtigallenalarm aufhörte.

Ich setzte mich hin. Merkwürdigerweise kam mir nicht in den Sinn, was meine Schwester und ich durch ihren Tod verloren haben mochten, sondern ich dachte an ihre Abreise, damals, als wir glaubten, wir hätten so viel mehr verloren. Ich dachte daran, wie sehr es ihr gefiel, uns umzutaufen. Mein Vater hatte mich unbedingt Nathaniel nennen wollen, aber das Wort war zu lang für meine Mutter. Also war ich für sie Stitch gewesen, so wie Rachel zu Wren geworden war. *Wo zum Kuckuck ist bloß Wren?* Es hatte ihr Spaß gemacht, auch für Erwachsene passendere Namen zu finden als die, auf die sie getauft worden waren. Sie hatte Namen von Gegenden genommen und Leute mit den Namen der Orte bezeichnet, wo sie geboren worden waren oder wo sie sie kennengelernt hatte. »Das ist Chiswick«, sagte sie zum Beispiel von einer Frau, deren einschlägigen Akzent sie im Radio aufgeschnappt hatte. Solche kuriosen fragmentarischen Informationen gab sie an uns weiter, als wir Kinder waren. Und lauter solche Erklärungen hatte sie mitgenommen, als sie uns zuwinkte, bevor sie verschwand. Mir wurde bewusst, was sie alles von sich hatte verschwinden lassen, so wie ich nun, zum ersten Mal allein in White Paint, merkte, dass ich ihre lebendige Stimme verloren hatte. Die rasche Auffassungsgabe, als sie jung war, das geheime Leben, das sie geführt und vor uns verborgen gehalten hatte – mittlerweile verschwunden.

Rose hatte nur einen kleinen Teil des Hauses genutzt. Ihr Schlafzimmer, die Küche, das kleine Wohnzimmer und den kurzen Durchgang mit den Bücherregalen, der zum Gewächshaus führte. An diesen Orten hatte sie in den letzten Jahren ihr Leben verbracht. In einem Haus, in dem früher Nachbarn und Enkelkinder ein und aus gegangen waren, gab es nichts Überflüssiges mehr, und in den zwei Tagen, die ich nach der Beerdigung noch dablieb, entdeckte ich mehr Spuren aus dem Leben ihrer Eltern als aus ihrem. In einer Schublade stieß ich dann doch auf ein paar handbeschriebene Blatt Papier. Eines davon enthielt merkwürdige Überlegungen zu ihrer Hausratte, als wäre sie ein Gast für alle Zeiten, an den sie sich gewöhnt hatte. Auf einem anderen war eine maßstabsgetreue Zeichnung ihres Gartens, vermutlich verfertigt von Mr Malakite. Dann eine immer wieder neu gezeichnete Karte der Länder rings um das Schwarze Meer. Doch die meisten Schränke waren leer, als hätte jemand die wesentlichen Beweisstücke ihres Lebens entfernt.

Ich stand vor dem Regal mit ihren Büchern, bescheiden für eine Person, die allein auf dem Land lebte und selten Radio hörte, es sei denn, Mr Malakite erwähnte eine Sturmwarnung. Sie musste mittlerweile anderer Stimmen überdrüssig geworden sein mit Ausnahme derer, die sie in Romanen fand, in denen die Handlung manchmal wild abschweifte, um dann doch in den letzten zwei, drei Kapiteln mühelos zu einem Ende zu finden. In diesem stillen, auf das Wesentliche reduzierten Haus gab es keine tickenden Uhren. Nie klingelte das Telefon in ihrem Schlafzimmer. Die einzige deutliche und daher über-

raschende Geräuschquelle war der Nachtigallenboden, der flö-
tete und zwitscherte, wenn man darauf trat. Das beruhige sie,
gebe ihr Sicherheit, sagte sie zu mir. Sonst Stille. Wenn ich in
den Ferien bei ihr war, hörte ich, wenn sie im Nebenzimmer
seufzte oder ein Buch zuschlug.

Wie oft kehrte sie zu den Regalen mit den Taschenbüchern
zurück, wo sie mit Balzacs Rastignac und Felicie Caudot und
Vautrin zusammen sein konnte! »*Wo ist Vautrin jetzt?*«, hatte
sie mich einmal verschlafen gefragt, als sie gerade aufgewacht
war und vielleicht gar nicht wusste, zu wem sie sprach. Arthur
Conan Doyle behauptete, er habe nie Balzac gelesen, weil er
nicht gewusst habe, womit anfangen, und man auch nicht leicht
feststellen könne, wann die Hauptfiguren zum ersten Mal auf-
träten. Doch meine Mutter kannte die ganze *Comédie humaine*,
und ich begann mich zu fragen, in welchem der Romane sie
eine Version ihres eigenen, nicht aufgezeichneten Lebens gefunden haben mochte. Den Lebensweg welcher Figur verfolgte sie, die hie und da in den verschiedenen Bänden vorkam,
bis sie sich über sich selbst besser im Klaren war? Sie wusste
bestimmt, dass *Le Bal de Sceaux* der einzige Band der *Comédie
humaine* ist, in dem Rastignac nicht auftaucht, aber auch, dass
er darin dauernd erwähnt wird. Ich zog den Band aufs Gerate-
wohl aus dem Regal, blätterte darin und fand, eingelegt zwischen Seite 122 und 123, eine handgezeichnete Landkarte im
Quartformat, anscheinend ein Kreidehügel. Keine Ortsnamen,
kein Ort eingetragen. Ein Fragment, das wahrscheinlich nichts
bedeutete.

Ich ging wieder nach oben und öffnete den alten braunen
Umschlag mit Fotografien im Zimmer meiner Großeltern. Aber
jetzt fehlten welche. Die verspielteren, harmloseren, die sie mir

in einem früheren Sommer gezeigt hatte, waren nicht mehr da. Ich sah wieder das ernste junge Gesicht meiner Mutter unter der Lindenlaube, die von der Küche ins Freie führte, aber spätere Fotos, die, die ich am meisten gemocht hatte, waren nicht da. Vielleicht waren sie also nicht harmlos gewesen. Die von Rose mit ihren Eltern und dem großgewachsenen Mann, den ich von den anderen Fotos her kannte – besonders eines vor dem exotischen Hintergrund der Casanova Revue Bar in Wien, auf dem meine Mutter achtzehn, neunzehn ist und umgeben von Zigarettenqualm inmitten der Erwachsenen sitzt, während sich ein feuriger Geiger zu ihr beugt. Und noch ein paar andere Bilder, vielleicht eine Stunde später wie im Zeitraffer aufgenommen, wo alle lachend dasitzen, auf den Rücksitz eines Taxis gezwängt.

»Das war der Freund meines Vaters. Er war unser Nachbar, seine Brüder und sein Vater waren Dachdecker«, hatte Rose mir erklärt, als sie mir die nun nicht mehr vorhandenen Bilder gezeigt hatte und ich auf den Mann gedeutet und gefragt hatte, wer das sei. »Das war der Junge, der vom Dach gefallen ist.«

»Wie hat er geheißen?«

»Das weiß ich nicht mehr.«

Doch nun wusste ich natürlich, wer er war. Er war der Mann mit der leisen, schüchternen Stimme gewesen, der neben ihrem Grab gestanden und versucht hatte, mit mir zu sprechen. Er war älter geworden, aber ich erkannte ihn von den paar Fotos her; er war noch genauso groß und hatte die gleiche Ausstrahlung. Ein paarmal hatte ich ihn, eine Legende im Büro, auf den Gängen bei uns gesehen, wo er auf einen der privilegierten Personen vorbehaltenen blauen Fahrstühle gewartet hatte, die zu einem unbekannten höheren Stockwerk führten, hinauf in eine Landschaft, die sich die meisten von uns, die hier arbeiteten, bestenfalls vorstellen konnten.

An meinem letzten Abend in White Paint, zwei Tage nach dem Begräbnis, ging ich ins Zimmer meiner Mutter und legte mich auf ihr schmales, nichtbezogenes Bett; ich lag im Dunkeln da und schaute nach oben, so wie sie es einst getan haben musste. »Erzähl mir, wer er ist«, sagte ich.

»Wer?«

»Der Mann, über den du mich belogen hast. Der Mann, an dessen Namen du dich angeblich nicht erinnern konntest. Der Mann, der mich auf deinem Begräbnis ansprach.«

Der Junge auf dem Dach

Wann immer Rose aus dem Haus kam, um Eier einzusammeln oder ins Auto zu steigen, schaute er von dem Reetdach nach unten. Marsh Felon war mit sechzehn Jahren in der Kindheitswelt meiner Mutter aufgetaucht, als das Dach von White Paint neu gedeckt werden musste. Er, sein Vater und seine zwei Brüder hatten den ganzen Frühsommer dort gehockt, manchmal von Sonnenhitze geplagt, manchmal von starken Winden durchgerüttelt; der Clan arbeitete effizient, sie verständigten sich dauernd untereinander, widersprachen sich nicht gegenseitig, harmonierten miteinander wie Helden eines Mythos. Marsh war der Jüngste, einer, der zuhören konnte. Im Winter schnitt er, ganz allein, Schilfrohr im Marschland der Umgebung und stapelte es, damit es bis zum Frühjahr trocknete, wenn seine Brüder es durchbohrten und mit geschmeidigen Weidenruten, die sie wie Haarnadeln bogen, zu langstieligem Stroh bündelten.

Die plötzliche Bö hatte Marsh hochgehoben und vom Dach geschleudert. Er hatte versucht, den Sturz zu bremsen, indem er Zweige der Lindenlaube packte, bevor er sechs Meter tiefer auf den Pflastersteinen landete. Die anderen stiegen vom Dach herunter, während der Wind noch immer heftig blies, und trugen ihn ausgestreckt in die hintere Küche. Roses Mutter richtete das Tagesbett. Er durfte sich nicht rühren und auch nicht von der Stelle bewegt werden, und daher wohnte Marsh Felon eine Weile in dieser Küche von fremden Menschen.

In dem L-förmigen Raum herrschte nur Tageslicht. Es gab

einen Holzofen und eine Karte der Gegend von The Saints, auf der jeder Fußweg und jede Furt verzeichnet war. Das wurde seine Welt während der Wochen, in denen seine Brüder auf dem Dach arbeiteten. Er hörte sie, wenn sie bei Sonnenuntergang weggingen, und wurde aufgeweckt durch ihre lauten Stimmen, wenn sie am nächsten Morgen ihre Leiter hinaufstiegen. Nach den ersten paar Minuten waren ihre Unterhaltungen kaum mehr vernehmbar, er hörte nur ab und zu Gelächter oder einen Ausruf. Zwei Stunden später nahm er wahr, dass sich die Familie mit gedämpfter Stimme im Haus umherbewegte. Die Welt schien nah und fern zugleich. So fühlte er sich auch, wenn er auf dem Dach arbeitete – die große, aktive Welt in der Ferne zog an ihm vorüber.

Das achtjährige Mädchen brachte ihm das Frühstück und ging dann schnell wieder weg. Oft war sie sein einziger Besuch. Sie stand einfach nur an der Tür. Hinter ihr konnte er in die anderen Räume des Hauses sehen. Sie hieß Rose. In seiner eigenen Familie gab es seit vielen Jahren keine Mutter und keine Frau. Einmal brachte Rose ihm ein Buch aus der Hausbibliothek. Er verschlang es und bat um noch eines.

»Was ist das?« Auf der leeren letzten Seite des Buchs, das sie ihm zu lesen gegeben hatte, waren ihr ein paar Skizzen aufgefallen.

»Ach, tut mir leid … « Marsh hatte seine Skizzen vergessen. Es war ihm peinlich.

»Macht nichts. Was ist es?«

»Eine Fliege.«

»Eine komische Fliege. Wo sieht man so was?«

»Ich mach sie selber, Köder fürs Fliegenfischen. Ich kann dir einen machen.«

»Wie? Aus was?«

»Vielleicht eine blaugeflügelte Eintagsfliege ... Dafür brauche ich Faden. Und wasserfeste Farbe.«

»Das kann ich besorgen.« Sie schickte sich schon zum Gehen an.

»Nein, ich brauche noch mehr ...« Er fragte sie nach Papier, nach irgendeinem Zettel. »Ich mache eine kleine Liste.« Sie sah zu.

»Was soll das heißen? Du hast eine schreckliche Handschrift. Sag's mir einfach.«

»In Ordnung. Kleine Gänsefedern. Roten Kupferdraht, ein bisschen dicker als menschliches Haar. Man braucht es für kleine Transformatoren ...«

»Nicht so schnell.«

»... oder für Dynamos. Und ich brauche eine Nadel. Silberfolie, damit sie glänzt.«

Die Liste war noch länger. Ein bisschen Kork, ein bisschen Asche. Manches, worum er bat, hatte er noch nie benutzt. Konnte sie ihm ein kleines Notizbuch bringen? Er stellte sich nur Möglichkeiten vor, so als wäre er in einer nichtgenutzten Bibliothek. Sie wollte genau wissen, was für einen Faden er brauchte, wie groß die Haken sein mussten. Schon damals fiel ihr auf, dass die Skizzen, im Unterschied zu seiner Handschrift, sehr akribisch waren, so als stammten sie von einer anderen Person. Der Junge hatte den Eindruck, dies sei das erste Gespräch, das er seit Jahren führte. Am nächsten Tag hörte er den Wagen wegfahren, mit dem Mädchen und seiner Mutter.

Fast den ganzen Tag saß er am sonnenbeschienenen Fenster und bastelte die Fliege, die bis auf die Farben ganz seiner Zeichnung glich. Manchmal stellte er sich auch unbeholfen vor die

Landkarte, suchte sie nach Dingen ab, die er schon kannte, und nach solchen, die ihm neu waren – die Eichenallee entlang der geraden römischen Straße, die lange Biegung des Flusses. Nachts rutschte er vom Bett in die Dunkelheit und versuchte, seinen schwerfälligen Körper zu bewegen. Dabei war ihm wichtig, dass er nichts sah. Wenn er mit der Hüfte einknickte, kippte er gegen eine Wand oder aufs Bett. Er machte ein paar Schritte, solange es ging, und legte sich dann schweißbedeckt ins Bett. Weder seine Familie noch die des Mädchens wusste davon.

In ihrer letzten Arbeitswoche legten die Brüder Haltegurte an, lehnten sich über die Dachkante hinaus und stutzten mit der Schneide des langen und des kurzen Reetmessers die zwei Seiten des Giebels zurück. Wenn er aus dem Fenster schaute, konnte der Junge gerade sehen, wie sich die eisernen Klingen hin und her bewegten und die überstehenden Halme herunterfielen.

Dann wurde er von der Familie, auch diesmal ausgestreckt liegend, ins Auto getragen, und sie verschwanden. Die frühere Stille kehrte im Haus wieder ein. In den folgenden Monaten hörten das Mädchen und seine Familie hin und wieder, dass die Felons auf einem Haus in einem entfernten Dorf arbeiteten, so wie Krähen, die einen neuen Nistplatz gefunden hatten. Doch Marsh, der Jüngste, versuchte sein Hinken loszuwerden, wann immer er Zeit hatte. Er wachte oft nachts auf und ging im Dunkeln an Häusern vorbei, deren Dächer sie einmal gedeckt hatten, oder wanderte hinunter zu Flusstälern, wenn die Nacht zu weichen begann und die Vögel zu singen anfingen. Es war die Stunde mit diesem intensiven dämmernden Licht, nach der Marsh Felon nun in Büchern suchte, wann immer der Autor die Handlung links liegenließ und diese besondere

Stunde zu beschreiben suchte, an die auch er sich vielleicht aus seiner Jugend erinnerte. Marsh begann jeden Abend zu lesen. So konnte er sich taub stellen, während seine Brüder sich unterhielten. Auch wenn er das Handwerk des Dachdeckers beherrschte, entfernte er sich von ihnen.

Fülle. Was genau bedeutet das? Einen Überfluss an Dingen? Einen Nachschub? Einen Zustand der Vollkommenheit? Etwas Erwünschtes? Der Junge namens Marsh Felon wollte lernen und die Welt um sich herum in sich aufnehmen. Als Roses Familie ihn zwei Jahre später als jungen Erwachsenen wiedertraf, erkannte sie ihn zunächst kaum. Er war immer noch zurückhaltend, doch er war ein anderer geworden, schon ganz ernst und neugierig auf den Gang der größeren Welt. Roses Eltern nahmen ihn auf, so wie sie einst den verletzten, einsamen Jungen aufgenommen hatten. Sie wussten, dass er intelligent war, und so unterstützten sie ihn während seiner Jahre im College. Im Grunde hatte er seine eigene Familie verlassen.

*

Felon hielt sich an einem Backsteingesims fest und kletterte dann im Dunkeln den Turm des Trinity College hoch, sechzig Meter über dem unsichtbaren Gelände des Innenhofs. Dreimal in der Woche übte er nachts, robbte die vom Regen glattgewaschenen Ziegel hinauf und kletterte wieder hinab, ein, zwei Stunden bevor Gebäude und Rasenflächen sich in der Morgendämmerung abzuzeichnen begannen. Die eigene Kraft musste er nicht mit öffentlichen Zurschaustellungen wie Rugby oder Rudern unter Beweis stellen, allein seine vernarbten Finger und zügigen Bewegungen zeugten davon. In einem Antiquariat

hatte er ein anarchisches Buch gefunden, *Führer für Dachklet-
terer im Trinity,* und zunächst geglaubt, dabei handle es sich
um eine fiktive Obsession, um ein Kindheitsabenteuer, und
so hatte er zu klettern begonnen, wie um den Wahrheitsgehalt
oder ein penibel gebautes Rabennest in einem Glockenturm
zu finden. Er sah niemanden in jenen Nächten, und eines
Abends stieß er auf zwei mit einem Nagel eingekratzte Namen,
daneben das Datum: 1912. Er spazierte über die Dächer des
Klosters, kletterte raue Mauern hinauf. Sogar sich selbst kam
er wie ein Gespenst vor.

Er begann auch andere Nachtmenschen zu sehen.

Er stellte fest, dass es eine Klettertradition gab, begründet
durch jenes im Selbstverlag erschienene Buch von Winthrop
Young. Young, ein Kletterer, noch ehe er nach Cambridge kam,
vermisste dort diese Art von Abenteuer und machte, was er
als »dünn besiedelte und weitgehend anonyme Gebäude«
bezeichnete, zu seinen College-Alpen. Der *Führer für Dach-
kletterer im Trinity* mit seinen labyrinthischen Illustrationen
und präzisen Beschreibungen der besten Kletterrouten hatte
in den vorangegangenen Jahrzehnten Generationen von »Ste-
gophilen«, von Fassadenkletterern, inspiriert, die an Fallroh-
ren die »Bienenstock-Route« hochkletterten und über die
gefährlichen Firstziegel rutschten, die das Babbage Lecture
Theatre bekrönten. Es gab also noch andere Kletterer außer
Felon, nur wenige Meter von ihm entfernt. Er rührte sich
nicht, wenn er einen von ihnen sah, stieg grußlos weiter. Nur
einmal streckte er bei heftigem Wind den Arm aus und bekam eine Jacke zu fassen, als ein Mensch ihm entgegenfiel,
zog ihn in seine Arme – ein entsetztes Gesicht starrte ihn im
böigen Wind an, ein junger Mann, den er nicht kannte. Felon

ließ ihn an einem sicheren Vorsprung zurück und kletterte weiter.

Im Dezember kam er, als er den Turm einer Kapelle hinabstieg, an einer Frau vorbei, die seinen Arm ergriff und ihn nicht grußlos weitergehen lassen wollte. »Hallo, ich bin Ruth Howard. Mathematik, Girton College.« »Marsh Felon«, antwortete er zu seiner eigenen Überraschung. »Sprachen.« »Sie müssen der sein, der meinen Bruder aufgefangen hat«, fuhr sie fort. »Sie sind der, der immer so heimlich tut. Ich habe Sie hier oben schon gesehen.« Er konnte kaum ihr Gesicht erkennen. »Was studieren Sie sonst noch?«, fragte er, und im Dunkeln kam ihm seine Stimme laut vor. »Ich beschäftige mich vor allem mit dem Balkan, da herrscht noch immer völliges Chaos.« Sie hielt inne und sah an ihm vorbei.

»Sie wissen doch bestimmt … es gibt ein paar Abschnitte auf dem Dach, da kommt man nicht allein hin. Würden Sie mitmachen?« Er machte eine vage, doch verneinende Geste mit dem Kopf. Sie stieg nach unten und war verschwunden.

Im kommenden Sommer hielt er sich in London in Form, indem er nachts auf städtische Bauten stieg, auch auf den eben erst erbauten Erweiterungsbau von Selfridges. Jemand hatte während des Baus die Notausgänge verzeichnet, also war er dort bei Sturm wie auch bei schönem Wetter unterwegs. »Marsh Felon«, sagte die Stimme der Frau, als habe sie ihn eben erst erkannt, während er mit einer Hand an einer sich langsam lösenden Dachrinne hing. »Einen Moment bitte.« »In Ordnung. Ich bin übrigens Ruth Howard.« »Ich weiß. Ich habe Sie vor ein paar Nächten an der Ostwand gesehen, oberhalb der Duke Street.« »Gehen wir was trinken«, sagte sie.

Im Stork erzählte sie ihm von anderen guten Kletterpartien

in der Stadt; ein paar katholische Kirchen und das Adelaide
House an der Themse seien am besten, sagte sie. Auch erzählte
sie ihm mehr über Winthrop Young, dessen Führer für sie
wie eine Bibel war. »Er war nicht nur Kletterer, er gewann die
Chancellor's Medal for English Verse und machte als Kriegs-
dienstverweigerer im Ersten Weltkrieg bei der Friends' Am-
bulance Unit mit. Meine Eltern wohnten in seiner Nähe und
haben ihn gekannt. Für mich ist er ein Held.«

»Sind Sie Kriegsdienstverweigerin?«, fragte er.

»Nein.«

»Warum nicht?«

»Das ist kompliziert.«

»Haben Sie je im Trinity studiert?«, fragte er später.

»Eigentlich nicht. Ich habe mich nach den richtigen Leuten
umgeschaut.«

»Wen haben Sie gefunden?«

»Jemand, dem ich hinterher bin und den ich auf den Steil-
wänden von Selfridges aufgegabelt habe. Er hat mich zu einem
Drink eingeladen.«

Felon wurde rot.

»Weil ich Ihren Bruder aufgefangen habe?«

»Weil Sie niemand davon erzählt haben.«

»Bin ich dann der richtige Typ?«

»Ich weiß noch nicht. Ich sage es Ihnen, wenn ich's weiß.
Wie sind Sie gestürzt?«

»Ich stürze nie.«

»Sie hinken leicht.«

»Ich bin als Junge gestürzt.«

»Noch schlimmer. Weil es für immer ist. Die Angst. Sie kommen aus Suffolk … «

Felon nickte. Er hatte es aufgegeben, zu erraten, wie sie etwas über ihn in Erfahrung gebracht hatte.

»Wenn Sie also gestürzt sind, dann warum?«

»Wir waren Dachdecker.«

»Merkwürdig.«

Er sagte nichts.

»Ich meine, es ist romantisch.«

»Ich habe mir die Hüfte gebrochen.«

»Merkwürdig«, sagte sie wieder, als machte sie sich über sich selbst lustig. Und dann: »Wir brauchen übrigens jemand an der Ostküste. In der Nähe von da, wo Sie herkommen …«

»Wozu?«

Er war auf fast jede Antwort gefasst.

»Um ein Auge auf gewisse Leute zu haben. Der eine Krieg ist zu Ende, aber wahrscheinlich gibt es bald einen neuen.«

Er studierte Karten der Ostküste, die sie ihm gegeben hatte, all die Wege zwischen den Küstenstädten von Covehithe bis nach Dunwich. Und noch detailliertere Karten von Bauernhöfen, die Leuten auf ihrer Liste gehörten. Sie hatten sich nichts zuschulden kommen lassen, waren nur verdächtig. »Wir müssen sie im Auge behalten, falls es zu einer Invasion kommt«, hatte sie gesagt. »Diese Leute sympathisieren mit den Deutschen. Du könntest dich dort einschleichen, würdest keine Spuren hinterlassen, zuschlagen und verschwinden, wie Lawrence das nennt. Und dieses Werkzeug der Dachdecker … wie heißt das noch mal?«

»Ein Knecht.«

»Ach ja. Guter Name.«

Er sah die Frau namens Ruth Howard später nie wieder,

stieß nur einmal in einem vertraulichen Regierungsdokument über anhaltende heftige Turbulenzen in Europa in einer zornigen Notiz auf den Namen. *Wir befinden uns inmitten einer »Collage«, nichts hat sich in die Vergangenheit zurückgezogen, keine Wunde ist mit der Zeit verheilt, alles ist immer noch gegenwärtig, offen und bitter, alles existiert nebeneinander ...*

Es war eine scharfe Notiz.

Es war jedenfalls Ruth Howard, die ihn in die geheime Kriegsführung einführte. Sie lehrte ihn die »Technik des verlorenen Dachs«, hoch oben auf den Türmen von Trinity; der Ausdruck sei, sagte sie, der japanischen Kunst entlehnt, wo eine Perspektive aus der Höhe, zum Beispiel von einem Glockenturm oder dem Dach eines Klosters aus, einem erlaube, über Mauern hinweg in ansonsten verborgene Fernen zu schauen, zu entdecken, was dort vor sich gehen mochte.

Und Ruth Howard hatte recht, er war ein Heimlichtuer. Nur wenige würden wissen, wie und wo Felon an den verschiedenen Konflikten teilnahm, die in den nächsten Jahrzehnten schwelen würden.

Federwildjagd

Marsh fuhr im Dunkeln nach White Paint, und er und der Hund sahen zu, wie Rose auf das abgedunkelte Scheinwerferlicht zuging und sich auf den Rücksitz setzte. Er wendete und fuhr in Richtung Küste. Sie waren fast eine Stunde lang unterwegs. Sie war schon eingeschlafen, an den leberbraunen Hund gelehnt. Hin und wieder sah Marsh zu ihnen hin. Zu seinem Hund. Dem vierzehnjährigen Mädchen.

An der Flussmündung ließ er den Hund ins Freie und stellte die Tarnblende auf. Er trug die Gewehre in ihrer steifen Wachstuchhülle vom Kofferraum bis zu der Stelle, wo der Hund stand, jetzt schon bereit, sich auf irgendetwas draußen in der schlammigen, seichten Mündung zu stürzen. Es war die Stunde zwischen Tau und Tag, die Marsh Felon schon seit jeher geliebt hatte, wenn die Flut hereinströmte, zuerst nur wenige Zentimeter hoch. Er konnte es im Dunkeln hören. Die einzige Lichtkapsel weit und breit war innerhalb des Gehäuses des Wagens, wo das Mädchen schlief, bei offener Tür, sodass das bernsteinfarbene Licht eine Markierung war, ein Orientierungspunkt. Er wartete etwa eine Stunde, bis die Flut das Mündungsgebiet ausgefüllt hatte, ging dann zurück und hielt Rose so lange an der Schulter fest, bis sie aufwachte. Sie streckte sich, stieß mit den Armen gegen das filzbezogene Dach des Wagens, blieb einen Augenblick sitzen und sah ins Dunkel hinaus. Wo waren sie? Wo war Felons Hund?

Er führte sie durch das dichte Gras bis zur Küstenlinie; am noch steigenden Wasser merkte man das Verstreichen der Zeit.

Das erste Dämmerlicht erschien, ein zentimeterbreiter Streifen, der die Umgebung schon fast erkennen ließ. Plötzlich war alles wach, die Vögel verließen ihre Nester, der Jagdhund wich vom Rand des Ufers zurück, als die Flut strudelnd höher stieg. Es war gefährlich für einen Fremden, der kein guter Schwimmer war; selbst bei niedrigem Pegel wäre er fortgezogen worden, während er davor, bis zur Hüfte im Wasser, noch die hundert Meter von der Mündung des Blyth bis zu dieser kleinen Wattinsel hätte gehen können.

Felon gab einen Schuss ab; die leere Kartusche wurde von der Flinte ausgeworfen. Fast lautlos stürzte der Vogel ins Wasser. Der Hund schwamm hinaus, schüttelte das Tier einen Moment hin und her, drehte einen Kreis und kam mit dem Vogel zurück. Sie sah, dass der Hund ihn an den Füßen gepackt hielt, damit er beim Schwimmen atmen konnte. Vögel flogen in chaotischen Spiralen über ihm her, und Felon feuerte noch einmal. Inzwischen war es heller geworden. Er nahm das andere Gewehr, erklärte ihr, wie man es aufklappte und lud. Er zeigte es nicht, sondern erklärte es leise, beobachtete ihr Gesicht, um zu sehen, was sie tatsächlich verstanden hatte. Es hatte ihm immer gefallen, wie sie zuhörte, schon als sie noch jünger war, wie sie mit erhobenem Kopf auf seinen Mund achtete. So wie Hunde es taten. Sie gab einen Schuss in den Himmel ab, ins Leere. Er ließ sie das ein paarmal machen, um sie an das Geräusch und den Rückstoß zu gewöhnen.

Manchmal fuhren sie ins Mündungsgebiet des Blyth, manchmal an den Alde. Nach dieser ersten nächtlichen Fahrt setzte sie sich auf den Beifahrersitz, wann immer Felon sie auf Federwildjagd entlang der Küste mitnahm, und blieb wach, auch wenn sie kaum miteinander sprachen. Sie spähte in die letzten Reste von

Dunkelheit, zu den grauen Bäumen, die auf sie und Felon zurasten und dann vorbeizogen, als wären sie noch einmal davongekommen. Sie stellte sich jetzt schon vor, wie schwer das Gewehr in ihrer Hand läge, wie kalt es sich anfühlen würde, wie sie es im richtigen Augenblick in die richtige Höhe brächte, stellte sich den Rückstoß vor und das Echo des Schusses inmitten der Stille der Mündung. Auf diese Weise konnte sie sich an all das gewöhnen, während sie zu dritt im dunklen Wagen darauf zufuhren. Der Hund saß zwischen den beiden Sitzen und legte die warme Schnauze auf ihre rechte Schulter, und sie lehnte sich zu ihm hin und presste ihren Kopf an seinen.

*

Roses straffer Körper und ihr faltenloses Gesicht veränderten sich kaum im Lauf der Jahre, sie blieb schlank und schmal. Sie schien stets auf der Hut. Marsh Felon konnte nicht sagen, woher das kam, denn die Landschaft, in der sie aufgewachsen war, war friedlich, selbstgenügsam, hatte nichts Dringliches. Ihr Vater, der Admiral, spiegelte diesen Frieden wider. Er schien sich nicht für das zu interessieren, was sich um ihn herum abspielte, aber das beschreibt ihn nur zum Teil. Marsh war sich darüber im Klaren, dass der Vater, genau wie er selbst, ein geschäftigeres, offizielleres Leben in der Stadt führte. Die beiden Männer gingen sonntags gemeinsam spazieren, und Marsh, schon immer der Amateur-Naturkundler, sprach vom Geheimnis der Kreidehügel, »wo ganze Spezies kommen und gehen, während die Kreideschichten von winzigen Meerestieren in schier endloser Zeit erbaut wurden«. Für Roses Vater war Suffolk ein solches in langer Zeit abgelagertes Universum, ein Plateau der

Ruhe. Er wusste, dass die wirkliche, die vorrangige Welt das Meer war.

Zwischen der unbeschwerten Freundschaft der beiden Männer war das Mädchen. Keiner der beiden kam ihr tyrannisch oder gar gefährlich vor. Ihr Vater mochte altmodisch und spießig wirken, wenn man ihn zu politischen Parteien befragte, doch er hatte nichts dagegen, dass Petunia, der Hund der Familie, aufs Sofa kletterte und dann in seine Arme. Seiner Frau und seiner Tochter entgingen solche Reaktionen nicht, sie wussten, dass er sich auf See anders verhielt, wo selbst ein verschlissenes Taljereep Anlass für eine Bestrafung war. Und zu Musik hatte er ein sentimentales Verhältnis, hieß Frau und Tochter schweigen, wenn eine bestimmte Melodie im Rundfunk gesendet wurde. Wenn er nicht da war, vermisste seine Tochter den ruhigen Mann, an den sie sich wärmesuchend kuscheln konnte, wenn die Vorschriften ihrer Mutter zu streng waren. Vielleicht war das der Grund, warum Rose in seiner Abwesenheit Marsh Felons Gesellschaft suchte und ihm mit offenem Mund zuhörte, wenn er sich über die Hartnäckigkeit von Igeln ausließ oder über Kühe, die die eigene Nachgeburt fressen, damit sie wieder zu Kräften kommen. Sie wollte die komplexen Regeln der Erwachsenen und der Natur kennen. Auch als sie noch jung war, sprach Felon mit ihr immer wie zu einer Erwachsenen.

Als er nach langen Aufenthalten im Ausland nach Suffolk zurückkam, lernte sie ihn aufs Neue kennen. Aber sie war nun nicht mehr das junge Mädchen, das er angeln und jagen gelehrt hatte. Sie war verheiratet und hatte eine Tochter, meine Schwester Rachel.

Felon beobachtet Rose, die ihre Tochter unter den Arm geklemmt hat. Sie legt Rachel ins Gras und nimmt die Angelrute, die er ihr geschenkt hat. Er weiß, dass sie als Erstes ihr Gewicht prüfen und sie auf den Fingern balancieren wird; dann wird sie lächeln. Er ist zu lange weg gewesen. Er will nichts anderes, nur wieder dieses Lächeln sehen. Mit der Handfläche fährt sie über die Narbung der imprägnierten Angelrute, dann hebt sie den Säugling hoch, geht hinüber zu Felon und umarmt ihn, nicht ganz einfach mit dem Kind zwischen ihnen.

Doch nun beobachtet er sie mit anderen Augen; sie ist nicht mehr das junge Mädchen, das von ihm lernen will, und er ist enttäuscht. Für sie hingegen, die zu ihren Eltern nach Suffolk gefahren ist und ihn nun wiedersieht, ist er immer noch der Verbündete aus ihrer Kindheit. Für sie gibt es keinen Unterschied, auch wenn sie stillt und um drei oder vier Uhr nachts im Dunkeln wach wird. Wenn sie irgendeine Vorstellung im Hinterkopf hat, dann geht es nicht um Felon, ihren Nachbarn aus früheren Tagen, den sie immer noch mag, sondern um die angestrebte Karriere, durch die ihre Heirat nun einen Strich gemacht hat. Sie hat ein Kind, ist schon mit dem zweiten schwanger, damit scheint eine Laufbahn als Sprachforscherin verbaut. Sie ist dazu verurteilt, eine junge Mutter zu bleiben. Sie fühlt sich nicht mehr sportlich, überlegt sich sogar, ob sie es Felon auf ihrem Spaziergang sagen soll, wenn sie das Kind für eine Stunde los ist.

Es stellt sich heraus, dass Felon meist in London ist, wo auch sie mit ihrem Mann lebt, in Tulse Hill, gar nicht weit weg, und doch sind sie sich dort nie begegnet. In London leben sie verschiedene Leben. Felon arbeitet bei der BBC und hat noch ein paar andere Projekte, über die er nicht viel redet. Er ist zwar als der sympathische Naturexperte aus seinen Rundfunksendungen bekannt, doch andere kennen ihn auch als Frauenhelden – den »Boulevardier« nennt ihn ihr Vater immer.

So sieht sie ihn an diesem Nachmittag nach Jahren zum ersten Mal wieder. Wo er wohl gewesen ist, fragt sie sich. Jedenfalls hat sie heute Geburtstag, und es war eine Überraschung für sie, als er zum Mittagessen bei ihrer Mutter mit dieser Angelrute als Geschenk erschienen ist. Und bei dieser Begegnung versprechen sie sich, irgendwann zu zweit einen einstündigen Spaziergang zu unternehmen. »Ich habe noch die blaugeflügelte Fliege, die du einmal für mich gemacht hast«, sagt sie. Es hört sich an wie ein Geständnis.

Doch sie ist ihm fremd geworden, die Figur ist nicht mehr so weich wie früher, das Kind gehört untrennbar zu ihr. Sie ist auch nicht mehr so zurückhaltend, nicht mehr so aufmerksam, er weiß nicht recht, was anders ist, doch er hat den Eindruck, sie hat das, was sie ausmachte, irgendwie aufgegeben. Sie hatte etwas Zupackendes, das gefiel ihm, und das ist nicht mehr da. Doch dann, als sie einen Zedernzweig wegbiegt, der ihr im Weg ist, erkennt er die dünne Linie der Knochen an ihrem Hals, und das bringt die verloren geglaubte Zuneigung zurück.

Also bietet er dieser so überaus aufgeweckten Frau eine Arbeit an, der Frau, der er einst alle möglichen Dinge beigebracht hat: die Liste der ältesten Felsen im Land in chronologischer Reihenfolge, das beste Holz für einen Pfeil, für eine Angelrute – es ist das Holz, das sie gerade am Geruch erkannt hat, als sie sich sein Geschenk vors Gesicht hielt und er ihr hinreißendes Lächeln sah. Esche. Er möchte sie in seiner Welt wissen. Er hat keine Ahnung über ihr Leben als Erwachsene, weiß nicht, dass sie zum Beispiel länger als junge Mädchen sonst zaghaft und schüchtern war, bis sie auf das, was sie sich wünschte, mit einer Entschlossenheit zuging, von der sie keiner abbringen konnte – diese Angewohnheit wird ihr bleiben: nämlich erst zu zögern und sich dann mit Haut und Haar zu engagieren, so wie sie später, in den kommenden Jahren, nichts von Felon abbringen kann, weder die logischen Argumente ihres Ehemannes noch die Verantwortung für ihre beiden Kinder.

Ist es Felon, der sie aussucht, oder war es Roses Wunsch? Werden wir mit der Zeit zu dem, was uns ursprünglich bestimmt war? Vielleicht hatte ihr gar nicht Marsh Felon diesen Weg vorgezeichnet. Womöglich hatte sie so ein Leben schon immer gewollt, hatte sie geahnt, dass sie irgendwann zu dieser Reise aufbrechen würde.

Er kauft sich ein verlassenes Cottage, renoviert es allmählich und wird auf diese Weise zu einem entfernten Nachbarn von White Paint. Doch das kleine Cottage ist selten bewohnt, und wenn er da ist, lebt er dort allein. Am Samstagnachmittag moderiert er die *Stunde des Naturkundlers* in der BBC, und in diesen öffentlich gehaltenen Monologen über Molche, Strömungen, die sieben möglichen Bezeichnungen für Flussufer, Roger Woolleys Köder für Äschen, die verschiedenen Flügelspannen von Libellen tritt vermutlich sein wahrstes Wesen zutage. Ganz ähnlich unterhielt er sich mit Rose, wenn sie Felder oder Flussbetten durchquerten. Als Junge hatte Marsh Felon Eidechsen in seinen Fingern gehütet, Grillen mit der flachen Hand gefangen und dann in die Luft entlassen. Seine Kindheit war freundlich und vertrauensvoll gewesen. So hatte er wahrscheinlich ursprünglich sein wollen, ein Liebhaber der Naturwelt, in die er sich zurückzog, wann immer es möglich war.

Doch mittlerweile ist er ein Geheimnisträger mit einer nichtbenannten Position in einem Regierungsbüro, der in unsicheren Gegenden von Europa unterwegs ist, und daher wird es immer unbekannte Phasen in seiner Geschichte geben. Manche mutmaßen, Felons Talente in geheimdienstlicher Hinsicht stammten von seinen Kenntnissen tierischen Verhaltens – einer erinnerte sich, wie Felon ihn aufgefordert hatte, sich an einem Flussufer niederzulassen, und ihm beim Angeln die Kunst der Kriegsführung dargelegt hatte. »Bei diesen Bächen hier muss man Geduld haben, man muss warten können.« Und ein andermal hatte er erklärt, während er neugierig ein altes Wespennest auseinandernahm: »Man muss nicht nur wissen, wie man eine Schlacht beginnt, sondern auch, wie man sie beendet. Kriege enden nie. Sie bleiben nie in der Vergangenheit zurück. ›*Sevilla para herir, Córdoba para morir.*‹ Das ist die Lektion, die zählt.«

Wenn er zu den Saints zurückkehrt, sieht er manchmal, wie seine Brüder in den Sümpfen Schilfrohr sammeln, wie er es einst als Junge getan hatte. Zwei Generationen zuvor hat ihr Großvater in den Marschen Schilfrohr angepflanzt, und das ernten nun die Enkel. Immer noch reden sie pausenlos miteinander, doch ihre lauten Worte gehen ihn nun nichts mehr an, und er erfährt nichts über die Enttäuschungen in irgendeiner Ehe, die Freude über ein neugeborenes Kind. Er war derjenige, der seiner Mutter am nächsten stand – ihre Schwerhörigkeit war ihr Schutz vor dem endlosen Gerede gewesen, und wenn er ein Buch las, war es für ihn ähnlich wohltuend. Die Brüder halten sich nun von ihm fern und ergehen sich gemeinsam in ihren Geschichten. Zum Beispiel unterhalten sie sich über einen unbekannten Dachdecker von der Küste, der den Namen

»Knecht« angenommen hatte und, so ging die Rede, im Falle
einer Invasion Sympathisanten der Deutschen töten wollte. Es
war ein Gerücht auf dem Land, das im Flüsterton verbreitet
wurde – schon einmal war jemand mit einer solchen Klinge getötet worden, anscheinend aus heiterem Himmel, manche sagten, bei einem Streit im Dorf. Vom Dach eines einstöckigen
Hauses sahen seine Brüder bis zur Küste und sprachen über
den Fall, und plötzlich kannte man in jedem Dorf das Wort für
die Klinge eines Dachdeckers.

Nein, Marsh hatte seine Familie verlassen, längst bevor er
The Saints verließ.

Wie aber war er, dieser Junge vom Land, der so neugierig gewesen war auf die Welt in der Ferne, der geworden, der er nun
war? Wie kam es, dass er in Berührung mit kriegserfahrenen
Leuten aus der Oberschicht gelangte? Er hatte schon mit zwölf
einen Fliegenköder so auswerfen können, dass er exakt auf
der Oberfläche des Flusses landete, ihn dann mit der Strömung
dahin schwingen lassen, wo eine Forelle anbeißen konnte. Mit
sechzehn verbesserte er seine unleserliche Handschrift, um
genau aufzuschreiben, wie man Fliegen zeichnete und band.
Seine Leidenschaft verlangte nach Genauigkeit – das Aus-
schneiden und Zusammenbasteln zur Tarnung künstlicher
Fliegen. Es füllte seine stillen Tage aus, wenn er einen Köder
für Äschen herstellen konnte, wie im Schlaf, selbst bei hohem
Fieber und starkem Wind. Als er Mitte zwanzig war, kannte er
die Topografie der Balkanländer auswendig und wusste sehr
viel über alte Landkarten und Orte, wo ferne Schlachten geschlagen worden waren, hatte auch manche dieser unschuldi-
gen Felder und Täler bereist. Von denen, die ihm ihre Tür vor

der Nase zuschlugen, lernte er genauso viel wie von jenen, die ihm Einlass gewährten, und er legte sich allmählich ein persönliches Wissen über Frauen zu, die ihm eher wie scheue Tiere erschienen, wie jenes Füchslein, das er einmal als Kind einen Moment lang zärtlich im Arm gehalten hatte. Und als der Krieg in Europa kurz vor dem Ausbruch stand, war er zu einem Mann geworden, der junge Männer und Frauen anwarb und losschickte, sie überredete, in einen geheimen politischen Dienst zu treten – nach welchen Merkmalen suchte er sie aus? Vielleicht entdeckte er einen anarchischen Zug an ihnen, sah, dass sie nach Unabhängigkeit strebten, und entließ sie dann in die Unterwelt eines neuen Krieges. Zu dieser Sorte Menschen gehörte dann irgendwann (was ihre Eltern nicht ahnten) Rose Williams, die Tochter seiner Nachbarn in Suffolk, meine Mutter.

Nacht der Bomber

An den Wochenenden kommt Rose nach Suffolk heraus, um ihre Kinder zu besuchen, die bei der Großmutter leben, in Sicherheit vor dem Blitz, der London in Angst und Schrecken versetzt. Während eines Besuchs, in ihrer zweiten Nacht, hören sie die Bomber von der Nordsee her fliegen. Eine lange Nacht. Sie haben sich einquartiert im Wohnzimmer, im Haus sind die Fenster verdunkelt, die Kinder schlafen auf dem Sofa, ihre Mutter sitzt müde neben einem Kaminfeuer, wach gehalten vom Lärm der Flugzeuge. Das Haus und das umliegende Gelände bebt unaufhörlich, und Rose stellt sich all die kleinen Tiere vor, Wühlmäuse, Würmer, auch Eulen und kleinere Vögel, erfasst von der vom Himmel stürzenden Lawine aus Lärm, selbst Fische werden in den Flüssen unter dem brodelnden Wasser aufgestört, weil die Bomber aus Deutschland unaufhörlich in niedriger Höhe durch die Nacht fliegen. Sie merkt, dass sie schon so denkt wie Felon. *»Ich muss dir beibringen, wie du dich schützen kannst«*, hat er einmal gesagt. Er hatte zugeschaut, wie sie die Schnur auswarf. *»So wie ein Fisch, wenn er sieht, wo die Leine auftrifft, begreifen wird, woher sie gekommen ist. Er muss lernen, sich zu schützen.«* Doch Felon ist nicht da in dieser Nacht der Bomber, als sie, ihre Mutter und die Kinder allein in der Dunkelheit von White Paint sind und das einzige Licht von der Skalenbeleuchtung des Radios stammt, das ruhig von einzelnen Stadtteilen spricht – Marylebone, Abschnitte des Embankment –, die bereits in Trümmern liegen. Eine Bombe ist in der Nähe des Broadcasting House niedergegangen. Es hat unvorstellbar viele Tote gegeben. Ihre Mutter weiß nicht, wo ihr Vater ist. Nur die Kinder, Rachel und Nathaniel, ihre Mutter und sie sind angeblich in Sicherheit auf dem Land, wo es laut ist und sie darauf warten, dass die BBC etwas meldet, irgendetwas. Ihre Mutter döst ein und wird dann wieder geweckt vom Geräusch der nächsten Flugzeuge. Zuvor haben sie sich gefragt, wo Felon sein mochte, und ihr Vater. Beide sind sie irgendwo in London. Doch Rose weiß, worüber ihre Mutter sprechen will. Als der Lärm der Flugzeuge verebbt, hört sie sie fragen: »Wo ist dein Mann?«

Sie erwidert nichts. Die Flugzeuge verschwinden in der Dunkelheit, Richtung Westen.

»Rose? Ich habe gefragt –«

»Ich weiß es nicht, Herrgott noch mal. Er ist irgendwo in Übersee.«

»Wohl in Asien?«

»Asien, das ist eine Karriere, heißt es.«

»Du hättest nicht so jung heiraten dürfen. Nach der Universität hättest du alles machen können. Du hast dich in eine Uniform verliebt.«

»Genau wie du. Und ich fand ihn brillant. Damals habe ich nicht gewusst, was er durchgemacht hatte.«

»Die brillanten Männer sind oft destruktiv.«

»Auch Felon?«

»Nein, Marsh nicht.«

»*Er* ist wirklich brillant.«

»Aber er ist auch Marsh. Er ist nicht in diese Welt hineingeboren worden. Er ist die Ausnahme, ein Mann mit x Berufen – Dachdecker, Naturkundler, ein Fachmann auf dem Gebiet von Schlachtfeldern und was noch allem inzwischen …«

Wieder spürt Rose das Schweigen ihrer Mutter auf sich lasten. Nach einer Weile steht sie auf, geht zu ihr hinüber und sieht im Schein des Feuers, dass sie friedlich schläft. Jedem seine eigene Ehe, denkt sie. Erneut das Donnergetöse der Flieger, ihre Kinder, die schutzlos auf dem Sofa schlafen, die blassen feinen Hände ihrer Mutter auf den Armlehnen ihres Sessels. Nordöstlich von ihnen liegt Lowestoft, südöstlich Southwold. Die ganze Küste entlang hat die Armee am Strand Minen verlegt zum Schutz vor einer Landinvasion. Sie hat Häuser, Ställe und Nebengebäude beschlagnahmt. Nachts verziehen sich alle, und ständig gehen 500-Pfund-Bomben und hochexplosive Brandbomben pfeifend auf die kaum noch bewohnten Häuser und die Felder nieder, sodass es aussieht wie am helllichten Tag. Ganze Familien schlafen in Kellern mitsamt ihren Möbeln. Die meisten Kinder sind evakuiert worden. Die deutschen Flugzeuge, die aufs Festland zurückkehren, werfen auf dem Rückflug die restlichen Bomben ab. Dass es überhaupt noch Stadtbewohner gibt, sieht man erst, wenn die Sirenen zu heulen aufgehört haben und die Menschen auf der Front Parade zusammenlaufen, zum Himmel blicken und zuschauen, wie die Flugzeuge sich entfernen.

Rachel kämpft sich kurz vor Tagesanbruch wach, und Rose nimmt sie bei der Hand und geht mit ihr über die wieder stillen Felder hinunter zum Fluss. Wohin auch immer die Bomber geflogen sind, jedenfalls sind sie nicht hierher zurückgekommen. Das Wasser ist nicht tief, die Strömung ruhig. Die beiden halten sich aneinander fest und gehen im Dunkeln das Ufer entlang, setzen sich dann hin und warten darauf, dass es hell wird. Es ist, als hätte sich alles versteckt. »*Das Wichtigste ist, dass ich dir beibringe, deine Liebsten zu schützen.*« Sie hat noch ein paar Sätze im Ohr, die Marsh ihr vor langer Zeit gesagt hat. Es wird wärmer, und sie zieht ihren Pullover aus. Nichts bewegt sich im Wasser. Ihre Blase drückt, doch das ist ihr recht, es ist wie eine Art Beschwörung. Wenn sie sich nicht hinhockt, wenn sie nicht pinkelt, dann sind alle in Sicherheit, in London wie auch hier. Sie möchte sich irgendwie beteiligen, die Kontrolle haben über das, was um sie her geschieht. In dieser Zeit der Ungewissheit.

»*Ein Fisch, der sich im Schatten tarnt, ist nicht mehr ein Fisch, sondern bloß Teil einer Landschaft, als hätte er eine andere Sprache, so wie es für uns manchmal wichtig ist, dass man uns nicht kennt. Zum Beispiel kennst du mich als die und die Person, aber du kennst mich nicht als eine andere Person. Verstehst du?*«

»*Nein. Nicht ganz.*« Und Felon hatte es ihr erneut erklärt, froh, dass sie nicht einfach bloß »ja« gesagt hatte.

Eine Stunde später geht sie mit Rachel auf die verschwommene Silhouette des Hauses zu. Sie versucht sich Felons andere Existenzen vorzustellen. Manchmal hat sie den Eindruck, er ist auf unschuldigere Weise er selbst, wenn er ein Tier im Arm hält oder ein Papagei auf seiner Schulter sitzt. Sein Papagei, hat er ihr erzählt, wiederholt alles, was er hört, sodass er in seiner Nähe nichts Wichtiges sagen kann.

Ihr wird klar, dass sie an dieser unbekannten, unausgesprochenen Welt teilhaben will.

Beben

Wenn Leute im Geheimdienst, die Felon kannten, in der Öffentlichkeit von ihm sprachen, war ihnen jeder Vergleich mit einem Tier recht. Und die Vielzahl der Geschöpfe, mit denen man ihn verglich, hatte oft etwas Komisches. Das Neuweltstachelschwein, die Diamantschlange, das Patagonische Wiesel, was immer ihnen gerade in den Sinn kam – die Bezeichnungen waren nicht von Bedeutung, dienten nur zur Tarnung. Diese vielen Kreaturen, die man mit Felon in Verbindung brachte, deuteten jedenfalls darauf hin, wie undurchschaubar er war.

So konnte es geschehen, dass er beim Abendessen in der Wiener Casanova Revue Bar mit einem schönen jungen Mädchen und dessen Eltern fotografiert wurde und zwei Stunden später, nachdem er seine Begleiter mit dem Taxi zurück in ihr Hotel geschickt hatte, mit einem Kurier ganz woanders war. Und als er ein paar Jahre später mit Rose, derselben schönen jungen Frau, nun kein Mädchen mehr, in derselben Wiener Bar gesehen wurde, war er dort nicht aus dem scheinbar naheliegenden Grund, sondern zu einem anderen Zweck, so wie sie auch. Sie wechselten von einer Sprache in die andere, je nachdem, wer mit ihnen war oder wen sie über die Schultern des anderen hinweg sahen. Ganz frei von Ironie verhielten sie sich wie Onkel und Nichte. Es war sogar für sie selbst glaubhaft, denn er musste sie oft allein eine andere Rolle, in einer anderen Verkleidung spielen lassen – wenn sie sich zum Beispiel hinter einer Tür oder auch neben ihm nackt auszog. Manchmal arbeitete sie in einer Stadt auf dem Kontinent mit ihm zusammen und kehrte dann im Urlaub zu ihren beiden Kindern zurück. Nach einer Weile war sie dann wieder mit Felon in einer anderen Stadt, wo Spione der Alliierten und der Feinde sich gegenseitig auf die Füße traten. Doch waren ihre Rollen als Onkel und Nichte für ihn nicht nur eine Tarnung für ihre Arbeit, die es ihm erlaubte, mit ihr zusammen zu sein, sondern er konnte auch seiner zunehmenden Obsession nachgeben.

Seine Tätigkeit als »Anwerber« bedeutete, nach Talenten entweder in der halbkriminellen Welt zu suchen oder unter Spezialisten, zu denen zum Beispiel ein bekannter Zoologe gehörte, der einen Großteil seines Lebens damit verbracht hatte, im Labor Organe von Fischen zu wiegen, sodass man sich daher sicher sein konnte, dass er eine Bombe von zwei Unzen bauen konnte, mit der sich ein kleines Hindernis aus dem Weg räumen ließ. Nur bei Rose, die ihm gegenüber in irgendeinem Gasthaus am Straßenrand zu Mittag aß, die neben ihm auf den dunklen Straßen von London nach Suffolk unterwegs war, die blassen Hände blond im Schein des Tachometers, wenn sie ihm eine Zigarette anzündete – nur bei Rose vergaß er seine eigentliche Arbeit. Er begehrte sie. Jeden einzelnen Zentimeter. Ihr Mund, ihr Ohr, die blauen Augen, die bebenden Schenkel, ihr verrutschter Rock: War es, um ihm zu gefallen? Seine Hand wünschte sich an diese Stelle. Er dachte an nichts mehr, nur noch an dieses Beben.

Was er sich als Einziges nicht erlaubte: sich vorzustellen, wie er ihr vorkommen musste. Normalerweise hätte er angenommen, er könnte eine Frau mit seinem Wissen verführen, seinem Charakter oder was auch immer sie an ihm zunächst angezogen hatte. Aber nicht einfach als Mann. Er kam sich alt vor. Nur seine nachdenklichen Augen konnten sie ohne Zögern und ohne Zustimmung verschlingen.

Und sie? Meine Mutter? Was empfand sie? Und war sie es, die ihn zu diesem Abenteuer verleitet hatte, oder umgekehrt? Ich weiß es noch immer nicht. Es ging nicht nur um körperliche Liebe und Begehren, sondern auch die Fähigkeiten und Möglichkeiten ihres Berufs gehörten dazu. Das Wissen, wie man den Rückzug antreten musste, wenn der Kontakt mit dem anderen unterbrochen war. Wo man eine Waffe in einem Zugabteil versteckte, sodass der andere wissen würde, wo sie war. Welchen Knochen der Hand oder im Schädel man brechen musste, um einen Menschen außer Gefecht zu setzen. All solche Dinge. Dann sein Wunsch, nur einen Augenblick lang, wenn sie aufwachen würde, als tauschten sie im Dunkeln Morsesignale. Oder die Stelle, an der sie vielleicht geküsst werden wollte. Wie sie sich auf den Bauch drehen würde. Das ganze Wörterbuch der Liebe, des Krieges, der Arbeit, der Erziehung, des Erwachsenwerdens, des Älterwerdens.

»Es gibt eine Stadt in der Nähe von Treviso«, flüsterte Felon, als müsste der Ort geheim bleiben. »Und in dieser Stadt mit ihren engen Straßen gibt es ein kleines Theater aus dem 18. Jahrhundert, ein intimes Juwel, das aussieht, als sei es allein nach den Konstruktionsregeln von Miniaturen gebaut worden. Das könnten wir eines Tages besuchen.« Er sagte das mehr als einmal, aber sie fuhren nie hin. Er kannte noch andere Geheimnisse: Fluchtwege aus Neapel oder aus Sofia, die Ebenen, auf denen drei Armeen mit eintausend Zelten vor der zweiten Belagerung von Wien im Jahr 1683 kampiert hatten – er hatte eine Karte gesehen, die lange danach aus dem Gedächtnis gezeichnet worden war. Er erklärte, wie früher auch große Künstler wie Breughel Kartografen um Rat ersucht hatten, um mit ihrer Hilfe Massenszenen zu choreografieren. Oder man konnte so bemerkenswerte Bibliotheken wie die Bibliothèque Mazarine in Paris besuchen. »Eines Tages werden wir sie uns anschauen können«, schlug er vor. Ein weiteres mythisches Reiseziel, dachte sie.

Was hatte sie vorzuweisen im Vergleich zu all diesen Kenntnissen? Es war, als würde sie von einem Riesen umarmt und meilenweit in die Luft erhoben, von wo aus sie all das miterleben konnte. Zwar war sie Ehefrau und eine in Debatten erfahrene Sprachwissenschaftlerin, doch hatte sie das Gefühl, sie habe keine besonderen Zukunftsaussichten, sei nur ein Mädchen, das bei Kerzenlicht eine Nadel einfädelte.

Überrascht hatte sie festgestellt, dass Felon aus einer schüchternen, ritterlichen Höflichkeit heraus verschwiegen und vielschichtig war. Er war besser, wenn es ums Reagieren ging, sie war in intellektueller Hinsicht gewitzter. Deshalb war sie schließlich für das Sammeln und Versenden der Daten von feindlichen Manövern zuständig – wie einst in kleinerem Maßstab vom Dach eines Hotels aus, zusammen mit jenem erstaunlichen Mann, den meine Schwester und ich als den Falter kannten, und im vierten Kriegsjahr begann sie selbst, Botschaften hinüber zum Kontinent zu funken. Rose, die früher auf alles gehört hatte, was Felon sagte, war nicht mehr die Schülerin. Sie nahm aktiv an den Operationen teil, landete mit dem Fallschirm in den Niederlanden, nachdem ein Funker ums Leben gekommen war, reiste nach Sofia, Ankara und in kleinere Außenposten in der Nähe des Mittelmeers oder wo immer es zu

Unruhen kam. Ihr Deckname Viola war im Funkverkehr weithin bekannt. Meine Mutter hatte ihren Weg in die größere Welt gefunden, ähnlich wie einst der junge Dachdecker.

Das Sternbild des Pflugs

Lange bevor ich anfing, im Archiv zu arbeiten, gleich nach dem Begräbnis meiner Mutter, hatte ich ein Taschenbuch aus einem ihrer Regale gezogen und darin die handgezeichnete Karte im Quartformat gefunden, die etwas zeigte, was aussah wie ein Kreidehügel mit leicht ansteigenden Höhenlinien. Aus irgendeinem Grund hatte ich die Zeichnung, auf der keine Ortsnamen verzeichnet waren, behalten. Als ich dann Jahre später im Archiv arbeitete, stellte ich fest, dass alles, was während eines Gesprächs oder danach aufgenommen, getippt oder mitgeschrieben worden war, einzeilig und beidseitig auf Papier im Quartformat festgehalten werden musste. Diese Praxis war für jeden innerhalb des Geheimdiensts Vorschrift, vom Vernehmungsbeamten »Buster« Milmu bis hin zu irgendeiner Aushilfsstenotypistin, und zwar in allen Büros des Geheimdiensts, von Wormwood Scrubs – ein Teil der Gebäude war früher vom Geheimdienst genutzt worden, und als Kind hatte ich geglaubt, dort verbüße meine Mutter eine Gefängnisstrafe! – bis zu Bletchley Park. Anderes Papier war nicht zugelassen. Damit war klar, dass die Karte, die meine Mutter aufbewahrt hatte, etwas mit dem Geheimdienst zu tun hatte.

In unserem Gebäude befand sich ein zentraler Kartenraum, wo riesige Landkarten in der Luft hingen, die man an einer Rolle nach unten ziehen und wie eine Landschaft in den Armen auffangen konnte. Dort nahm ich jeden Tag mein einsames Mittagessen ein, auf dem Boden sitzend, während sich die Banner über mir in dem nahezu windstillen Raum kaum bewegten. Irgendwie fühlte ich mich dort wohl, vielleicht weil ich mich an die Mittagspausen mit Mr Nkoma und den anderen Kollegen in längst vergangener Zeit erinnerte, als wir darauf gewartet hatten, dass er uns seine beiläufig erzählten unanständigen Geschichten auftischte. Dorthin ging ich mit der Zeichnung, nachdem ich sie kopiert hatte, und projizierte das Dia auf verschiedene Karten. Es dauerte ganze zwei Tage, bis ich das genaue Gegenstück auf einer Karte fand, deren Höhenlinien exakt mit meiner Zeichnung übereinstimmten. Indem ich die Zeichnung des Kreidehügels mit einer realen, großen, namentlich benannten Karte verglich, hatte ich nun einen genau definierten Ort. Dort war meine Mutter, wie ich inzwischen wusste, für kurze Zeit mit einer kleinen Einheit stationiert gewesen, die, hieß es in dem Bericht, den Kern einer nach dem Krieg aktiven Partisanentruppe unschädlich machen sollte. Und dort war ein Mann aus ihrer Einheit getötet, zwei andere gefangen genommen worden.

Die handgezeichnete Karte suggerierte Vertrautheit, und ich war neugierig, wer die vertraute Person war, denn die einst nützliche Karte war in einem Lieblingsroman von Balzac aufgehoben worden. Meine Mutter hatte fast alles andere aus jener Zeit weggeworfen, als sie alle Gott weiß was taten, zum Beispiel den Kern einer Gruppe unschädlich machten. Im Labyrinth unseres Archivs hatten wir oft Fälle gefunden, in denen Menschen, die politische Gewalt überlebt hatten, die Bürde der Rache auf sich genommen hatten, zuweilen noch in der nächsten Generation. »*Wie alt waren sie?*«, hatte meine Mutter, so erinnerte ich mich vage, an dem Abend, als wir entführt werden sollten, Arthur McCash gefragt.

»Die Leute benehmen sich manchmal schändlich«, hatte

sie einmal zu mir gesagt, als ich und drei andere Jungen in der fünften Klasse zeitweilig von der Schule verwiesen worden waren, weil wir bei Foyles in der Charing Cross Road Bücher gestohlen hatten. Nun, als ich so viele Jahre später Bruchstücke von etwas erfuhr, was eindeutig politische Morde waren, heimlich begangen in anderen Ländern, war ich nicht nur entsetzt über die Aktivitäten meiner Mutter, sondern auch darüber, dass sie meinen Diebstahl in eine ähnliche Kategorie eingestuft hatte. Sie war schockiert gewesen, weil ich Bücher gestohlen hatte. »Die Leute benehmen sich schändlich.« Vielleicht machte sie sich über sich selbst lustig, während sie gleichzeitig mich verurteilte.

»Was hast du denn Schreckliches getan?«
  »Meine Sünden sind vielfältig.«

*

Eines Nachmittags klopfte ein Mann an die Trennwand meines Arbeitsplatzes. »Sie sprechen doch Italienisch? So steht es jedenfalls in Ihrer Akte.« Ich nickte.

»Kommen Sie mit. Der fürs Italienische Zuständige ist heute krank.«

Ich folgte ihm eine Treppe hinauf zu der Abteilung, wo die sprachkundigen Kollegen saßen. Damit war klar, um welchen Auftrag auch immer es ging, dass er im Rang höher stand als ich.

Wir betraten einen fensterlosen Raum, und er reichte mir ein Paar schwere Kopfhörer. »Um wen geht es?«, fragte ich.

»Spielt keine Rolle, übersetzen Sie einfach.« Er drückte auf die Taste des Tonbandgeräts.

Ich horchte auf die italienische Stimme und vergaß zunächst das Übersetzen, bis er mit den Armen gestikulierte. Es war die Aufnahme eines Verhörs, eine Frau stellte die Fragen. Der Ton war nicht gut – das Verhör schien in einer Art Höhle voller Echos aufgenommen worden zu sein. Auch war der Mann, den man befragte, kein Italiener, und er rückte nicht mit der Sprache heraus. Ihr Aufnahmegerät wurde immer wieder angehalten, während sie darauf warteten, dass er sprach, und dann wieder eingeschaltet, sodass es zeitliche Lücken gab. Es war eindeutig der Anfang des Verhörs. Ich hatte schon genügend solcher Aufnahmen gehört, um zu wissen, dass man dem Mann später den Boden unter den Füßen wegziehen würde. Jetzt schützte er sich dadurch, dass er sich desinteressiert gab. Er wich den Fragen aus. Er verbreitete sich über Cricket, klagte über ungenaue Angaben im Cricket-Magazin *Wisden*. Sie brachten ihn auf ihr Thema zurück und befragten ihn ohne Umschweife zu einem Massaker an Zivilisten in der Nähe von Triest und zu den Beziehungen zwischen dem englischen Geheimdienst und Titos Partisanen.

Ich lehnte mich vor, stoppte das Gerät und wandte mich an den Mann neben mir. »Wer ist das? Es wäre hilfreich, wenn ich den Kontext kennen würde.«

»Den brauchen Sie nicht – sagen Sie mir bloß, was der Engländer erzählt. Er arbeitet mit uns, wir müssen wissen, ob er irgendetwas Wichtiges ausgeplaudert hat.«

»Wann ...?«

»Anfang 1946. Der Krieg war offiziell zu Ende, aber ...«

»Und wo ist es passiert?«

»Die Aufnahme haben wir gleich nach dem Krieg erbeutet, bei jemand, der zu Mussolinis Marionettenregierung in Salò gehört hatte – den Duce hatte man schon aufgeknüpft, aber ein paar seiner Gefolgsleute waren noch da. Sie stammt aus der Gegend um Neapel.«

Er bedeutete mir, die Kopfhörer wieder aufzusetzen, und drückte wieder auf die Starttaste.

Der Engländer sprach weiter, hin und wieder gab es Zeitsprünge auf dem Band, er erwähnte Frauen, die er hier und da kennengelernt hatte, Details zu den Bars, in die sie gegangen waren, was für Kleider sie getragen hatten. Und ob sie die Nacht zusammen verbracht hatten. Er gab diese Informationen bereitwillig preis, lieferte Angaben, die offenkundig unwichtig waren: wann ihr Zug in London eingetroffen war, et cetera. Ich stellte das Gerät aus.

»Was ist los?«, fragte mein Kollege.

»Die Information ist nutzlos«, sagte ich. »Er spricht nur über seine Affären. Falls er ein politischer Gefangener ist, hat er jedenfalls nichts Politisches preisgegeben. Nur was er besonders an Frauen mag. Rohheit scheint er nicht zu mögen.«

»Wer mag das schon? Er ist nicht dumm. Er ist einer unserer Topleute. Das sind Dinge, die eine Ehefrau oder einen Ehemann interessieren können.« Und er schaltete das Gerät wieder ein.

Dann sprach der Engländer von einem Papagei, den man im Fernen Osten entdeckt hatte; jahrzehntelang hatte er bei einem Stamm gelebt, der inzwischen ausgestorben war, sodass auch sein ganzes Vokabular verlorengegangen war. Dann kam der Papagei in einen Zoo, und es stellte sich heraus, dass der Vogel die Sprache noch immer kannte. Also versuchten der

Mann und eine Sprachwissenschaftlerin, die Sprache mithilfe dieses Papageis zu rekonstruieren. Der Mann schien müde zu werden, doch er redete immer noch weiter, als könne er damit gezielten Fragen aus dem Weg gehen. Bis jetzt hatte das Verhör nichts gebracht. Die Frau suchte eindeutig nach einer bestimmten Person, wollte Namen von Orten wissen, die sie einer Landkarte, einer Stadt, einem Mord, einem Fehlschlag zuordnen konnte. Doch dann sprach er über die »einsame Aura« einer bestimmten Frau und, eine weitere überflüssige Nebenbemerkung, über ein Muster von Muttermalen an Hals und Oberarmen. Und plötzlich ging mir auf, dass ich das als Kind gesehen hatte. Und dass ich, an diesen Arm gelehnt, geschlafen hatte.

Mein Kollege legte die Finger an die Lippen und bedeutete mir, weiterzumachen.

Und so hörte ich, während ich ein auf Band aufgenommenes Verhör übersetzte, in dem möglicherweise erfundene Frauen und ein Papagei beschrieben wurden – das alles von dem Gefangenen als nutzlose Information vorgebracht –, wie das Muster der Muttermale am Hals meiner Mutter beschrieben wurde.

Ich kehrte in mein Büro zurück. Doch ich vergaß das Verhör nicht. So halb und halb glaubte ich, die Stimme des Mannes schon einmal gehört zu haben. Ich glaubte sogar eine Zeitlang, es sei die Stimme meines Vaters gewesen. Wer sonst hätte diese Merkmale kennen können – diese ungewöhnliche Anordnung von Muttermalen, von denen der Mann im Spaß gesagt hatte, sie ähnelten einer Konstellation im Sternbild des Pflugs.

*

Jeden Freitag bestieg ich den Sechs-Uhr-Zug im Bahnhof Liverpool Street und entspannte mich mit dem Blick auf die Landschaft, die an mir vorbeizog. Es war die Stunde, in der ich alles sortierte, was ich unter der Woche gesammelt hatte. Fakten, Daten, meine offiziellen und inoffiziellen Recherchen wurden dann unwichtig und verdrängt durch die sich allmählich entfaltende, halb geträumte Geschichte von meiner Mutter und Marsh Felon. Wie sie schließlich aufeinander zugegangen waren, ihre Familien hinter sich gelassen hatten, für kurze Zeit ein Liebespaar gewesen waren, sich dann wieder voneinander entfernt hatten und einander dennoch erstaunlich treu geblieben waren. Ich wusste fast nichts von ihrem zaghaften Begehren, von ihren Reisen zu nächtlichen Flugfeldern und Häfen und wieder zurück. Was ich wusste, war ein kaum noch erinnerter Vers einer alten Ballade, jedoch kein überprüfbares Indiz. Doch ich war ein ahnungsloser Sohn ohne Eltern und konnte mich nur mit Bruchstücken der Geschichte beschäftigen.

*

Es war die Nacht, als sie nach dem Begräbnis ihrer Eltern von Suffolk nach Hause gefahren waren. Der Lichtschein des Tachometers auf dem Kleid, das ihre Knie bedeckte. *Verdammt.*

Es war schon dunkel gewesen, als sie wegfuhren. Am Nachmittag hatte sie ihn diskret am Grab stehen sehen und bei der Feier zugehört, wie er scheu und liebevoll über ihre Eltern sprach. Nachbarn, die sie seit ihrer Kindheit kannte, gingen auf sie zu und kondolierten, fragten nach den Kindern, die zu Hause in London geblieben waren. Sie hatte sie bei dem Begräbnis nicht dabeihaben wollen. Wieder und wieder musste sie erklären, dass ihr Mann noch immer in Übersee war. »Dann eine gute Heimfahrt, Rose.« Und sie hatte den Kopf gesenkt.

Später hatte sie erlebt, wie Felon sich abmühte, um ein volles, überschwappendes Bowleglas von einem wackligen Tisch auf einen stabileren zu befördern, worüber die Gäste hatten lachen müssen. Aus irgendeinem Grund hatte sie sich nie so entspannt gefühlt. Gegen acht Uhr abends, als alle gegangen waren, brach sie mit Felon auf. Sie wollte nicht allein in dem leeren Haus bleiben. Sie fuhren auf der Stelle in den Nebel hinein.

Ein paar Meilen krochen sie vorwärts, hielten vorsichtig an jeder Kreuzung, warteten fast fünf Minuten lang an einem Bahnübergang, weil sie sich einbildete, das Geräusch eines Zugs zu hören. Falls es überhaupt ein Zug war, so pfiff er weit weg in der Ferne, so vorsichtig waren sie.

»Marsh?«

»Was ist?«

»Soll ich ans Steuer?« Das Kleid verrutschte, als sie sich ihm zuwandte.

»Noch drei Stunden bis London. Wir könnten eine Pause machen.«

Sie knipste ein Lämpchen an.

»Ich kann fahren. Ilketshall. Wo auf der Karte ist das?«

»Vermutlich irgendwo in diesem Nebel.«

»Okay«, sagte sie.

»Okay was?«

»Machen wir eine Pause. Ich möchte nicht fahren bei diesem Nebel, zumal wenn ich daran denke, wie sie ums Leben gekommen sind.«

»Ich weiß.«

»Wir können nach White Paint zurückfahren.«

»Ich zeige dir mein Haus. Du warst schon lange nicht mehr da.«

»Oh.« Sie schüttelte den Kopf, war aber neugierig.

Er wendete den Wagen, was erst nach drei Versuchen auf der schmalen nebligen Straße gelang, und fuhr dann zu dem Cottage.

»Komm.«

Drinnen war es kalt. »Frisch«, hätte sie gesagt, wäre es morgens gewesen, doch es war stockfinster, keine Spur von Licht. Es gab keinen Strom, nur einen Herd, auf dem er kochte und der das Haus wärmte. Er begann einzuheizen, schleppte eine Matratze aus einem unsichtbaren Raum, zu weit weg, sagte er, von der Wärme. All das hatte er gleich in den ersten Minuten nach dem Betreten des Hauses gemacht. Sie hatte kein Wort gesagt, hatte nur Felon beobachtet, um zu sehen, wie weit er gehen würde, dieser Mann, der stets so rücksichtsvoll war, jedenfalls immer ihr gegenüber. Sie konnte nicht glauben, was sich abspielte. Schon jetzt waren sie in diesem Raum zu nahe beieinander. Sie war es gewohnt, mit Felon im Freien zu sein.

»Ich bin eine verheiratete Frau, Marsh.«

»Von wegen.«

»Und natürlich kennst du verheiratete Frauen … «

»Ja. Aber er gehört überhaupt nicht zu deinem Leben.«

»Das ist schon lange so.«

»Du kannst hier neben dem Herd schlafen. Ich muss nicht.«

Langes Schweigen. Ihre Gedanken in Aufruhr.

»Ich glaube, du solltest jetzt doch schlafen.«

»Dann möchte ich dich sehen können.«

Er ging hinüber zum Herd, öffnete das Türchen, und es wurde hell in dem Zimmer.

Sie hob den Kopf und sah ihm direkt ins Gesicht. »Ich dich auch.«

»Nein, ich bin nicht interessant.«

Sie sah sich selbst, nur vom flackernden Herdfeuer beleuchtet, sah die langen Ärmel des Kleids, das sie auf der Beerdigung getragen hatte. Sie kam sich seltsam vor. Etwas hatte ihre Vernunft unterwandert. Auch war es eine neblige Nacht und die Welt um sie beide her unsichtbar, anonym.

Sie wurde wach, an ihn geschmiegt, seine Handfläche unter ihrem Nacken.

»Wo bin ich?«

»Hier bist du.«

»Ja. Anscheinend bin ich hier. Habe nicht damit gerechnet.«

Sie schlief wieder ein, wurde wieder wach.

»Was hat es mit Beerdigungen auf sich?«, fragte sie, den Kopf an seiner Brust. Sie wusste, abseits des Feuers wäre es kalt.

»Ich habe sie beide geliebt«, sagte er. »So wie du.«

»Das meine ich nicht. Ich meine, wenn man mit ihrer Tochter schläft, gleich nach der Beerdigung?«

»Glaubst du, sie drehen sich im Grab um?«

»Ja! Und im Übrigen, was nun? Ich weiß Bescheid über deine Frauen. Mein Vater hat dich einen Boulevardier genannt.«

»Dein Vater hat gern getratscht.«

»Nach dem Abend heute werde ich mich, glaube ich, von dir fernhalten. Du bist mir zu wichtig.«

Auch in dieser konzentrierten, vorsichtigen Version von Felon und Rose gibt es etwas Verwirrendes, ja sogar eine Unstimmigkeit in Bezug auf das, was geschehen, was gesagt worden sein könnte; nichts passt so recht in ihrer Geschichte zusammen. Wer hatte die Beziehung, die in jener Nacht neben einem eisernen Herd begann, beendet, oder was hatte sie beendet?

Sie hatte lange nicht mit jemandem so geschlafen wie in dieser Nacht mit Felon. Wie wäre es für ihn, fragte sie sich, wenn er sie danach verlassen würde? Wäre es wie in einer jener historischen Anekdoten, als eine kleine Armee höflich und still eine karolingische Grenzstadt verließ, oder würde alles um sie her heftige Nachwirkungen haben? Sie würde ihn verlassen müssen, bevor das passierte, ein Pfand zurücklassen müssen, das die Brücke über den Fluss blockierte, damit weder sie noch er ihn je wieder überqueren könnte und somit klar war, dies wäre ein Ende, nachdem sie plötzlich diesen erstaunlichen Blick auf den anderen geworfen hatten. Es musste immer noch Roses Leben bleiben.

Sie wandte sich Felon zu. Sie nannte ihn selten Marsh, fast immer nur Felon. Doch sie liebte den Namen Marsh. Er klang, als reiche er immer weiter und sei schwer zu überqueren und ganz zu verstehen, als würden ihre Füße nass werden, Kletten und Schmutz sich an sie heften. Ich glaube, dass sie damals beschloss, nach ihrer Nacht neben dem Herd, wieder ungefährdet zu der Person zu werden, die sie ja immer gewesen war, und getrennt von ihm zu leben, als sei der Kummer immer ein Teil des Begehrens. Bei ihm musste sie immer auf der Hut sein. Sie würde aber noch ein Weilchen warten, bis es ganz hell war, bis der feurige Liebhaber, der er gewesen war, wieder ein geheimnisvoller Unbekannter sein würde. In der Morgendämmerung hörte sie eine Grille. Es war September. Sie würde sich an den September erinnern.

*

Für einen Augenblick, während die Italienerin Felon verhört, drehen die Vernehmer die grelle Lampe, die ihn geblendet hat, zur Seite; ganz kurz wird ihr Gesicht beleuchtet, und er, der immer so verdammt schnell bemerkt, was um ihn her geschieht, sieht sie ganz deutlich. Er hat, wie jemand einmal sagte, »diesen merkwürdig zerstreuten Blick, dem nichts entgeht«. Ihm fallen die kleinen Pockennarben auf ihrer Haut auf, und er schließt daraus spontan, dass sie keine Schönheit ist.

Wollen sie seine Aufmerksamkeit absichtlich auf die Frau lenken, die ihn verhört? Haben sie gemerkt, dass er ein sinnlicher Mensch ist, dass man ihn zu einem kleinen Flirt verführen kann? Und dass er die Frau einen Moment lang gesehen hat, was hat das bei ihm bewirkt? Wie reagiert er? Ist er daher weniger auf einen Flirt aus? Ist er vorsichtiger oder selbstsicherer? Und wenn sie schon so viel über ihn wissen, dass sie eine Frau auf die andere Seite der Bogenlampe setzten, im Dunkel verborgen, ist dieser Lichtschwenk dann Zufall oder Absicht? »In historischen Studien wird unweigerlich das Zufällige im Leben ausgelassen«, erzählt man uns.

Felon ist hingegen stets offen gegenüber dem Zufall, ob er in Form einer überraschend erscheinenden Libelle oder der unerwarteten Enthüllung eines Charakters auftaucht, und er spielt damit, ob falsch oder richtig. Er bezieht andere ein, das ist genauso typisch für ihn wie seine breiten Schultern, seine

Ausgelassenheit in der Gegenwart von Fremden, all das ein Ausweg aus seiner Verschlossenheit. Er besitzt eine Offenheit, die daher rührt, dass er einst ein wissbegieriger Junge war. Er ist eher neugierig als rücksichtslos. Also brauchte er jemanden neben sich, der taktisch operiert, und diese Person hat er in Rose gefunden. Er weiß, dass die Vernehmer nicht hinter ihm her sind, sondern hinter ihr – der nie gesehenen Viola, die man aber so oft gehört hat, die Frau, die über die Ätherwellen die flüchtigen Signale der Gegenseite abhört, die Stimme, die über deren Bewegungen berichtet und ihre Standorte verrät.

Doch auch Felon ist ein Spiegel mit zwei Seiten. Tausende kennen ihn als den genialen Berichterstatter, der in der Radiosendung *Die Stunde des Naturkundlers* über das Gewicht eines Adlers spekuliert oder über den Ursprung des Ausdrucks »der Salat schießt«, als wäre er ein Nachbar, der über einen schulterhohen Zaun mit einem redet, ohne zu ahnen, dass ihm Leute aus dem weit entfernten Derbyshire zuhören. Für sie alle ist er ebenso unsichtbar wie vertraut. In der *Radio Times* war kein Foto von ihm zu sehen, nur die Bleistiftskizze eines Mannes, der im Mittelgrund ausschreitet, weit genug weg, um nicht erkannt zu werden. Ab und zu lädt er einen Spezialisten ins Kellerstudio der BBC ein, der sich mit Wühlmäusen auskennt, oder einen Menschen, der Angelgerät und Fischköder herstellt, und dann versucht er, den bescheidenen Zuhörer zu spielen. Doch sein Publikum möchte lieber ihn selbst hören. Es ist an seine Abschweifungen gewöhnt, wenn er zum Beispiel eine Zeile von John Clare zutage fördert, in der »Krammetsvögel im Akazienstrauch plappern«, oder ein Gedicht von Thomas Hardy vorliest, in dem die Vernichtung kleiner Lebe-

wesen auf den ungefähr siebzig Feldern beschrieben wird, wo
die Schlacht von Waterloo ausgetragen wurde:

Des Maulwurfs Tunnelkammern werden unterm Rad
    zerstört,
Zerstreut der Lerchen Eier, und die Nestherrn fliehn;
Des Igels Heimstatt wird entsiegelt vom Sappeur.

Die Schnecke sucht vorm Schreckensschritt sich
    einzuziehn,
Umsonst; sie wird zerquetscht unter des Rades Kranz.
»Was geht da vor?« Das fragt der Wurm nach oben hin,
Und ringelt sich hinweg von diesem grausen Tanz,
Und wähnt sich sicher schon …

Das ist sein Lieblingsgedicht. Er liest es langsam und leise vor,
gleichsam in animalischem Zeitmaß.

*

Die Frau hinter der grellen Lampe ändert ständig ihre Verhör-
taktik, um Felon auf kaltem Fuß zu erwischen. Er hatte beschlossen, nur Untreue und Verrat zu gestehen, vielleicht im Glauben,
mit diesem Blendwerk könnte er sie irritieren. Er hatte im Gespräch mit der Person hinter den Scheinwerfern gescherzt, doch
ich fragte mich: Hatten sie eine hellwache Frau auf ihn angesetzt,
die ihm simple Fragen stellte, damit er denken könnte, er führe
sie mit privaten Details in die Irre? Aber gaben ihr seine Erfindungen Aufschluss? Sie möchte eine Beschreibung der Frau, die
in ihren Augen verantwortlich ist. Manchmal sind ihre Fragen

fadenscheinig, und dann lachen sie beide, er über ihren Versuch, ihn zu überlisten, sie ein wenig nachdenklich. Meist jedoch erkennt er, obwohl er erschöpft ist, die Absicht hinter der Frage.

»Viola«, wiederholt er, als sei er verwundert, da sie den Namen zum ersten Mal erwähnt. Und weil Viola ein fiktiver Name ist, hilft er, ein fiktives Porträt für die Vernehmer zu erstellen.

»Viola ist unauffällig«, sagt er.

»Woher kommt sie?«

»Vom Land, glaube ich.«

»Woher genau?«

»Bin mir nicht sicher.« Er muss wieder Boden gewinnen, nachdem er möglicherweise zu viel verraten hat. »Süd-London?«

»Aber Sie sagten doch, vom Land. Essex? Wessex?«

»Oh, Sie kennen Hardy … Welchen Dichter lesen Sie noch?«, fragt er.

»Wir glauben, dass sie mit einem Akzent von der Küste spricht, den wir nicht genau verorten können. Wir kennen ihre Stimme gut, hören sie über Funk.«

»Süd-London, glaube ich«, wiederholt er.

»Nein, nicht von dort, das wissen wir. Wir haben Experten. Wann haben Sie Ihren Akzent angenommen?«

»Was meinen Sie um Himmels willen damit?«

»Haben Sie schon immer so gesprochen? Hat der Unterschied zwischen Ihnen und Viola dann etwas mit Klassenzugehörigkeit zu tun? Sie klingt nämlich nicht so wie Sie, stimmt's?«

»Hören Sie, ich kenne die Frau ja kaum.«

»Ist sie schön?«

Er lacht. »Ich glaube schon. Hat ein paar Muttermale am Hals.«

»Aber wie viel jünger ist sie als Sie, was glauben Sie?«

»Ich weiß nicht, wie alt sie ist.«

»Kennen Sie Denmark Hill? Einen gewissen Oliver Strachey? Den sogenannten Knecht?«

Er schweigt, überrascht.

»Wissen Sie, wie viele unserer Leute von kommunistischen Partisanen, Ihren neuen Verbündeten, getötet wurden? In den Foibe-Massakern bei Triest. Wie viele Hunderte sind dort gestorben, in den Karsthöhlen begraben, was meinen Sie?«

Er sagt nichts.

»Oder im Dorf meines Onkels?«

Es ist heiß, und er atmet auf, als sie für eine Weile alle Lampen ausmachen. Die Frau spricht im Dunkeln weiter.

»Sie wissen also nicht, was dort in dem Dorf passiert ist? Dem Dorf meines Onkels. Vierhundert Einwohner. Jetzt sind es noch neunzig. Fast alle wurden in einer einzigen Nacht umgebracht. Ein kleines Mädchen war wach, sie hat es mit angesehen, und als sie am nächsten Tag davon sprach, haben die Partisanen sie mitgenommen und sie auch umgebracht.«

»Davon weiß ich nichts.«

»Die Frau, die sich Viola nennt, war die Funkverbindung zwischen Ihren Leuten und den Partisanen. Sie sagte den Partisanen, wohin sie in jener Nacht gehen sollten. Und nannte andere Orte – Rajina Suma und Gakova. Sie versorgte sie mit Informationen – wie weit vom Meer entfernt, welche Ausgänge blockiert waren, wie man hereinkam.«

»Wer immer sie ist«, sagt er, »sie hat bestimmt nur Anweisungen weitergegeben. Sicher hat sie gar nicht gewusst, was passieren würde. Möglicherweise weiß sie nicht einmal, was passiert ist.«

»Vielleicht, aber wir haben keinen Namen außer ihrem. Kennen weder einen General noch einen Offizier, nur ihren Decknamen. Keinen anderen Namen.«

»Was ist in diesen Dörfern passiert?«, fragt Felon ins Dunkel, obwohl er die Antwort kennt.

Die große Lampe wird wieder eingeschaltet.

»Wissen Sie, wie wir das heute nennen? ›Blutiger Herbst‹. Ihr habt mit vollem Einsatz die Partisanen unterstützt, um die Deutschen zu vernichten, und habt uns alle, Kroaten, Serben, Ungarn, Italiener, als Faschisten, als Sympathisanten der Deutschen klassifiziert. Ganz gewöhnliche Leute waren auf einmal Kriegsverbrecher. Manche von uns waren vorher Ihre Verbündeten gewesen, nun waren wir Feinde. Der Wind hatte sich in London gedreht, es gab politische Gerüchte, und alles änderte sich. Unsere Dörfer wurden dem Erdboden gleichgemacht. Keine Spur ist davon übrig geblieben. Die Leute wurden vor Massengräbern aufgestellt, mit Draht aneinandergefesselt, damit sie nicht weglaufen konnten. Alte Fehden waren nun eine Ausrede für Mord. Noch andere Dörfer wurden zerstört. Sivac. Adorjan. Die Partisanen drangen immer näher nach Triest vor, bis sie uns in die Stadt treiben konnten, wo sie noch mehr Menschen vernichteten. Italiener, Slowenen. Sie alle. Uns alle.«

Felon fragt: »Wie war der Name dieses ersten Dorfs? Des Dorfs Ihres Onkels?«

»Es hat keinen Namen mehr.«

*

Rose und der Soldat bewegten sich in raschem Tempo über das unwegsame Gelände, nass, weil sie beständig Bäche durchqueren mussten; sie beeilten sich, um den Ort vor Dunkelheit zu erreichen, weil sie nicht genau wussten, wo er war. Nur noch ein paar Täler, dachte sie und sagte es auch zu dem Soldaten. Alles war im Fluss. Sie konnten keinen Kurzwellenempfänger mit sich führen, nur ihre in aller Eile angefertigten Ausweise. Der Mann neben ihr trug ein Gewehr. Sie suchten nach einem Hügel und nach einer Hütte an dessen Fuß, und eine Stunde später sahen sie sie schließlich.

Ihre Ankunft überraschte die Insassen. Als Rose und der Soldat eintraten, schlotternd in ihrer nassen Kleidung, sah sie Felon in makellos sauberer trockener Kleidung. Einen Augenblick war er sprachlos, dann irritiert. »Was tust du ... «

Sie wischte die Frage beiseite, wie um sie später zu beantworten. Noch ein weiterer Mann und eine Frau kamen auf sie zu, sie kannte beide. Zu Füßen von Felon lag ein Seesack, und er deutete darauf mit fast komischer Zurückhaltung, als bestünde seine Rolle an diesem Ort nur darin, sie mit Kleidung zu versorgen. »Nehmt euch, was immer ihr wollt«, sagte er. »Zieht euch was Trockenes an«, und damit ging er hinaus. Sie teilten die Sachen untereinander auf. Der Soldat nahm sich ein warmes Hemd. Sie nahm sich einen Pyjama und ein Jackett aus Harris-Tweed, von dem sie wusste, dass es Felon gehörte. Sie hatte ihn darin oft in London gesehen.

»Was in aller Welt tust du?«, fragte er noch einmal, als sie aus der Hütte trat.

»Sie haben die Kontrolle über den Funkverkehr übernommen, deshalb haben wir jetzt Funkstille. Man konnte dich nicht erreichen, deshalb bin ich selber gekommen. Sie haben unsere

Meldungen abgehört. Sie wissen, wo du bist. Ich soll dir sagen, dass du jetzt weggehen musst.«

»Hier bist du nicht sicher, Rose.«

»Keiner von euch ist sicher. Darum geht es ja. Sie kennen eure Namen, sie wissen, wohin ihr unterwegs seid. Sie haben Connolly und Jacobs geschnappt. Sie behaupten auch, zu wissen, wer Viola ist.« Sie sprach von sich in der dritten Person, als könnte jemand zuhören.

»Wir bleiben über Nacht«, sagte er.

»Warum? Weil du ein Mädchen dabeihast?«

Er lachte. »Nein. Weil auch wir gerade erst gekommen sind.«

Sie aßen in der Nähe des Feuers, unterhielten sich vorsichtig, weil keiner sich sicher war, wie viel die anderen wussten. Sie hatten immer eine Grenze zwischen sich und den anderen gezogen, damit kein Bestimmungsort, kein Reisezweck aufflog, wenn einer von ihnen gefasst wurde. Niemand außer ihm wusste, dass sie Viola war. Oder dass der Mann, mit dem sie unterwegs war, ihr Leibwächter war. Ihr Soldat war schüchtern, hatte sie festgestellt, als sie ihn auf ihrer plötzlich beschlossenen zweitägigen Reise ins Gespräch hatte verwickeln wollen – sogar als sie ihn fragte, wo er aufgewachsen sei, antwortete er ausweichend. Er hatte keine Ahnung, was ihr Auftrag war, wusste nur, dass er auf sie aufpassen sollte.

Nach dem Essen kam er mit, als sie mit Felon nach draußen ging, und sie bat ihn, ein Stück weiter wegzugehen, damit sie sich allein mit Felon unterhalten konnte. Er entfernte sich und zündete sich eine Zigarette an, und sie sah sie über Felons Schulter hinweg jedes Mal aufglimmen, wenn er einen Zug tat. Sie hörten, wie die anderen drinnen lachten.

»Warum?« Felon sagte es mit einem müden Seufzer, der kritisch klang. Eigentlich war es gar keine Frage. »Es musstest doch nicht du sein.«

»Du hättest auf niemand anders gehört. Und du weißt zu viel. Wenn du gefasst wirst, sind alle anderen gefährdet. Jetzt gibt es keine Kriegsregeln mehr. Du würdest als Spion verhört, und dann würden sie dich verschwinden lassen. Wir sind heutzutage nicht viel Besseres als Terroristen.« Sie sagte es verbittert.

Felon antwortete nicht, versuchte, eine Waffe zu finden, irgendein Argument, um den Streit fortzuführen. Sie streckte die Hand aus und legte sie ihm auf den Arm, und sie blieben ganz still im Dunkeln stehen. Ein schwacher Feuerschein aus dem Inneren der Hütte flackerte auf seiner Schulter. Alles schien friedlich, so wie damals, als an einem längst vergangenen Abend in Suffolk eine Schleiereule mit riesigem Kopf ganz in ihrer beider Nähe lautlos auf dem Boden gelandet war, ein kleines Tier – eine Maus? ein Wiesel? – gepackt hatte, als wäre es irgendein Unrat auf dem Rasen, und hinauf zu einem dunklen Baum schwebte, ohne innezuhalten. »Wenn du einen ihrer Nistplätze findest«, hatte er ihr damals erklärt, »wirst du feststellen, dass sie alles fressen. Köpfe von Kaninchen, Überreste von Fledermäusen, Feldlerchen. Es sind gewaltige Vögel. Ihre Flügelspannweite beträgt – du hast es ja gerade gesehen –, sagen wir, fast einen Meter. Aber wenn du jemals eine in der Hand hältst ... diese ganze Kraft und kein Gewicht dahinter.«

»Wie kam's, dass du eine in der Hand gehalten hast?«

»Einer meiner Brüder hatte eine Schleiereule gefunden, die durch Stromschlag getötet worden war. Er hat sie mir gegeben. Der Vogel war sehr groß, mit einem schönen, sich überlappenden Federkleid. Und trotzdem wog er fast nichts. Als er ihn mir gab, bewegten sich meine Hände automatisch nach oben, weil ich ein ganz anderes Gewicht erwartet hatte ... Ist dir warm genug, Rose? Sollen wir wieder reingehen?« Erst als er nun zu ihr im Präsens sprach, fiel ihr ein, wo sie war – draußen vor einer Hütte, irgendwo bei Neapel.

Das Feuer in der Hütte war fast ausgegangen. Sie wickelte sich in eine Decke und legte sich hin. Sie konnte hören, wie sich die anderen eine bequeme Position suchten. Sie hatte Felon gegenüber erwähnt, sie wisse nicht genau, wo sie seien, und er hatte ihr rasch eine Karte auf einem Zettel skizziert. Ihre Gedanken flogen über die gezeichnete Landschaft von der Hütte bis zu den beiden möglichen Fluchtwegen. Die eine Route führte zu einem Hafen, wo sie eine Frau namens Carmen kontaktieren sollte, falls etwas schiefging. Sie atmete den Geruch der am Feuer trocknenden nassen Kleider ein, spürte Felons kratzige Jacke an ihrem Körper. Man hörte Geflüster. Als sie im Jahr zuvor mit ihm zusammengearbeitet hatte, verdächtigte sie ihn, eine Affäre mit Hardwick zu haben, der anderen Frau in der Hütte. Nun hörte sie gedämpftes Gemurmel und leise Geräusche in der entgegengesetzten Ecke des Raums, wo Felon sein Lager hergerichtet hatte. Sie dachte wieder an die Landschaft zurück und an die morgige Reise mit dem Leibwächter. Als sie aufwachte, war es schon Tag.

Früh aufstehen, das war auch etwas, was sie dank der Erziehung durch Felon beibehalten hatte, seit der Zeit, als sie auf Federwildjagd gegangen waren und am Fluss geangelt hatten. Sie setzte sich auf und sah zu der dunkleren Ecke der Hütte hin, von wo aus Felon sie beobachtete, neben sich seine schlafende Gefährtin. Sie wickelte sich aus der Decke, nahm ihre trockenen Kleider und ging hinaus, um sich ungestört anzuziehen. Einen Augenblick später folgte ihr diskret der Leibwächter.

Felon war schon auf, und die Übrigen waren wach, als sie zurückkam. Sie ging zu ihm und gab ihm die Jacke zurück. Die ganze Nacht hatte sie ihr Gewicht gespürt. Während des Frühstücks war er so höflich zu ihr, als wäre sie, nicht er, die Autoritätsperson innerhalb der Gruppe. Auch schon vorher war das zu spüren gewesen, als er sie von der anderen Seite der Hütte aus beobachtet hatte, während sie sich ihn im Schatten vorstellte, mit der anderen Frau beschäftigt.

Wenige Tage darauf wurde Felon gefangen genommen und verhört, so wie sie es vorhergesagt hatte.

*

»Sie sind verheiratet, nicht wahr?«

»Ja«, lügt er.

»Ich glaube, Sie können gut mit Frauen. War sie Ihre Geliebte?«

»Ich habe sie nur einmal getroffen.«

»War sie verheiratet? Hatte sie Kinder?«

»Ich weiß es wirklich nicht.«

»Was machte sie so anziehend? Ihre Jugend?«

»Keine Ahnung.« Er zuckt die Schultern. »Vielleicht ihr Gang.«

»Was meinen Sie damit?«

»Eine Art zu gehen … wie man geht. Man erkennt Menschen an ihrem Gang.«

»Das gefällt Ihnen an Frauen?«

»Ja. Ja, stimmt. Das ist alles, woran ich mich bei ihr erinnere.«

»Da muss mehr gewesen sein … ihr Haar?«

»Rot.« Er ist froh, dass ihm das so schnell eingefallen war, vielleicht zu schnell.

»Sie meinten vorhin, dass sie Muttermale hat. Ein oder zwei Muttermale?«

»Ich hab sie nicht gezählt«, sagt er leise.

»Ich glaube das nicht mit dem roten Haar«, sagt sie.

Inzwischen wäre Rose in Neapel, denkt Felon. In Sicherheit.

»Aber ich glaube, dass sie sehr attraktiv ist«, sagt die Frau lachend. »Sonst hätten Sie es doch zugegeben.«

Zu seiner Überraschung lassen sie ihn dann laufen. Nicht hinter ihm sind sie her, und inzwischen wissen sie, wo und wer Viola ist. Dank seiner Hilfe.

Die Straße der kleinen Dolche

Sie erwacht, das Gesicht gegen das Wort ACQUEDOTTO gepresst; ihr Arm tut höllisch weh, sie bemüht sich krampfhaft,
festzustellen, wo sie ist, wie viel Uhr es ist. Stattdessen fällt
ihr ein, wann sie schon einmal eine Zikade zirpen gehört hat.
Damals war es früh am Abend gewesen, und als sie aufgewacht
war, hatte sie fast in der gleichen Haltung im Gras gelegen,
die Wange an den Oberarm geschmiegt. Damals waren all ihre
Sinne geschärft gewesen. Sie war nur müde gewesen, das war
alles. Sie war viele Meilen zu Fuß in die Stadt gegangen, um
sich mit Felon zu treffen, und weil sie ein paar Stunden warten
musste, hatte sie sich in einem kleinen Park neben einem Fußweg hingelegt und war eingeschlafen, um plötzlich beim kla-
genden Zirpen der Zikade aufzuwachen. Doch zunächst hatte
sie auch damals nicht gewusst, was sie dort tat.

Was sie sich nun nicht erklären kann, ist das Wort *acquedotto*, was Wasserleitung bedeutet. Sie hebt den Kopf vom
Gullydeckel. Sie muss sich zurechtfinden, wissen, warum sie
hier ist, muss nachdenken. Sie sieht die immer noch blutenden
Wunden an ihrem Oberarm. Wenn nun jemand klagt, dann etwas in ihr. Sie hält das Handgelenk in die Höhe, wischt das Blut
von ihrer Uhr, ein sternförmiger Sprung im Glas, die Zeiger
weisen auf fünf, es ist früh am Morgen. Sie blickt zum Himmel
hinauf. Allmählich erinnert sie sich wieder. Sie muss es bis zu
einem geheimen Unterschlupf schaffen. Es gibt eine Frau namens Carmen, mit der sie Kontakt aufnehmen muss, falls sie
Hilfe braucht. Rose steht auf, nimmt ein Stück des dunklen

Hemds zwischen die Zähne, reißt das untere Drittel mit ihrer unverletzten Hand ab und bindet ihren Arm ab, damit es nicht so wehtut. Dann geht sie schwer atmend in die Hocke. Und nun hinunter in Richtung Hafen, um Carmen zu finden, wo auch immer sie ist, und ein Boot aufzutreiben. Hier geschehen immer Wunder, heißt es von Neapel.

Sie verlässt die Straße der kleinen Dolche und rekapituliert den Stadtplan im Kopf. »Posillipo« heißt der wohlhabende Teil der Stadt, was ungefähr »Erholung vom Kummer« bedeutet. Ein griechisches Wort, das auf Italienisch noch immer benutzt wird. Und sie muss in die *Spaccanapoli,* die Straße, die Neapel in zwei Teile teilt. Sie geht hinunter und wiederholt die Namen – *Spaccanapoli* und *Posillipo.* Man hört das laute Gekreische der Möwen, also ist Wasser in der Nähe. Sie muss Carmen finden, dann den Hafen. Jetzt wird der Himmel schon hell. Am meisten spürt sie den linken Arm, wo der Schmerz pulsiert, die Bandage ist bereits blutdurchtränkt. Jetzt fallen ihr wieder die kleinen Messer ein, mit denen man sie verletzt hat. Man hatte sie und den Soldaten entdeckt, nachdem sie sich von der Gruppe getrennt hatten, um auf einer anderen Route das Land zu verlassen. Wie war es passiert? Wer hatte etwas verraten? Kaum waren sie in einem Außenviertel der Stadt, wurde sie erkannt, der Soldat getötet. Er war noch ein Junge. In irgendeinem Gebäude fingen sie an, ihr bei jeder Frage eine Wunde im Arm beizubringen. Nach einer Stunde hörten sie auf, ließen sie liegen. Sie musste irgendwie geflohen, auf eine Straße gekrochen sein. Sie würden nach ihr suchen. Waren sie mit ihr fertig? Nun geht sie den Hügel hinab, denkt nach, ist wieder ganz bei sich. »Erholung vom Kummer«. Sie biegt um eine Ecke und merkt, dass sie auf einen hell beleuchteten Platz gestolpert ist.

Das war also das Licht, das sie die ganze Zeit am Himmel gesehen hat, nicht die Morgendämmerung. Familien und andere Gruppen haben sich nachts vor einer Bar versammelt, essen und trinken; ein etwa zehnjähriges Mädchen mitten unter ihnen singt ein Lied; sie kennt es, hat es vor Jahren ihrem Sohn in einer anderen Sprache vorgesungen. Die Szene könnte sich irgendwann am Abend abspielen, jedenfalls nicht am frühen Morgen. Ihre Uhr muss schon vorher stehengeblieben sein, während des Verhörs, der Zeiger stand zwar auf fünf, aber das hieß später Nachmittag, nicht die Stunde vor Sonnenaufgang. Es ist bestimmt noch vor Mitternacht. Aber die Möwen? War es nur das Licht auf diesem bevölkerten Platz, das sie angezogen hat?

Sie lehnt sich an einen Tisch, eine Fremde, und sieht zu, wie sie reden und lachen, während das kleine Mädchen auf dem Schoß einer Frau sitzt und singt. Es wirkt wie das Wandbild eines mittelalterlichen Meisters, wie eines der Fresken, die Felon so gern beschrieb: Er wies auf die verborgenen Strukturen hin und erläuterte, wie ein kleines Detail wie zum Beispiel ein Laib Brot zum Fix- und Angelpunkt einer großen Menschenmenge wird, die sich ausbreitet und die ganze Leinwand ausfüllt. So interagiert die Welt, sagte er. Hier wird der Laib Brot verkörpert von einem kleinen Mädchen, das einfach aus purer Lebenslust singt. So fühlt auch sie sich, nachdem sie der Spaccanapoli gefolgt und dabei auf diese lärmende Versammlung gestoßen ist, auf dem Weg zu dem Ort, an dem sie Carmen finden soll. Sie könnte einen Schritt nach vorn tun, würde dann auch besser gesehen, doch sie zieht einen Stuhl zu sich her, stützt den verletzten Arm auf den Tisch, um sie herum das ganze Fresko. Sie hat schon lange nicht mehr so eine Zusammenkunft von Familien und Nachbarn erlebt, hat sich mit einer Welt der Geheimhaltung abgefunden, in der eine andere Macht am Werk ist und wo es keine Großzügigkeit gibt.

Eine Frau hinter ihr legt ihr sacht die Hände auf die Schultern. »Hier geschehen immer Wunder«, sagt die Frau zu ihr.

*

Einige Monate später besucht Felon mit Rose, wie er es ihr einst versprochen hat, die Bibliothèque Mazarine. Sie haben bis lang in den Nachmittag hinein in der Coupole zu Mittag gegessen, einander zugeschaut, wie sie Austern verspeist und Champagner aus schlanken Flötengläsern getrunken haben, und das Ende der Mahlzeit mit einer Crêpe beschlossen, die sie sich teilen. Als Rose sich vorbeugt, um nach einer Gabel zu greifen, sieht er die Narben oberhalb ihres Handgelenks.

»Ein Toast«, sagt sie. »Unser Krieg ist vorbei.«

Felon hebt sein Glas nicht. »Und der nächste Krieg? Du gehst zurück nach England, und ich bleibe hier. Kriege sind nie vorbei. *Sevilla para herir, Córdoba para morir.* Erinnerst du dich?«

Im Taxi lehnt sie sich beschwipst an ihn. Wohin fahren sie? Sie biegen auf den Boulevard Raspail ein, fahren weiter zum Quai de Conti. Sie ist sich ganz und gar unsicher, ist noch immer von diesem Mann gefesselt, vertraut sich seiner Führung an. In den letzten Stunden sind Nacht und Tag auf unerklärliche Weise ineinander übergegangen. Sie ist allein aufgewacht, quer auf einem Bett liegend, das so breit war, dass sie meinte, auf einem Floß dahinzutreiben; so ähnlich standen am Nachmittag in der Coupole die etwa hundert leeren Tische vor ihr da, wie eine verlassene Stadt.

Er legt ihr die Hand auf die Schulter, als sie das braune Gebäude betreten – die große Bibliothek von Mazarin, der, wie er sagt, »nach Richelieus Ableben de facto der Herrscher Frankreichs war«. Nur Felon, glaubt sie, nimmt das Wort »Ableben« so selbstverständlich in den Mund, dieser Mensch, der bis zu seinem sechzehnten Lebensjahr so gut wie keine Erziehung genossen hat. Er hat das Wort aus einem Taschenwörterbuch gelernt, so wie er seine frühere ungelenke Handschrift verändert hat, die sie aus den Notizbüchern seiner Kindheit kennt, neben den sorgfältig skizzierten Mollusken und Eidechsen, die er nach der Natur zeichnete. Ein Aufsteiger. Ein *arriviste.* Den deshalb manche in der Branche nicht für reell halten, dem sie nicht trauen. So wenig wie er sich selbst.

Als sie die Bibliothek betritt, merkt Rose, dass sie wohl leicht beschwipst ist. Ihre Gedanken schweifen ab, sie hört Felon nicht mehr richtig zu. Drei Glas Champagner am frühen Nachmittag, dazu neun Austern als Unterlage. Und nun befinden sie sich im 17. Jahrhundert inmitten Tausender von Relikten, beschlagnahmt in Klöstern oder gestürzten Aristokraten geraubt, auch Inkunabeln aus der Frühzeit des Buchdrucks sind darunter. Das alles ist hier gesammelt und bewahrt worden. »Das ist das wahre Nachleben«, erklärt Felon.

In einem der oberen Stockwerke beobachtet er, wie ihre Silhouette vor den hellen Fenstern vorbeigeht, es ist, als fahre ein beleuchteter Zug an ihr vorbei. Dann steht sie vor einer großen Karte von Frankreich mit seinen abertausend Kirchen, wie er sich das einmal vorgestellt hat, und es fühlt sich an wie die Nachbildung eines früheren Wunschs. Solche Karten haben auch immer etwas Bedrückendes, als sei es der einzige Lebenszweck, fromm von einem Altar zum anderen zu reisen, anstatt das klare Blau eines Flusses zu überqueren, um einen fernen Freund aufzusuchen. Felon sind ältere Landkarten lieber, auf denen keine Städte verzeichnet sind, sondern nur Umrisslinien, sodass man sie noch heute für genaue Geländeerkundungen nutzen kann.

Er steht neben einer Versammlung marmorner Gelehrter und Philosophen und dreht sich rasch um, als könnte er einen Blick oder einen Gedanken von ihnen auffangen. Ihm gefällt der dauerhafte Ausdruck auf den Gesichtern von Statuen, wie eindeutig sich darin Schwäche oder Verschlagenheit spiegelt. In Neapel stand er vor einem brutalen Kaiser, und er erinnert sich noch, wie die Augen in diesem schwer fassbaren steinernen Gesicht nie seinem Blick begegneten, wie oft er sich auch hin und her bewegte, um seine Aufmerksamkeit zu erregen. Manchmal hat er den Eindruck, er sei zu diesem Mann geworden. Rose stupst ihn an, und er wendet sich ihr zu. Sie gehen an einer Reihe alter Vitrinen vorbei, deren jede mit ihrem eigenen bernsteinfarbenen Licht erhellt ist. Eine Lampe beleuchtet die hastige Handschrift eines Heiligen, eine andere die eines jungen Mannes, der hingerichtet worden ist. Auf einem Stuhl liegt die zusammengefaltete Jacke von Montaigne.

Rose nimmt das alles in sich auf. Es kommt ihr vor wie die Fortsetzung ihres Mahls, plötzlich ist der Geschmack von Austern zugleich mit dem Geruch nach Möbelpolitur und altem Papier fast greifbar in der Luft. Sie hat kaum etwas gesagt, seit sie hier sind. Und wenn Felon sie auf irgendein Detail hinweist, reagiert sie nicht, sie möchte nur entdecken, was es für sie bedeutet. Sie hat diesen Mann ihr Leben lang verehrt, spürt aber, dass dieser altehrwürdige Ort sie vor den Kopf stößt. »*Das ist*

das wahre Nachleben.« So, wie sie vielleicht das seine ist. Hat er
sie schon immer so gesehen? Sie ist ganz beschwipst von dieser
kleinen Erkenntnis.

Sie ignoriert den leichten Regen, als sie allein in der Stadt herumspaziert, nachdem sie seinem Gängelband entkommen ist.
Wenn sie sich verlaufen hat, fragt sie nicht nach dem Weg, sie
ist lieber unterwegs ins Ungewisse, lacht, als sie zweimal an
demselben Brunnen vorbeikommt. Sie will den Zufall, will
Freiheit. Man hat sie in diese Stadt gebracht, um sie zu verführen. Sie kann sich alles vorstellen, weiß, wie es passieren wird.
Seine deutlich sichtbaren Rippen, an die sie ihren Kopf leh-
nen wird. Ihre Hand auf dem Pelz auf seinem Bauch, die sich
mit seinen Atemzügen heben und senken wird. Ihr geöffneter
Mund, der freundliche Worte des Lobs spricht, als er sich ihr
zuwendet und in sie eindringt. Sie überquert eine Brücke. Es ist
vier Uhr früh, als sie in ihr Zimmer zurückkehrt.

Sie erwacht im Morgengrauen und geht in das angrenzende
Zimmer. Felon schläft in dem schlichteren Bett. Er hat bei der
Ankunft darauf bestanden, dass sie das luxuriösere Zimmer
nimmt. Er liegt mit geschlossenen Augen auf dem Rücken, die
Hände seitlich, als bete er oder sei an einen Mast gefesselt. Sie
zieht die schweren langen Vorhänge auf, sodass sich das Zimmer mit Winterlicht und mit Möbeln füllt, doch er wacht nicht
auf. Sie beobachtet ihn, ist sich bewusst, dass er sich in einer
anderen Welt befindet, vielleicht als der unsichere Junge, der
er als Halbwüchsiger war. Seitdem hat sie Felon nie mehr so
erlebt; sie kennt ihn als den Mann, der sich neu erfunden hat.
Über die Jahre hin hat er ihr die großen Ausblicke gezeigt, nach
denen sie sich sehnte, doch nun denkt sie, dass die Wahrheit

dessen, was man vor Augen hat, vielleicht nur für die deutlich ist, denen es an Gewissheit mangelt.

Sie geht durch das mit Brokatstoffen dekorierte Hotelzimmer. Sie hat den Blick nicht von Felon abgewendet, als wären sie mitten in einem pantomimischen Gespräch, das sie in Wahrheit nie geführt haben. Sie haben diese lange, verschwisterte Geschichte, und sie weiß nicht mehr, wie sie ihm noch verbunden bleiben soll. Ein Pariser Hotel. Sie wird sich immer an den Namen erinnern, oder vielleicht wird sie ihn vergessen müssen. Im Badezimmer wäscht sie sich das Gesicht, um ihre Gedanken zu ordnen. Sie setzt sich auf den Rand der Badewanne. Wenn sie sich vorgestellt hat, wie er ihr den Hof macht, dann auch, wie sie es umgekehrt tut.

Sie kehrt in sein Zimmer zurück, hält Ausschau nach irgendeiner kleinen Bewegung, falls er seinen Schlaf nur vortäuscht. Dann hält sie inne, erkennt, dass sie es nie wissen wird, wenn sie jetzt geht. Streift ihre Schuhe ab und geht zum Bett. Lässt sich darauf nieder und streckt sich neben ihm aus. Mein Verbündeter, denkt sie. Sie erinnert sich an Augenblicke ihrer gemeinsamen Geschichte, die sie nie vergessen können wird, an vertrauliches Geflüster, daran, wie er sie einmal bei der Hand gefasst oder sie quer durch einen Raum erkannt hat, wie er auf einem Feld mit einem Tier getanzt hat, wie er lernte, langsam und deutlich zu sprechen, damit, wenn er samstagnachmittags in der *Stunde des Naturkundlers* auftrat, seine nahezu taube Mutter ihn verstehen konnte; wie er den dünnen Nylonfaden verknotete und dann abbiss, als er diese blaugeflügelte Fliege bastelte. Als sie acht war. Als er sechzehn war. Und das war nur die erste Schicht. Es gab innigere Momente. Wie er in einer kalten, dunklen Hütte Feuer in einem Herd gemacht hatte. Das fast unhörbare Zirpen einer Grille. Später, in einer Hütte irgendwo in Europa, wie er aufsteht und Hardwick auf dem Boden schlafend liegen lässt. Die Narben auf ihrem Arm, die er jetzt erst gesehen hat. Sie dreht sich zur Seite, um ihm ins Gesicht zu schauen. Dann wird sie gehen. Hier bist du, denkt sie.

*

So vieles ist am Ende eines Krieges noch nicht begraben. Meine Mutter kehrte zu dem Haus zurück, das aus einem anderen Jahrhundert stammte und das man nach wie vor über die Hügel hinweg sehen konnte. Das war nie ein verborgener Ort. Man konnte das weiße Gemäuer noch aus einer Entfernung von fast einer Meile erkennen und dabei auf das Rauschen der Kiefern in der Umgebung lauschen. Das Haus selbst war immer still, geschützt von einer Senke im Tal. Ein Ort der Einsamkeit mit Wiesen, die sacht zum Fluss hinab abfielen und wo man, wenn man an einem Sonntag ins Freie trat, noch immer das Glockenläuten einer normannischen Kirche hören konnte, viele Meilen weit weg.

Das scheinbar harmloseste Geständnis, das mir Rose in unseren letzten gemeinsamen Tagen machte, war möglicherweise das, in dem sie am meisten von sich preisgab. Es ging um das Haus, das sie geerbt hatte. Sie hätte sich für eine andere Gegend entscheiden sollen, sagte sie. Ihr Wunsch, enterbt zu werden oder ins Exil zu gehen, war schon Jahre zuvor da gewesen, als sie sich von ihren Eltern trennte und ihnen verschwieg, was sie im Krieg machte, und sogar für ihre Kinder zu einer Unbekannten wurde. Ihre spätere Rückkehr nach White Paint war, nahm ich an, was sie gewollt hatte. Es war freilich ein altes Haus. Sie kannte jede Schräge darin, jede krumme Diele, jeden verzogenen Fensterrahmen, kannte das Geräusch der Winde in den verschiedenen Jahreszeiten. Sie hätte mit verbundenen Augen durch die Zimmer in den Garten hinausgehen können und hätte genau gewusst, dass sie dicht vor einem Fliederbusch stehenbleiben musste. Sie wusste, wo der Mond in jedem Monat hing, und auch, von welchem Fenster aus er zu sehen war. Es war ihre Biografie von Geburt an, ihre Biologie. Ich glaube, es machte sie verrückt.

Das nahm sie hin nicht als etwas Sicheres, Verlässliches, sondern als Schicksal, selbst das laute Geräusch der hölzernen Dielen, und ich war betroffen, als mir das bewusst wurde. Das Haus war in den dreißiger Jahren des 19. Jahrhunderts gebaut worden. Wenn sie eine Tür aufmachte, befand sie sich im Leben ihrer Großmutter. Sie konnte sich Generationen von Frauen vorstellen, die in den Wehen lagen und hin und wieder von einem Ehemann besucht wurden, Kind um Kind, Schrei um Schrei, ein Holzfeuer ums andere, das Treppengeländer in hundert Jahren blankpoliert. Jahre später begegnete ich bei einer französischen Autorin einem ähnlichen Bewusstsein. »Ich dachte nachts manchmal daran, bis es fast wehtat … Ich sah all diese Frauen, die vor mir da gewesen waren, im selben Schlafzimmer, im selben Zwielicht.« Sie hatte ihre Mutter in einer solchen Rolle erlebt, während ihr Vater auf See war oder in London und nur an Wochenenden nach Hause kam. Das war das Erbe, zu dem sie zurückgekehrt war, das Leben, vor dem sie einst geflohen war. Erneut war sie in einem kleinen Universum, in dem sich alles wiederholte und zu dem nur wenige Außenseiter Zugang hatten – eine Familie von Handwerkern, die das Dach repariert hatten, der Briefträger oder Mr Malakite, der Skizzen für das Gewächshaus brachte, das er gerade baute.

Ich stellte meiner Mutter die wahrscheinlich persönlichste Frage, die ich ihr je gestellt hatte: »Erkennst du dich auch nur ein bisschen in mir wieder?«

»Nein.«

»Oder glaubst du, ich könnte sein wie du?«

»Das ist natürlich eine andere Frage.«

»Ich bin mir nicht sicher. Vielleicht ist es dieselbe.«

»Nein, ist es nicht. Es könnte eine Ähnlichkeit und eine Verbindung geben. Ich bin misstrauisch, nicht offen gegenüber anderen Menschen. Das könnte inzwischen auch für dich gelten.«

Sie war deutlich über das hinausgegangen, was ich hatte wissen wollen. Ich hatte an so etwas wie Höflichkeit oder Tischsitten gedacht. Ihr gegenwärtiges einsames Leben war nicht dazu angetan, sie umgänglicher zu machen. Sie interessierte sich kaum dafür, was andere trieben, solange sie sie in Ruhe ließen. Was Tischsitten betraf, so beschränkte sie sich bei den Mahlzeiten auf ein asketisches Minimum: ein Teller, ein Glas, das Essen dauerte ungefähr sechs Minuten, zehn Sekunden danach wurde der Tisch abgewischt. Ihr täglicher Gang durchs Haus war ihr zur Gewohnheit geworden, nur hin und wieder unterbrochen durch ein Gespräch mit Sam Malakite oder eine lange Wanderung hinauf in die Hügel, wenn ich bei der Arbeit war. Sie fühlte sich sicher, weil sie glaubte, für die Menschen im Dorf völlig unwichtig und anonym zu sein, und im Haus gab es ja auch noch den Nachtigallenboden – diese Landmine, deren

Geräusche jeden Fremden melden würden, der in ihr Territorium eindrang. Ihre Nachtigall in der Platane.

Doch der Fremde, den sie früher oder später erwartet hatte, betrat nie das Haus.

»Warum willst du das eigentlich wissen?« Jetzt wollte sie unser kleines Gespräch doch fortführen. »Was, hast du dir vorgestellt, könnte uns beiden gemein sein?«

»Nichts«, sagte ich und lächelte. »Ich habe an Tischsitten gedacht oder an irgendeine andere deutlich erkennbare Angewohnheit.«

Das überraschte sie. »Nun, meine Eltern haben immer gesagt, wie wahrscheinlich alle Eltern: ›Vielleicht sitzt du eines Tages beim König mit an der Tafel, also achte auf deine Tischsitten.‹«

Warum hatte sich meine Mutter zuvor nur diese beiden Eigenschaften ausgesucht, die sie als fragwürdiges Talent oder auch als Schwäche an sich selbst erkannte? »Misstrauisch« und »nicht offen«. Heute begreife ich, dass sie sich diese wohl hatte zu eigen machen müssen, um sich bei ihrer Arbeit und in der Ehe mit einem destruktiven und letztlich entschwindenden Mann zu schützen. Und so löste sie sich aus ihrem Kokon und begann mit Marsh Felon zusammenzuarbeiten, der die Samen der Verführung ausgestreut hatte, als sie noch ganz jung war. Es war der meisterhafte Schachzug eines Menschen, der Leute rekrutierte. Er hatte gewartet und sie dann für den Geheimdienst angeheuert, ganz ähnlich, wie er selbst, so gut wie unschuldig, angeheuert worden war. Denn was sie sich wünschte, war wohl eine Welt, an der sie unmittelbar teilhaben konnte, selbst wenn das bedeutete, dass sie nicht bedingungslos und gefahrlos geliebt werden würde. »Oh, ich möchte nicht einfach bloß verehrt werden!«, hatte Olive Lawrence einmal Rachel und mir verkündet.

Wir kennen immer nur die Oberfläche irgendeiner Beziehung nach einer bestimmten Phase, so wie bei diesen Kreideschichten, entstanden aus den Ablagerungen winziger Geschöpfe, Schichten, die sich in nahezu endloser Zeit entwickeln. Es ist leichter, die wetterwendische, unberechenbare Beziehung zwischen Rose und Marsh Felon zu begreifen. Was die Geschichte zwischen meiner Mutter und ihrem Mann angeht, diesem Gespenst in ihrer Geschichte, so blieb mir nur das Bild von ihm, wie er auf diesem harten Eisenstuhl in unserem Garten saß und uns belog, als er erklärte, warum er uns verlassen werde.

Ich hatte sie fragen wollen, ob sie in mir auch nur ein paar Züge von meinem Vater sah, oder ob sie dachte, ich sei vielleicht wie er.

*

Es sollte mein letzter Sommer mit Sam Malakite sein. Wir saßen lachend nebeneinander, und er hockte sich auf die Fersen und sah mich an. »Du hast dich wirklich verändert. Im ersten Sommer, als du mit mir zusammengearbeitet hast, hast du kaum ein Wort gesagt.«

»Ich war schüchtern«, sagte ich.

»Nein, du warst ein ruhiger Junge«, sagte er. Er wusste besser als ich, wie ich damals war. »Du hast ein ruhiges Herz.«

Hin und wieder fragte meine Mutter scheinbar beiläufig, wie es mit meiner Arbeit bei Mr Malakite voranging, ob es anstrengend war.

»Es ist nicht schwer«, antwortete ich dann und sah, wie sie wehmütig lächelte.

»Walter«, murmelte sie.

Also musste er das Wort auch ihr gegenüber oft benutzt haben. Ich holte tief Luft.

»Was ist mit Walter passiert?«

Stille. Dann sagte sie: »Wie habt ihr beiden ihn noch mal genannt?«

»Den Falter.«

Das traurige Lächeln verschwand.

»War da überhaupt eine Katze?«, fragte ich.

Sie sah mich erschrocken an. »Ja, Walter hat mir von eurem Gespräch erzählt. Warum hast du dich an die Katze nicht erinnert?«

»Ich begrabe Dinge. Was genau ist mit Walter passiert?«

»Er ist gestorben, als er euch beide in jener Nacht im Theater geschützt hat. So wie er dich als Kind geschützt hat, als du zu ihm gegangen bist, nachdem dein Vater die Katze getötet hat.«

»Warum hat man uns nicht gesagt, dass er uns beschützt?«

»Deine Schwester hat es gemerkt. Das ist der Grund, warum sie mir seinen Tod nie verzeihen wird. Ich glaube, er war für sie der echte Vater. Und er hat sie geliebt.«

»Meinst du, er war in sie verliebt?«

»Nein. Er war nur ein Mann ohne Kinder, der Kinder liebte. Er wollte, dass ihr in Sicherheit wart.«

»Ich fühlte mich nicht in Sicherheit. Hast du das gewusst?«

Sie schüttelte den Kopf. »Ich glaube, Rachel hat sich bei ihm geborgen gefühlt. Und du als kleiner Junge, das weiß ich … «

Ich stand auf. »Aber warum habt ihr uns nicht gesagt, dass er uns beschützen würde?«

»Römische Geschichte, Nathaniel. Solltest du lesen. Lauter Kaiser, die nicht einmal ihren Kindern sagen können, welche Katastrophe auf sie zukommt, sodass sie nicht in der Lage sind, sich zu verteidigen. Manchmal tut Schweigen not.«

»Ich bin in deinem Schweigen aufgewachsen … Du weißt, dass ich bald weggehe. Ich sehe dich erst an Weihnachten wieder. Das könnte für eine Weile unser letztes Gespräch sein.«

»Ich weiß, lieber Nathaniel.«

Es war September, als ich aufs College kam. Auf Wiedersehen, auf Wiedersehen. Wir umarmten uns nicht. Ich wusste, dass sie jeden Tag irgendwann zu den Hügeln hinaufsteigen und von einer Kuppe aus auf ihr Haus hinunterblicken würde, das geborgen in der Bodensenke lag. Eine halbe Meile entfernt lag das »dankbare Dorf«. Sie würde oben auf der Höhe stehen, so wie sie es von Felon gelernt hatte. Eine große schlanke Frau, die über die Hügel wanderte. Ziemlich sicher, sich verteidigen zu können.

*

Wenn er kommt, wird er wie ein Engländer aussehen, hatte sie geschrieben. Doch die Person, die Rose Williams auf den Fersen war, war eine junge Frau, Nachfahrin von irgendjemandem. So ist es passiert, wie ich mir heute sage. Unsere Mutter ging nie ins Dorf, doch die Leute wussten, wo Rose Williams wohnte, und die Frau war direkt nach White Paint gegangen, gekleidet wie eine Joggerin, ohne irgendeine Tarnung. Eigentlich hätte sie meiner Mutter auffallen müssen, doch es war ein dunkler Abend im Oktober, und als sie das blasse ovale Gesicht der Frau hinter dem beschlagenen Fenster des Gewächshauses sah, war es zu spät. Sie stand ganz still da. Dann zerschlug sie die Scheibe mit dem rechten Ellbogen. Sie ist Linkshänderin, muss meine Mutter gedacht haben.

»Sind Sie Viola?«

»Mein Name ist Rose, meine Liebe«, sagte sie.

»Viola? Sind Sie Viola?«

»Ja.«

Es konnte nicht schlimmer gewesen sein als all die Möglichkeiten, zu Tode zu kommen, die sie sich vorgestellt, von denen sie sogar geträumt hatte. Schnell und tödlich. Als wäre es am Schluss doch noch das Ende einer Fehde, eines Krieges. Vielleicht war eine Erlösung möglich. Das denke ich heute. Im Gewächshaus war es schwül, und durch die zerbrochene Scheibe drang eine Brise. Die junge Frau schoss ein zweites Mal, um sicherzugehen. Und dann rannte sie wie ein Jagdhund über die Felder, als sei sie die Seele meiner Mutter, die den Körper verließ, rannte, so wie meine Mutter als junges Mädchen aus diesem Haus geflohen war, um an der Universität Sprachen zu studieren, im zweiten Jahr meinen Vater kennenzulernen, die Idee mit dem Jurastudium aufzugeben, zwei Kinder zu bekommen und dann auch vor uns zu fliehen.

Ein ummauerter Garten

Vor einem Jahr stieß ich in der hiesigen Buchhandlung auf ein Buch von Olive Lawrence, und während ich am Nachmittag eine Schnur mit Alustreifen im Garten aufspannte, um diebische Vögel zu verscheuchen, wartete ich auf den Abend, um das Buch ungestört lesen zu können. Anscheinend basierte darauf ein Fernsehdokumentarfilm, der demnächst gesendet würde, und so ging ich hin und kaufte am nächsten Tag ein Fernsehgerät. Ein solcher Gegenstand hatte noch nie zu meinem Leben gehört, und als er dann ankam, wirkte er wie ein surrealer Gast im kleinen Wohnzimmer der Malakites. Es war, als hätte ich plötzlich beschlossen, mir ein Boot oder einen Leinenanzug zu kaufen.

Ich sah mir den Film an, und es fiel mir zunächst schwer, die Olive Lawrence auf dem Bildschirm mit der zu vergleichen, die ich als Junge gekannt hatte. Offen gestanden, erinnerte ich mich nicht mehr, wie sie ausgesehen hatte. Sie war für mich in erster Linie eine Präsenz gewesen. Ich erinnerte mich noch daran, wie sie sich bewegte, an die praktische Kleidung, die sie trug, auch dann, wenn sie abends mit dem Boxer ausging. Das Gesicht, das ich nun vor mir sah, hatte den gleichen enthusiastischen Ausdruck wie damals und wurde sehr rasch zu dem Gesicht, das meine früheren Erinnerungen überlagerte. Im einen Moment kletterte sie eine Felswand in Jordanien hoch, im nächsten seilte sie sich ab und sprach dabei weiter in die Kamera. Wieder einmal wurde mir ein Fachwissen zum Thema Grundwasserspiegel vermittelt, zu den Varianten von Hagel-

körnern auf dem europäischen Festland, dazu, wie Blattschnei-
derameisen ganze Wälder vernichten konnten – das ganze
Datenmaterial über das komplexe Gleichgewicht in der Natur
wurde uns leichthin erklärt und auf ihrer kleinen Handfläche
vorgeführt. Ich hatte recht gehabt. Sie hätte mein Leben klug
zusammenfügen können und dabei die Bedeutung ferner Ri-
valitäten oder Verluste, die mir unbekannt waren, nicht aus-
gespart, etwa wie sie ein Gewitter vorhersagen konnte oder
Rachels Epilepsie durch eine Geste oder einen stummen Rückzug erkannt hatte. Ich hatte durch diese Frau, die mir nicht besonders nahestand, von der Klarheit einer weiblichen Meinung
profitiert. Während der kurzen Zeit unserer Bekanntschaft
glaubte ich, Olive Lawrence sei auf meiner Seite. Ich war da
und wurde wahrgenommen.

In dem Film wanderte sie durch verdorrte Olivenhaine in
Palästina, stieg in der Mongolei in Züge und stieg wieder aus,
bückte sich auf einer staubigen Straße und beschrieb mithilfe
von Orangen und Walnüssen die Achterschleife des Mondes
am Himmel. Sie war noch immer die gleiche, noch immer ständig eine neue Person. Lange nachdem meine Mutter mir von
Olives Arbeit im Krieg erzählt hatte, las ich die knappen offiziellen Berichte, wie Wissenschaftler bei der Planung des D-Day
die Windgeschwindigkeiten gemessen hatten, wie Olive und
andere Experten in einen dunklen Himmel aufgestiegen waren, in dem es von anderen Segelfliegern wimmelte, die in der
Luft erzitterten, zerbrechlich wie Glas, um zu horchen, wie
durchlässig der Wind war, und nach Licht ohne Regen zu suchen, um je nachdem das Datum für die Invasion zu verschie-
ben oder zu bestätigen. Die Wetterjournale, die sie mir und
Rachel gezeigt hatte, voll mittelalterlicher Holzschnitte mit un-

terschiedlichen Hagelformen, oder die Skizzen von Saussures Zyanometer, das die Blaufärbung des Himmels misst, waren für sie niemals nur reine Theorie. Sie und auch andere müssen sich damals wie Magier gefühlt haben, die hervorzauberten, was Generationen von Wissenschaftlern sie gelehrt hatten.

*

Olive war die Erste, die aus dieser halb begrabenen Ära wiederauftauchte, als wir uns alle in den Ruvigny Gardens kennengelernt hatten. Wo der Boxer lebte, wusste ich immer noch nicht. Es war Jahre her, seit ich ihn zuletzt gesehen hatte, und ich konnte mich nicht einmal mehr an seinen richtigen Namen erinnern. Er, der Falter und die anderen existierten nur noch im Abgrund der Kindheit. Und ich hatte fast mein ganzes Leben als Erwachsener in einem Regierungsgebäude bei dem Versuch verbracht, der Karriere meiner Mutter nachzuspüren.

Hin und wieder kam es vor, dass ich im Archiv auf weit zurückliegende Ereignisse stieß, in die meine Mutter verwickelt gewesen war, und erhielt dadurch Einblick in die Details anderer Operationen an anderen Orten. Und so entdeckte ich eines Nachmittags Hinweise auf den Transport von Nitroglyzerin im Krieg. Wie der Sprengstoff heimlich durch ganz London befördert wurde, und zwar nachts, weil es eine gefährliche Fracht war und die Öffentlichkeit nichts erfahren durfte. Selbst während des Blitz war das weitergegangen, als es nur Kriegslicht gab und es auf dem Fluss finster war bis auf ein abgedunkeltes orangefarbenes Signallicht für den Schiffsverkehr auf dem Wasser, stilles Zeichen inmitten der Bomben, als Frachtkähne lichterloh brannten und Granatfeuer über das Wasser zuckte und die Lastwagen heimlich auf den verdunkelten Straßen die Stadt drei-, viermal nachts durchquerten. Von Waltham Abbey, wo das Große Labor Nitroglyzerin herstellte, bis zu einem namenlosen unterirdischen Ort im Herzen der City, der Lower Thames Street, wie sich herausstellte, waren es dreißig Meilen.

Manchmal gibt ein Fußboden nach, und der Tunnel darunter führt zu einem altbekannten Ort. Ich machte mich eilig auf den Weg zu dem Raum mit den aufgehängten Landkarten, zog verschiedene Karten herunter und suchte nach Strecken, die die Lastwagen möglicherweise gefahren waren. Fast noch ehe meine Hand die Route verfolgte, erkannte ich die unvergesslichen Namen: Sewardstone Street, Cobbins Brook Bridge, einen Katzensprung westlich vom Friedhof, dann nach Süden bis zur Lower Thames Street. Die nächtliche Strecke, die ich nach dem Krieg als junger Mann mit dem Boxer unterwegs gewesen war.

Mein längst vergessener Boxer, dieser Schmuggler und Kleinkriminelle, war möglicherweise eine Art Held gewesen, denn es war eine gefährliche Tätigkeit gewesen. Was er nach dem Krieg gemacht hatte, war nur eine Folge des Krieges. Diese wohlbekannte falsche Bescheidenheit der Engländer, zu der eine lächerliche Geheimnistuerei und das Klischee vom blauäugigen Intellektuellen gehört – sie erinnert an die sorgfältig gepinselten offiziellen Dioramen, die die Wahrheit verbargen und keinen Zugang zu ihrem Inneren gewährten. In gewisser Hinsicht war es die erstaunlichste Theateraufführung in ganz Europa. Da waren die Undercover-Agenten, zu denen Großtanten zählten und dilettantische Romanciers, der Schneider der High Society, der als Spion auf dem Kontinent tätig gewesen war, die Konstrukteure von Brückenattrappen über die

Themse, die deutsche Bomber irreführen sollten, wenn sie dem Fluss mitten ins Herz von London zu folgen suchten, Chemiker, die zu Giftmischern wurden, Kleinbauern an der Ostküste mit Listen von Leuten, die mit den Deutschen sympathisierten und die umzubringen waren, falls die Invasion stattfand; auch Ornithologen und Imker aus Kew sowie Hagestolze, die sich in der Levante auskannten und eine Handvoll Sprachen beherrschten – einer von ihnen war Arthur McCash, wie sich herausgestellt hatte, der fast sein ganzes Leben lang beim Geheimdienst blieb. Sie alle hielten sich auch noch nach dem Ende des Kriegs an die Geheimhaltung, die ihre Rolle erforderlich gemacht hatte, und wurden Jahre später nur mit einem unauffälligen Satz in einem Nachruf gewürdigt, in dem erwähnt wurde, sie hätten sich »im Dienst des Foreign Office ausgezeichnet«.

Fast immer war es eine regennasse, stockdunkle Nacht gewesen, wenn der Boxer am Steuer des unförmigen, mit Nitroglyzerin beladenen Lastwagens gesessen hatte, vorbei an Vorgärten mit Anderson-Luftschutzunterständen, die linke Hand an der Schaltung, die er im Dunkeln bediente, mit dem raketenähnlichen Gefährt unterwegs zu einem Depot in der Stadt. Es war zwei Uhr morgens, und er hatte den Stadtplan im Kopf, sodass er mit wahnwitziger Geschwindigkeit durch die Nacht rasen konnte.

Ich verbrachte den Nachmittag mit diesen eben erst entdeckten Dossiers. Erfuhr etwas über die Bauart der Lastwagen, über das Gewicht des Nitroglyzerins, das bei jeder Fahrt transportiert wurde, über das abgedunkelte blaue Licht, das nachts auf manchen Straßen eine gefährliche Kurve diskret beleuchtete. Die meiste Zeit seines Lebens waren die Tätigkeiten des Boxers getarnt und niemandem bekannt gewesen. Die illegalen Boxringe in Pimlico, die Hunderennen, der Schmuggel. Aber während seiner Karriere im Krieg hatte man ihn überwacht und wusste alles über ihn. Er musste sich eintragen, sich einer Gesichtskontrolle unterziehen und dann in der Lower Thames Street wieder austragen. Jede nächtliche Fahrt wurde vermerkt. Zum ersten und einzigen Mal im Leben war er »in den Büchern« registriert. Er, der so stolz darauf gewesen war, dass er in dem enzyklopädischen Handbuch, in dem sämtliche mit Hunderennen befassten Gauner aufgeführt waren, nicht vorkam. Drei Fahrten pro Nacht hin und zurück von den Gunpowder Mills, wenn der Großteil der Bevölkerung im East End schlief und niemand etwas ahnte von dem gefährlichen Treiben auf den nächtlichen Straßen. Aber immer wurden die Fahrer registriert. Sodass ich nun, so viele Jahre später, in dem Raum, wo die Karten hingen, die markierten Strecken finden und feststellen konnte, dass wir in jenen Nächten ganz ähnliche Fahrten vom East End aus, irgendwo nahe dem Limehouse Basin, ins Zentrum der Stadt unternommen hatten.

Ich stand in dem leeren Kartenraum, wo die Banner hin und her schaukelten, wie von einem plötzlichen Luftzug berührt. Ich wusste, dass es irgendwo eine Akte über alle diese Fahrer geben musste, wusste nur noch, dass er der Boxer von Pimlico genannt wurde, aber neben einem Foto in Passgröße würde sein richtiger Name stehen. In einem Nebenraum zog ich eine Schublade nach der anderen auf und besah mir Karteikarten mit Schwarzweißfotos von hageren, damals jungen Männern. Bis der Name auftauchte, an den ich mich nicht erinnerte, neben einem Gesicht, das ich noch kannte. Norman Marshall. Mein Boxer. »Norman!« Nun fiel mir wieder ein, wie der Falter den Namen in unserem überfüllten Wohnzimmer in den Ruvigny Gardens gerufen hatte. Das Foto war fünfzehn Jahre alt, und daneben stand, unübersehbar, seine aktualisierte Adresse.

Das also war der Boxer.

Wie immer eine brennende Zigarette in der linken Hand auf dem Lenkrad, während er die gefährlichen Kurven schnitt, der Ellbogen der anderen Hand aus dem Fenster gelehnt, sodass sein Arm nass wurde vom prasselnden Regen, der ihn wach hielt. Es gab niemanden, mit dem er sich in diesen Nächten unterhalten konnte, und bestimmt sang er, um nicht einzuschlafen, das alte Lied von der Dame, die als Flamme bekannt war.

*

Wenn wir in ein bestimmtes Alter gekommen sind, bringen uns unsere Helden nichts mehr bei. Stattdessen schützen sie nur noch das letzte Terrain, auf dem sie sich befinden. Abenteuerliches Denken wird durch unauffällige Notwendigkeiten ersetzt. Jene, die einst lachend über die Traditionen spotteten, gegen die sie kämpften, sind nur noch für das Gelächter zuständig, nicht den Spott. Glaubte ich das vom Boxer, als ich ihn das letzte Mal sah? Nachdem ich erwachsen geworden war? Ich weiß es immer noch nicht. Ich hatte jetzt eine Adresse und suchte ihn auf.

Bei diesem letzten Treffen war mir allerdings nicht klar, ob er einfach nicht an mir interessiert war oder ob er sich gekränkt fühlte oder wütend auf mich war. Schließlich hatte ich vor Jahren seine Welt von heute auf morgen verlassen. Und nun war ich wieder da, kein Junge mehr. Und während ich mich an meine Abenteuer mit ihm während dieses wirren und lebhaften Traums meiner Jugend erinnerte, wollte er nicht von der

Vergangenheit sprechen, wie ich es mir erhofft hatte. Ich hatte mich über all die anderen informieren wollen, doch er steuerte mich immer wieder in die Gegenwart zurück. Was tat ich heute? Wo wohnte ich? War ich … ? So konnte ich eigentlich den Besuch nur interpretieren, indem ich die Hürden respektierte, die er im Gespräch aufstellte. So wie mir auffiel, dass es ihm unglaublich wichtig schien, wo die Dinge in seiner Küche hingehörten, und er mich, wenn ich irgendetwas in die Hand nahm, ein Glas, einen Untersatz, sofort daran erinnerte, wo es wieder hingestellt werden musste.

Er hatte nicht an diesem Tag, zu dieser Stunde mit mir gerechnet, ja, er hatte überhaupt nicht mit mir gerechnet. Das hieß, dass die Wohnung auch sonst so aufgeräumt war, während der Boxer in meiner Erinnerung – zugegebenermaßen vielleicht mit der Zeit übertrieben – ein Mann war, um den herum Dinge verlorengingen oder in Stücke zerbrachen. Doch hier gab es eine Matte, auf der man die Schuhe abstreifen musste, bevor man die Wohnung betrat, oder ein sorgfältig gefaltetes Küchenhandtuch, und ich sah, wie er zwei Türen am Ende des Korridors sorgsam schloss, als wir zurück in die Küche gingen, um den Teekessel aufzusetzen.

Ich lebte allein, erkannte daher einen allein lebenden Menschen wie auch das begrenzte Ausmaß an Ordnung, das das mit sich bringt. Der Boxer lebte nicht allein. Er hatte nun Familie: eine Frau namens Sophie, sagte er, und eine Tochter. Das überraschte mich. Ich versuchte zu erraten, welche seiner Gespielinnen ihn sich geangelt oder wen er sich seinerseits geangelt hatte. Bestimmt nicht die streitlustige Russin. Jedenfalls war er an jenem Nachmittag allein in der Wohnung, und ich lernte Sophie nicht kennen.

Dass er verheiratet war und ein Kind hatte, war das Äußerste, was er über die Vergangenheit sagen wollte. Er weigerte sich, vom Krieg zu sprechen, und wischte meine lachend vorgebrachten Fragen über den Hundehandel beiseite. Er sagte, er erinnere sich an Weniges aus dieser Zeit. Ich fragte, ob er in der BBC das Programm mit Olive Lawrence gesehen habe. »Nein«, sagte er leise. »Das habe ich verpasst.«

Ich wollte ihm nicht glauben. Ich hoffte, er weiche nur nach wie vor aus. Dass er sie nicht vergessen, aber aus seinem Leben verbannt hatte, das konnte ich ihm verzeihen, nicht aber, dass es ihm nicht einmal wichtig genug gewesen war, den Fernseher einzuschalten. Doch vielleicht war ich der Einzige, der sich noch an diese Zeiten, an diese Lebensläufe erinnerte. Und so stellte er Hürden auf dem Weg zurück in unsere Vergangenheit auf, die mich daran hindern sollten, zurückzublicken, obwohl er merken musste, dass ich aus diesem Grund gekommen war. Er schien auch nervös – zunächst fragte ich mich, ob er glaubte, ich würde darüber urteilen, ob er es im Leben richtig gemacht oder eine enttäuschende Wahl getroffen hatte.

Ich sah ihm zu, wie er Tee in unsere beiden Tassen einschenkte.

»Ich habe von jemand gehört, dass es Agnes nicht leicht gehabt hat. Ich habe versucht, sie ausfindig zu machen, aber vergeblich.«

»Ich glaube, wir gingen alle unsere eigenen Wege«, sagte er. »Ich bin für eine Weile in die Midlands gezogen. Dort konnte ich ein neues Gesicht sein, wenn Sie verstehen, was ich meine. Jemand ohne Vergangenheit.«

»Ich erinnere mich an die Nächte mit Ihnen auf dem Muschelboot, mit den Hunden. Vor allem daran.«

»Ach ja? An das erinnern Sie sich am meisten?«

»Ja.«

Er hob die Tasse in einer stummen ironischen Geste und schwieg. Er wollte nicht auf diese Jahre zu sprechen kommen. »Wie lange sind Sie schon wieder hier? Was treiben Sie so?«

Ich hatte das Gefühl, dass beide Fragen, so nacheinander gestellt, von mangelndem Interesse zeugten. Daher erzählte ich ihm, wo ich wohnte und was ich tat, ohne allzu sehr ins Detail zu gehen. Für Rachel erfand ich irgendetwas. Warum log ich? Vielleicht nur wegen der Art, wie er nach ihr gefragt hatte. Als wären alle Fragen unwichtig. Er schien nichts von mir zu wollen. »Sind Sie immer noch im Importgeschäft?«, fragte ich. Er wischte die Bemerkung beiseite. »Ach, ich fahre einmal in der Woche nach Birmingham. Ich bin älter geworden, bin nicht mehr so viel unterwegs. Und Sophie arbeitet in London.« Dann hielt er inne.

Er glättete mit der Hand das Tischtuch, und schließlich stand ich auf. Das Schweigen des Mannes, mit dem ich einst so gern zusammen gewesen war, nachdem ich ihn erst nicht gemocht und dann gefürchtet hatte, es wurde mir zu viel. Ich dachte, ich hätte alle Seiten an ihm kennengelernt, die Schroffheit und dann die Großzügigkeit. Es fiel mir daher schwer, ihn jetzt so distanziert zu sehen, erleben zu müssen, wie er jeden Satz von mir geschickt beiseitewischte, in eine Sackgasse.

»Ich muss los.«

»Okay, Nathaniel.«

Ich fragte, ob ich kurz das Badezimmer benutzen dürfe, und ging den schmalen Gang entlang.

Ich sah mein Gesicht im Spiegel an; ich war nicht mehr der Junge, der mit ihm auf diesen mitternächtlichen Straßen unter-

wegs gewesen war, dessen Schwester er einmal bei einem Anfall gerettet hatte. Ich drehte mich in dem kleinen Raum um, als
gäbe es darin ein Siegel, das noch verschlossen war, als wäre
dies der einzige Ort, an dem ich mehr über meinen wilden,
unzuverlässigen Helden aus der Vergangenheit, meinen Lehrer, in Erfahrung bringen könnte. Ich versuchte mir vorzustellen, was für eine Frau er geheiratet hatte. Ich nahm die drei
Zahnbürsten vom Rand des Waschbeckens und balancierte
sie auf der Handfläche. Ich berührte seine Rasierseife auf dem
Regal und roch daran. Ich sah drei zusammengefaltete Handtücher. Sophie, wer immer sie war, hatte Ordnung in sein Leben gebracht.

All das überraschte mich. All das war traurig. Er war ein
Abenteurer gewesen, und nun fühlte ich mich eingezwängt
in seinem Leben. Wie gelassen und zufrieden war er mir vorgekommen, als er den Tee eingeschenkt, das Tischtuch glatt-
gestrichen hatte. Er, der immer von den Sandwiches anderer
Leute abbiss, während er zu irgendeinem dubiosen Treffen
rannte, der aufgeregt die Spielkarte aufhob, die jemand auf der
Straße oder am Hafen hatte fallen lassen, der eine Bananen-
schale über die Schulter auf den Rücksitz des Morris geworfen
hatte, wo Rachel und ich mit den Hunden saßen.

Ich trat auf den Gang und betrachtete eine Weile ein ein-
gerahmtes, mit Wörtern besticktes Stück Stoff. Ich weiß nicht,
wie lange ich da stand und den Text studierte. Ich tippte mit
dem Finger darauf, dann riss ich mich los und ging ganz langsam zurück in die Küche. Als wäre klar, dass ich das letzte Mal
hier wäre.

An der Wohnungstür, schon im Begriff zu gehen, wandte ich
mich um und sagte: »Danke für den Tee ... « Ich wusste noch

immer nicht, wie ich ihn nennen sollte. Ich hatte ihn nie bei seinem richtigen Namen genannt. Er nickte kurz und lächelte dabei gerade so, dass es nicht unhöflich aussah oder so, als ärgere er sich etwa über mich, weil ich in seine Privatsphäre eingedrungen war. Dann schloss er die Tür hinter mir.

Ich war schon meilenweit weg, war abgelenkt durch die Geräusche des Zugs, der mich nach Suffolk zurückbrachte, bevor ich mir die Zeit nahm, mein und sein Leben durch das Prisma dieses nachmittäglichen Besuchs zu betrachten. Er hatte nicht versucht, mir zu verzeihen oder mich zu bestrafen. Es war schlimmer. Er wollte keinesfalls, dass ich begriff, was ich vor all diesen Jahren durch mein abruptes Verschwinden angerichtet hatte.

Was sich in seiner Wohnung abgespielt hatte, begriff ich erst, als mir wieder einfiel, was für ein begnadeter Schwindler er gewesen war. Wie er, wenn ihn ein Polizist oder ein Wachmann in einem Lagerhaus oder einem Museum ertappte, eine Lüge improvisierte, die so kompliziert und so absurd war, dass er selbst darüber lachen musste. Normalerweise würde niemand lügen und dabei lachen, das war der Trick. »Plane niemals eine Lüge«, erklärte er mir einmal bei einer unserer nächtlichen Fahrten. »Erfinde etwas ganz beiläufig. Das glaubt man eher.« Der berühmte Gegenschlag. Und wie er sich nie in die Karten hatte schauen lassen. Der Boxer hatte ganz ruhig den Tee eingeschenkt, während seine Gedanken gerast haben mussten und sein Herz in Aufruhr war. Er hatte mich kaum angesehen, während er sprach. Er hatte nur auf den dünnen, ockerfarbenen Strahl Tee geschaut.

Agnes hatte sich immer um die Menschen in ihrer Umgebung gekümmert. Das ist mir von ihr am deutlichsten in Erinnerung. Sie konnte laut und streitbar sein. Liebevoll gegenüber ihren Eltern. Sie griff nach der Vielfalt der Welt, aber immer war sie fürsorglich. Sie hatte das kleine Porträt von uns während unserer Mahlzeit gezeichnet, dann das Packpapier so gefaltet, dass das Bild eine Art Rahmen bekam, und es mir in die Tasche gesteckt. So überreichte sie jedes Geschenk, selbst so etwas Wertloses, so Kostbares wie dieses, und sagte dabei: »*Hier, Nathaniel, für dich.*« Und ich, noch ein unbeholfener grüner Junge von fünfzehn Jahren, hatte es entgegengenommen und schweigend behalten.

Wir sind töricht als Halbwüchsige. Wir sagen falsche Dinge, wissen nicht, wie wir uns bescheiden oder weniger schüchtern verhalten sollen. Wir urteilen leichtfertig. Unsere einzige Hoffnung ist, aber nur im Nachhinein, dass wir uns verändern. Wir lernen dazu, wir entwickeln uns. Was ich heute bin, entwickelte sich aus dem, was mit mir damals geschah, nicht durch das, was ich geschafft habe, sondern dadurch, wie ich so weit gelangt bin. Doch wem habe ich wehgetan, um dahin zu kommen? Wer lenkte mich hin zu etwas Besserem? Oder würdigte die wenigen kleinen Dinge, in denen ich gut war? Wer brachte mir bei, beim Lügen zu lachen? Und wer legte mir nahe, in Zweifel zu ziehen, was ich bislang von dem Falter geglaubt hatte? Wer sorgte dafür, dass ich mich nicht mehr bloß für »Persönlichkeiten« interessierte, sondern dafür, was sie mit anderen anfangen würden? Aber vor allem, vor allem anderen: Wie viel Schaden hatte ich angerichtet?

Hinter dem Badezimmer des Boxers war eine geschlossene Tür gewesen. Der blau gestickte Satz auf dem eingerahmten Stück Stoff an der Wand daneben lautete:

Früher lag ich
die ganze Nacht wach
und wünschte mir eine große Perle.

Darunter war mit einem andersfarbigen Faden ein Datum ein-
gestickt, Monat und Jahr. Vor dreizehn Jahren. Es gab keinen
Grund, warum der Boxer hätte wissen sollen, ein Stück Stoff
könnte das Geheimnis verraten. »Sophie«, seine Frau, hatte es
für sich und das Kind bestickt. Den Satz pflegte sie sich vor
dem Einschlafen aufzusagen. Ich erinnere mich. Wahrscheinlich wüsste sie nicht einmal mehr, dass sie ihn mir einst zitiert
hatte, und vielleicht würde sie sich auch nicht mehr an jene
Nacht erinnern, als wir uns in der Dunkelheit dieses geborgten
Hauses miteinander unterhalten hatten. Auch ich hatte es bis
gerade eben vergessen. Im Übrigen hatte sie ja nicht ahnen
können, dass ich eines Tages in ihrem Zuhause wiederauftau-
chen und diesen ihren Wunsch so deutlich an der Wand sehen
würde.

Und nun die plötzliche Erkenntnis, nur wegen eines auf
Stoff gestickten Satzes. Ich wusste nicht, was ich tun sollte. Ihre
Geschichte hatte ich nie weiterverfolgt. Wie könnte ich durch
die Zeit zurückkreisen zu der Agnes von Battersea, der von
Limeburner's Yard, wo sie damals das Cocktailkleid verloren
hatte. Zu Agnes und Pearl von Mill Hill.

Wenn die Wunde schlimm ist, kann man nicht darüber sprechen, kann man kaum darüber schreiben. Ich weiß, wo sie jetzt
wohnen, in einer Straße ohne Bäume. Ich muss nachts dort
sein und ihren Namen rufen, damit sie ihn hört, ihre Augen
sich langsam öffnen und sie sich im Dunkeln aufrichtet.

Was ist los? Wird er sie fragen.

Ich habe gehört ...

Was?

Ich weiß nicht.

Schlaf wieder.

Ja. Nein. Jetzt höre ich es wieder.

Ich rufe sie immer noch und warte auf eine Reaktion.

Man hatte mir nichts gesagt, doch wie meine Schwester mit ihren Erfindungen für die Bühne oder wie Olive Lawrence weiß auch ich, wie man aus einem Sandkorn oder dem Bruchstück einer Wahrheit, das man entdeckt hat, eine ganze Geschichte machen kann. Im Rückblick betrachtet, waren die Sandkörner schon immer da: dass niemand zu mir von Agnes gesprochen hatte, wenn man es bestimmt hätte tun können, das kühle, nun allzu verständliche Schweigen des Boxers, als ich ihn in seiner Wohnung besucht hatte. Und die gefalteten Handtücher – sie war schließlich Kellnerin gewesen, hatte wie ich in verschiedenen Küchen gespült und geputzt, hatte in einer kleinen Sozialwohnung gelebt, wo man zwangsläufig ordentlich sein musste. Den Boxer müssen solche Regeln und Überzeugungen bei einer schwangeren Siebzehnjährigen, die ihm später die bisherigen schlechten Gewohnheiten so energisch abgewöhnte, in Erstaunen versetzt haben.

Mit welchen Gefühlen stelle ich mir die beiden vor? Mit Neid? Erleichterung? Schuld, weil ich bis gerade eben nicht gewusst hatte, wofür ich verantwortlich war? Ich dachte daran, wie sie über mich geurteilt haben mussten. Oder war ich das Thema, über das nicht gesprochen wurde, so ähnlich wie der Boxer auf Olive Lawrence' Fernsehprogramm und ihr unge-

lesenes Buch reagiert hatte? Er hatte sich von uns allen ver-
abschiedet, hatte nun keine Zeit mehr, musste einmal in der
Woche in die Midlands fahren, musste für ein Kind sorgen, die
Zeiten waren karg und dürftig.

Ein paar Wochen nachdem Agnes entdeckt hatte, dass sie
schwanger war, und glaubte, mit niemandem sonst darüber
sprechen zu können, hatte sie einen Bus genommen und dann
noch einen und war in der Nähe der Pelican Stairs ausgestie-
gen, wo der Boxer lebte. Sie hatte mich seit über einem Monat
nicht gesehen und nahm an, dort würde auch ich wohnen. Es
war um die Abendessenszeit. Niemand öffnete ihr die Tür,
und so setzte sie sich auf die Treppe, während es auf der Straße
dunkler wurde. Als er dann nach Hause kam, war sie eingeschlafen. Er weckte sie, und sie wusste erst nicht, wo sie war,
bis sie ihn erkannte. Sodass er dann oben in der Wohnung, als
sie ihm ihre Lage erklärte und dass sie nicht wisse, wohin ich
verschwunden sei, ihr noch eine Wahrheit gestehen musste,
nämlich dass er in Wirklichkeit gar nicht mein Vater war und
woher er mich überhaupt kannte.

Die ganze Nacht saßen sie neben dem Gasherd in seiner engen Wohnung, wie in einem Beichtstuhl. Und sagte er ihr dann
in Gesprächen, die sich immer wieder im Kreis drehten und in
denen er ihre Skepsis zerstreuen wollte, sagte er ihr da, was er
machte, was sein Beruf war?

Vor kurzem sah ich im Kino einen alten Film wieder, in dem
die Hauptfigur, ein unschuldiger Mann, zu Unrecht verurteilt
wird. Sein Leben ist ruiniert. Er flieht aus einer Sträflingsko-
lonne, ist dann aber für immer auf der Flucht. In der letzten
Szene des Films begegnet er der Frau, die er in seinem früheren Leben geliebt hat, kann aber nur kurze Zeit mit ihr zusam-

men sein, denn er weiß, er läuft Gefahr, gefasst zu werden. Als er wieder ins Dunkle abtaucht, ruft sie aus: »*Wie lebst du?*« Und unser von Paul Muni gespielte Held sagt: »*Ich stehle.*« Und mit diesem letzten Satz endet der Film, es wird dunkel, und als Letztes sieht man Munis Gesicht. Bei dieser Szene dachte ich an Agnes und den Boxer und fragte mich, wann und wie sie entdeckt hatte, dass das, was er trieb, illegal war. Wie sie damit umgegangen war, dass ihr Mann in ihrem gemeinsamen Leben strafbare Dinge tat, damit sie überleben konnten. Ich liebte noch immer alles, woran ich mich bei Agnes erinnerte. Sie hatte mich aus meiner jugendlichen Zurückhaltung herausgeholt, indem sie mich dazu brachte, sie selbst bis auf den Grund wahrzunehmen. Doch sie war auch der lauterste Mensch, den ich kannte. Sie und ich waren in Häuser eingebrochen, hatten Essen gestohlen in den Restaurants, wo wir arbeiteten, aber wir waren harmlos. Sie wehrte sich gegen Unehrlichkeit und Ungerechtigkeit. Sie war ohne Falsch. Man fügte anderen Menschen keinen Schaden zu. Wie wunderbar, wenn man schon in so jungen Jahren solche Verhaltensregeln befolgte.

Und so dachte ich an Agnes und diesen Mann, den sie so gern gehabt hatte, den sie für meinen Vater gehalten hatte. Wann und wie hatte sie festgestellt, was er tat? Es gibt so viele Fragen, auf die ich in irgendeiner Version der Wahrheit eine Antwort haben möchte.

»*Wie lebst du?*«

»*Ich stehle.*«

Oder behielt er das noch eine Weile für sich, bis zu einer anderen Begegnung in einer anderen Nacht in der engen Wohnung an den Pelican Stairs? Eine Aufklärung, ein Entschluss

nach dem andern. Erst die Aufklärung. Und dann der Entschluss.

Und erst danach hatte er wohl gesagt, was er bereit war zu
tun, und es war nicht mehr einer dieser Augenblicke wie in einem der Liebeslieder, die er immer vor sich hin summte, wenn
alles ganz von selbst geschah, dank plötzlicher Ursache und
rascher Wirkung, sodass man sich verliebte, während unten
am Strand eine Kapelle spielte. Nicht mehr die Einfachheit des
Zufalls. Sie mochten sich sehr gern, das wusste ich. Das war
schon einmal ein Anfang. Freilich waren da der Altersunter-
schied und ihre plötzlich veränderten Rollen. Auf jeden Fall
gab es niemanden sonst.

Er hatte geglaubt, er werde immer unabhängig sein, nie werde
es für ihn unüberwindliche Hindernisse geben. Er meinte, er
kenne sich aus mit dem komplexen Wesen von Frauen. Möglicherweise hatte er mir sogar einmal erzählt, seine zahlreichen
verdächtigen Berufe bestätigten seine Unabhängigkeit und
den Mangel an Arglosigkeit. Als er sie nun zu beruhigen, ihr
die nicht so arglose, nicht so rechtschaffene Welt begreiflich
zu machen suchte, musste er sich gleichzeitig mit ihrem selbst-
bezogenen, selbstzerstörerischen Ich auseinandersetzen. Sprachen sie oft miteinander, bevor er ihr die Ehe vorschlug? Er
wusste, dass sie sich im Klaren über seine Geschäfte sein musste,
bevor sie einen Entschluss fasste. Es musste sie schockiert haben – nicht weil er sie unter Umständen ausnutzen würde, sondern, überraschender, weil er ihr einen sicheren Weg aus ihrer
geschlossenen Welt bot.

Sie zogen in ein kleines Apartment. Das Geld reichte nicht
für etwas Größeres. Nein, ich glaube nicht, dass sie an mich
dachten. Oder mich verurteilten oder aus ihren Gedanken ver-

bannten. Diesen Eindruck habe ich zumindest aus der Ferne. Sie waren beschäftigt, in ihrem Alltag spielte jeder Pfennig eine Rolle, jede Tube Zahnpasta kostete ihren Preis. Was ihnen widerfuhr, war die reale Geschichte, während ich weiterhin nur im Irrgarten des Lebens meiner Mutter existierte.

Sie wurden kirchlich getraut. Agnes alias Sophie wünschte sich eine Kirche. Ein Häufchen Bekannter war da, zusammen mit ihren Eltern und ihrem Bruder, dem Immobilienmakler – eine Kollegin, ein paar Diebe, die für ihn arbeiteten, der Fälscher von Letchworth als sein Trauzeuge und der Geschäftsmann, dem das Muschelboot gehörte. Auf ihm hatte Agnes bestanden. Dann noch sechs oder sieben weitere Gäste.

Sie musste sich eine neue Arbeit suchen. Ihre Kollegen im Restaurant wussten nicht, dass sie ein Kind erwartete. Sie kaufte sich Zeitungen und studierte die Anzeigen. Durch einen Bekannten des Boxers aus früherer Zeit bekam sie eine Stelle in Waltham Abbey, das in den Nachkriegsjahren zu einem militärischen Forschungszentrum wurde. Dort war sie einst glücklich gewesen. Sie kannte die Vorgeschichte, hatte all die Prospekte gelesen, wenn wir mit unserem geliehenen Kahn unter lautem Vogelgeschrei leise entlangfuhren oder in den Schleusen der Kanäle langsam angehoben wurden, die im vergangenen Jahrhundert gegraben worden waren, um den Sprengstoff aus der Abtei nach Woolwich und Purfleet zu den Arsenalen an der Themse zu schaffen. Ihr Bus fuhr sie am Gefängnis von Holloway vorbei und weiter auf der Seven Sisters Road, und auf dem Gelände der Abtei stieg sie aus. Sie war wieder in derselben ländlichen Umgebung wie früher mit dem Boxer und mir. Ein Kreis hatte sich geschlossen.

Sie arbeitete an einem der langen Tische in den stickigen, höhlenartigen Räumen im Ostflügel A. Zweihundert Frauen konzentrierten sich ausschließlich auf das, was sie vor sich hatten, ohne eine Pause einzulegen. Keine von ihnen sprach, sie saßen auf Hockern, die zu weit voneinander entfernt waren, als dass sie sich hätten unterhalten können. Abgesehen von dem Geräusch, das die Bewegungen ihrer Hände verursachten, herrschte Stille. Wie war das für Agnes, die so an Gelächter und Debatten während der Arbeit gewöhnt war? Sie vermisste das Chaos der Küchen, in denen sie früher gearbeitet hatte, konnte sich nicht unterhalten, nicht aufstehen und aus dem Fenster schauen, war stattdessen abhängig von dem Tempo eines nie stillstehenden Fließbands. Sie wechselten regelmäßig den Arbeitsplatz. Am einen Tag im Ostflügel, am nächsten im Westflügel, stets mit einer Schutzbrille ausgerüstet, wenn sie Unzen explosiven Materials wogen und sie dann in die vorbeiziehenden Behälter schütteten. Winzige Spuren davon sammelten sich unter ihren Fingernägeln, verschwanden in ihren Taschen, ihrem Haar. Es war schlimmer im Westflügel, wo sie gelbe Tetrylkristalle in Pillenform verpackten. Reste der Kristalle blieben auf den Händen der Arbeiterinnen haften und färbten sie gelb. Die Frauen, die mit Tetryl zu tun hatten, nannte man »Kanarienvögel«.

In der Mittagspause durfte man sich unterhalten, aber auch die Cafeteria war ein geschlossener Raum. Agnes nahm ihr Lunchpaket, ging nach Süden zu dem Wald, den sie von früher her kannte, aß ihr Sandwich am Flussufer. Sie legte sich auf den Rücken, Sonnenlicht beschien ihren Bauch, sie allein mit dem Baby in diesem Universum. Sie lauschte einem Vogel, auf das Rascheln in einem Busch, der vom Wind bewegt wurde, auf

Anzeichen von Leben. Sie ging wieder zum Westflügel zurück, die gelben Hände in den Taschen vergraben.

Sie wusste nicht, was sich wirklich in diesen merkwürdig geformten Gebäuden abspielte, wo Stufen hinunterführten zu Klimaprüfkammern, wo neue Waffen auf ihre Eignung bei Wüstenhitze oder unter arktischen Bedingungen getestet wurden. Es gab kaum Zeichen menschlicher Aktivität. Auf einem Hügel stand das Große Labor, wo über zwei Jahrhunderte lang Nitroglyzerin hergestellt wurde. Daneben waren die riesigen unterirdischen Waschbecken.

Aus Dossiers im Archiv wusste ich von den halb im Boden vergrabenen Gebäuden, an denen Agnes vorbeigekommen sein musste, als sie mit Pearl schwanger war. Ich wusste inzwischen, wozu all die markanten Gebäude und Anlagen in Waltham Abbey gedient hatten. Ich wusste, dass sogar in dem so harmlos wirkenden Teich im Wald, in dem Agnes gebadet hatte, im Krieg eine Unterwasserkamera aufgestellt worden war, um die Wirkung von Sprengstoff unter Wasser zu testen, Sprengstoff, der später bei der Bombardierung der Talsperren im Ruhrgebiet zum Einsatz kam. Aus diesem hundert Meter tiefen Teich neben dem Fluss Lee, wo die Rollbombe getestet worden war, war Agnes aufgetaucht, bibbernd und außer Atem, war dann an Deck des Muschelboots geklettert und hatte sich eine selbstgedrehte Zigarette mit dem Boxer geteilt.

Um sechs Uhr abends verlässt sie die Tore von Waltham Abbey und nimmt den Bus zurück in die Stadt. Sie lehnt den Kopf an das Fenster, blickt über die Tottenham Marshes, und ihr Gesicht verdunkelt sich, als sie unter der Brücke in der St. Anne's Road durchfahren.

Norman Marshall ist in der Wohnung, als sie zurückkommt – sie geht erschöpft an ihm vorbei mit ihrem schwangeren Bauch und lässt nicht zu, dass er sie berührt.

»Ich fühl mich schmutzig. Erst mal muss ich mich waschen.«

Sie beugt sich über das Spülbecken und gießt sich Wasser
aus einer Schüssel über den Kopf, um sich das Schießpulver
aus dem Haar zu waschen, dann schrubbt sie heftig Hände
und Arme bis zum Ellbogen. Die gummiartige Füllung, mit der
Patronen in Schachteln verpackt werden, und das Tetryl kle-
ben an ihr wie Harz. Immer wieder wäscht sich Agnes die Arme
und jedes Fleckchen Haut, das sie erreichen kann.

Heutzutage esse ich um dieselbe Zeit wie der Windhund.

Und abends, wenn es Schlafenszeit für ihn ist, kommt er stumm an den Tisch, an dem ich arbeite, und legt den müden Kopf auf meine Hand, damit ich aufhöre. Ich weiß, er tut das, weil er Trost braucht, etwas Warmes und Menschliches, das ihm Geborgenheit verleiht, den Glauben an einen anderen. Er kommt zu mir, obwohl ich selbst so abgeschottet bin, so unsicher. Aber auch ich warte darauf. Als wollte er mir von seinem vom Zufall bestimmten Leben erzählen, einer Vergangenheit, von der ich nichts weiß. Von seiner nie gezeigten Bedürftigkeit.

Der Hund, der meine Hand braucht, ist also an meiner Seite. Ich bin in meinem ummauerten Garten, der in jeder Hinsicht noch immer der Garten der Malakites ist und wo hin und wieder zu meiner Überraschung eine Blüte sprießt, von der man mir nichts gesagt hat. Das ist ihr verlängertes Leben. Als Händel zu erblinden begann, war er, sagte meine Mutter, die die Oper liebte, in diesem Zustand der »ideale Mensch«, ein ehrenwerter Mensch, der die Welt liebte, der er nicht mehr angehören konnte, auch wenn sich die Welt fortwährend im Krieg befand.

Unlängst las ich einen Aufsatz von einem meiner Nachbarn in Suffolk über den Lathyrus maritimus, die Strand-Platterbse, und wie der Krieg das Überleben der Pflanze gesichert hatte. Minen waren entlang unserer Küsten verlegt worden, um das Land vor einer Invasion zu schützen, und weil es dort kaum Verkehr gab, entstanden Massen von grünen Teppichen von

Platterbsen mit dicken, robusten Blättern. So kam es zu einer neuen Blüte der Platterbse, eines »glücklichen, friedlichen Gemüses«, das schon beinahe ausgestorben war. Solche überraschenden Verknüpfungen, Sutras von Ursache und Wirkung, gefallen mir. So hatte ich einmal die Komödie *Trouble in Paradise* mit dem geheimen Transport von Nitroglyzerin ins Zentrum von London während des Krieges in Verbindung gebracht, oder ich sah, wie ein Mädchen, das ich kannte, ein Band aus ihrem Haar löste, bevor sie in einen Teich tauchte, wo früher Rollbomben entwickelt und getestet worden waren. Wir lebten in Zeiten, da weit voneinander entfernt scheinende Ereignisse benachbart waren. So frage ich mich auch noch immer, ob Olive Lawrence, die später mir und meiner Schwester beibrachte, wie man sich furchtlos in einem nächtlichen Wald bewegt, je den Eindruck hatte, die Handvoll Tage und Nächte an der englischen Kanalküste seien der Höhepunkt in ihrem Leben gewesen. Nur wenige wussten, was sie damals gemacht hatte; sie erwähnte es weder in ihrem Buch noch in dem Dokumentarfilm, den ich später sah. Es gab so viele wie sie, die von ihren im Krieg entfalteten Talenten nicht viel hermachten. *Sie war nicht bloß eine Eth-no-gra-fin*, hatte meine Mutter abfällig hervorgestoßen, eher bereit, mir etwas von Olive zu erzählen, als von dem, was sie selbst getan hatte.

Viola? Sind Sie Viola? Das hatte ich vor mich hin geflüstert, als ich im zweiten Stock des Gebäudes, wo mein Arbeitsplatz war, allmählich entdeckte, wer meine Mutter war.

Wir ordnen unser Leben dank kaum näher ausgeführter Geschichten. Als hätten wir uns in einer verwirrenden Umgebung verlaufen und sammelten nun, was unsichtbar und unausgesprochen war – Rachel, der Zaunkönig, und ich, Stitch –, und nähten das alles zusammen, um zu überleben, fragmentarisch und unbekannt, ähnlich den Platterbsen an jenen während des Krieges verminten Küsten.

Der Windhund steht neben mir. Er legt den schweren, kantigen Kopf auf meine Hand. Als wäre ich noch immer dieser fünfzehnjährige Junge. Doch wo ist die Schwester, die mich nur indirekt verabschiedete, mit der kleinen Hand ihres Kindes wie mit der Geste einer Marionette winkte? Oder das junge Mädchen, das ich vielleicht eines Tages sehen werde, wie es eine Spielkarte von der Straße aufhebt, und dem ich hinterherlaufe, um zu fragen: *Pearl? Bist du Pearl? Haben dir das dein Vater und deine Mutter beigebracht? Weil es Glück bringt?*

Bevor mich Sam Malakite an meinem letzten Tag in White Paint dort abholte, hatte ich ein paar von Roses Kleidern gewaschen und zum Trocknen teils draußen aufs Gras gelegt, teils über ein paar Büsche gehängt. Was sie an dem Tag getragen hatte, als sie getötet worden war, war weggebracht worden. Ich holte ein Bügelbrett und bügelte ein kariertes Hemd, das sie gemocht hatte, bügelte den Kragen, die Ärmel, die sie immer hochgerollt trug. Das Hemd war nie zuvor gebügelt worden. Dann kamen die anderen Hemden dran. Ich legte ein dünnes Tuch über den blauen Pullover, der kaschiert hatte, wie dünn sie war, und drückte nur leicht das nicht auf heiß gestellte Bügeleisen darauf. Ich brachte den Pullover und die Hemden in ihr Zimmer, hängte sie im Schrank auf und ging nach unten. Ich trat auf dem Nachtigallenboden geräuschvoll auf, schloss die Tür und ging davon.

Danksagung

Zwar ist *Kriegslicht* ein Werk der Fiktion, doch wurden manche historischen Orte und Fakten innerhalb dieses fiktiven Rahmens genutzt. Was Texte und Quellen angeht, so möchte ich auf eine ganze Reihe hervorragender Bücher verweisen: Sinclair McKays *The Secret Listeners,* Matthew Sweets *The West End Front,* Christopher Andrews *Defend the Realm,* Calder Waltons *Empire of Secrets,* Wayne D. Cocrofts *Dangerous Energy,* Geoffrey Winthrop Youngs *The Roof Climber's Guide to Trinity,* Paul Tallings *London's Lost Rivers,* Jules Prettys *This Luminous Coast,* Richard Thomas' *The Waterways of the Royal Gunpowder Mills* und Dick Fagans *Men of the Tideway.* Informationen über den Blitz stammen aus historischen Zeitungsartikeln, aus Archiven der University of South Carolina, aus Angus Calders *The People's War* sowie aus David Kynastons *Austerity Britain.* Recherchen zu Unruheherden in Europa nach dem Zweiten Weltkrieg können nachgelesen werden bei Susanne C. Knittel, *The Historical Uncanny: Disability, Ethnicity, and the Politics of Holocaust Memory,* in Gaia Baracettis »Foibe: Nationalism, Revenge and Ideology in Venezia Giulia and Istria, 1943–5«, publiziert in *The Journal of Contemporary History,* und in David Staffords *Endgame, 1945: The Missing Final Chapter of World War II.*

Ich möchte insbesondere den Schriftsteller Henry Hemming würdigen für seine großzügigen, kompetenten Anmerkungen zur Arbeit des Geheimdiensts während des Krieges. Ich bedanke mich bei Claudio Magris, dessen Aufsatz »Itaca e oltre« über die Wirren im Europa der Nachkriegszeit ich kurz zitiere. Auch beziehe ich mich auf T. H. Huxleys Essay »A Piece of Chalk« sowie auf Robert Gathorne-Hardys Aufsatz über die Seeerbse – *Capriccio: Lathyrus Maritimus*. Die Zeilen über die Perle stammen von Richard Parson (1759–1808). Im Roman finden sich auch eine Strophe aus A. E. Housemans »From the Wash ... «, zwei Strophen aus Thomas Hardys Poem »The Dynasts«, eine Zeile aus Garcia Lorcas Gedicht »Sevilla« und ein Gedanke sowie eine Zeile aus Marguerite Duras' *Essays*. Zwei Bemerkungen beziehen sich auf James Salters *Burning the Days*, eine Stelle zitiert John Bergers Erinnerung an Orlando Letelier; des Weiteren danke ich C. D. Wright und Paul Krassner, dem ich die Bemerkung über die Verwandtschaft verdanke. Ich danke Simon Loftus für die Erlaubnis, aus Briefen zu zitieren, die Dorothy Loftus im Jahr 1940 über Southwold während des Krieges schickte, und zitiere aus einem im *Guardian* erschienenen Artikel von Helen Didd über die Vorbereitungen zum D-Day. Ebenfalls zitiere ich einen Artikel aus der Sparte »The Rural Life« mit dem Titel »The Roar of the Night« von Verlyn Klinkenborg aus der *New York Times*, in dem Robert Thaxter Edes über Grillen zitiert wird. Zu den verschiedenen Quellen über Windhundrennen gehören archivierte Artikel von Mark Clapson aus dem *Greyhound Star, A Bit of a Flutter* und Norman Bakers »Going to the Dogs – Hostility to Greyhound Racing in Britain«, publiziert in *The Journal of Sport History*. Ein paar Songtexte stammen von Cole Porter und Ira Gershwin, während zwei Zeilen von Howard Dietz ohne Genehmigung in eine etwas frühere Periode vorverlegt wurden. Das Motto des Romans ist eine Äußerung, die Robert Bresson während eines gefilmten Interviews machte.

Ich danke Simon Beaufoy, der mich mit John und Evelyn McCann und mit Jay Fitzsimmons bekannt machte, als ich mich mit Informationen zu Kanälen, Gezeiten, dem Leben auf Lastkähnen und anderen Fakten zum Leben auf Flüssen beschäftigte; ihr Rat war für mich sehr wertvoll. Auch an Vicky Holmes geht mein Dank, die mir im Museum der Londoner Docklands, West India Quay, Archive zugänglich machte, die sich mit dem Fluss zu Kriegszeiten befassen. Dank auch an die Londoner Metropolitan Archives und an die Menschen, die in Waltham Abbey und den Gunpowder Mills arbeiteten, als ich im April 2013 dort war, inbesondere an Michael Seymour und Ian MacFarlane.

*

Ich bedanke mich bei allen, die mir in Suffolk bei meinen Recherchen halfen – besonders Liz Calder und Louis Baum, Irene Loftus, John und Genevieve Christie sowie dem bemerkenswerten Paar Caroline und Gathorne Gathorne-Hardy. Mein besonderer Dank gilt Simon Loftus, der mir viele Tage lang The Saints zeigte und mich nicht nur in die komplexe Geschichte dieser Gegend einführte, sondern auch sein enzyklopädisches Wissen darüber mit mir teilte.

Dank auch an Susie Schlesinger und ihr Blechhaus, das in all den Jahren, als ich an dem Roman schrieb, von Bellamy bewacht wurde, dem legendären Ochsen. An Skip Dickinson, der mich vor vielen Jahren zu einem Windhundmuseum in Abilene mitnahm; an Mike Elcock für seinen vor Jahren geschriebenen Brief über einen »Couturier«; an David Thomson, Jason Logan, David Young, Griffin Ondaatje, Lesley Barber.

Zbyszek Solecki (dessen Vater dem Boxer vielleicht einen Hund abgekauft hat), Duncan Kenworthy, Peter Martinelli, Michael Morris sowie Coles und Manning für eine geliehene Idee. Dank auch an *The Point Reyes Light* und an Jed Fuel.

Ich danke Jess Lacher für ihre Recherchen, David Milner in England und Martha Kanya-Forstner bei McClelland und Stewart und Esta Spalding für ihre aufmerksamen Kommentare zur Struktur dieses Buchs. Mein Dank geht auch an meine Freunde Ellen Levine, Steven Barclay und Tulin Valeri, die mich im Lauf der Jahre auf so vielfältige Weise unterstützt haben.

Dank an Katherine Hourigan und Lydia Buechler, die sich bei Knopf so sorgsam und liebevoll um die Herstellung gekümmert haben, an Carol Carson, Anna Jardine, Pei Loi Koay, Lorraine Hyland und Leslie Levine. An Kimberlee Hesas, Scott Richardson und Jared Bland in Toronto. Vielen Dank an Robin Robertson, meinen Lektor bei Cape, und an Sonny Mehta bei Knopf. Mein ganz besonderer Dank gilt Louise Dennys, meiner kanadischen Lektorin, die mit mir an dem vorliegenden Buch gearbeitet hat, seit sie zwei Jahre zuvor das Manuskript erstmals sah, und mir in jeder Arbeitsphase mit Rat und Tat zur Seite stand.

Danken möchte ich auch der Gemeinschaft von Freunden und Schriftstellern in Toronto, die mir in all diesen Jahren nahestanden.

Und schließlich gelten vor allem mein Dank und meine Liebe Linda von den Ufern des Red River.

Die Übertragung der Strophen aus Thomas Hardys Versdrama *The Dynasts* auf Seite 263 besorgte Simon Werle, der u. a. Michael Ondaatjes Gedichtband *Handschrift* übersetzt hat.